诗
想
者

HIPOEM

生　活　，　还　有　诗

Kasitali

Manyou Shi

卡斯塔里 漫游史

孙未 著

GUANGXI NORMAL UNIVERSITY PRESS

广西师范大学出版社

·桂林·

卡斯塔里漫游史
Kasitali Manyou Shi

图书在版编目（CIP）数据

卡斯塔里漫游史 / 孙未著. --桂林：广西师范大学
出版社，2021.4
　ISBN 978-7-5598-3614-4

　Ⅰ．①卡… Ⅱ．①孙… Ⅲ．①散文集－中国－当代
Ⅳ．①I267

　中国版本图书馆 CIP 数据核字（2021）第 023305 号

广西师范大学出版社出版发行
（ 广西桂林市五里店路 9 号　邮政编码：541004 ）
　网址：http://www.bbtpress.com
出版人：黄轩庄
全国新华书店经销
广西广大印务有限责任公司印刷
（桂林市临桂区秧塘工业园西城大道北侧广西师范大学出版社
集团有限公司创意产业园内　邮政编码：541199）
开本：890 mm × 1 240 mm　1/32
印张：11　字数：250 千
2021 年 4 月第 1 版　　2021 年 4 月第 1 次印刷
定价：78.00 元

如发现印装质量问题，影响阅读，请与出版社发行部门联系调换。

目 录
Contents

001　卡斯塔里

标题取自《玻璃球游戏》的修行地，黑塞笔下的精神王国。在21世纪的现实世界中，有个叫国际写作营的组织，它的"营地"绝大部分远离俗世，遍布世界的各个角落，供被遴选出的各国作家居住、冥想，来到这里的作家们堕落或升华、信奉或逃离，与小说中虚构的"卡斯塔里"如出一辙。

O73　关押约翰的古堡

　　瑞士人爱好传播八卦猛料，我居住在一个只有三百居民的小镇，短短几个月，我就知道了每户人家不可告人的秘密，羞羞的发财史，复杂的感情史，奇异的怪癖和疾病。小镇上有一座古堡，关于那座古堡里居住的单身女人，众人有不同的故事版本。

O89　我在欧洲遇见的年轻人

　　英国脱欧前夕的伦敦，英国青年、巴勒斯坦青年一并陷入焦虑。匈牙利小城佩奇，妙龄少女醉心修炼打坐，为觅良缘。罗马尼亚的多瑙河边，酒店迎来狂热的利物浦航海家和他痴心的法国女友。酒店少东家是俄国混血青年，他乐于开着跑车去监狱制作音乐……

　　这是一支欧洲各国青年不同心态的交响曲，映射出 21 世纪国际文艺青年的群像。

115　爱尔兰的葬礼

在爱尔兰科克度过的悠长秋季中，我经历着科克文人们的八卦逸事，观摩文艺大叔们如何恋爱，列席他们欢乐的葬礼和闹骚的诗会，旁观一种语言吞噬另一种语言，却被那种文化反噬。这就是叶芝与乔伊斯的爱尔兰，以及几乎占据了纽约半壁江山的爱尔兰人。

183　南半球的猫先生

在遥远的南半球，有一只橘猫，名叫"奥斯卡·王尔德"。

我与其他作家冒着危险偷偷喂养它，我每天为它下厨，等候它的光临，它饱餐之后，我吃它的残羹剩饭。它很神秘，它有着悲伤的往事，它行踪不定，我相信它知道的比我们更多，只是不知为什么，它沦落成一只被人喂养的猫。

卡斯塔里

从一张神秘的地图开始

　　圣安娜教堂对面有一座老房子，是我在爱尔兰科克市住过的国际写作营。教堂钟声每小时歌唱一回，从入夜到天明，奏响各种圣歌，近在咫尺，震得脑壳时时刻刻发出愉快的战栗。房子的正门上有三个锁眼。卧室的百叶窗古意盎然，床垫弹性适中。管线系统随着房子老了，任何诸如使用热水壶、洗衣机之类的行为都会导致短路，得时不时把电闸的保险开关往上抬一抬。

　　写作营大多选址古旧的房子，如果在远郊，就是独立的老庄园，不单水电系统是独立的，有的甚至连香草蔬果都能自给自足。这些住处舒适得有些奢侈，每一处的油画、挂毯、雕塑摆设都像是在对你低语，写吧，讨论吧，思考吧，住在这样的地方还没灵感太说不过去了吧。有的写作项目负担所有旅行开支，有的除了住处还有一日三餐提供，有的以发放补贴来替代供餐服务，像是此地，大家可以自己去食品市场采购，然后回来做饭。

这栋房子位于科克老城区中央，最惹人喜爱的区域是厨房，宽敞明亮，厨具齐全，两扇对开的玻璃门通往后院，可以随时信步走出去呼吸一大口清冷潮湿的空气，仰望教堂钟楼，摘一小把清晨刚熟透的黑莓，或者喂养那三只间或拜访的邻家肥猫。房间里有一张硕大无朋的花梨木餐桌，这是入住的作家们相互聊天最多的地方。

　　但我想说的是厨房墙上的那张地图，黑胶带固定四角，就粘在告示白板右侧，靠近暖气总闸的地方。这是一张只有欧洲区域的地图，图上有蓝黑粗线标出的许多圆点，这些墨水化开的圆点边上都写着歪歪斜斜的单词，乍看像是地名，仔细看又完全不是现实生活中存在的地名，在我略知少许的六七种欧洲语言中也没有对应的词义，莫名其妙的。

　　我每天煎三文鱼和烤面包的时候都对着那张地图，久而久之，生出越来越多的好奇。这些地点分布在波罗的海、北大西洋、地中海和爱琴海沿岸，包括希腊、瑞典、拉脱维亚甚至冰岛在内的偏僻海滨，还有挪威和丹麦的森林中央，意大利著名湖区的冷僻小岛，比利时的老城区，阿尔卑斯山脉穿越德国、奥地利和法国一线的寂静村落。我猜想这是一个怎样的秘密组织，居然有这么多分会。肯定不是旅行社，这些地方虽然风景绝美，但是交通都极为不便，不要说七天九国，七天连三个地方都到不了。

　　拥有这么大规模的网络，若不是极有商业价值，那只有一种可能，就是宗教组织。然而这不像是教会，教会至少应该选址在有一定居民聚集的地方吧。我觉得更像是寺庙，这些地点若是供僧人云游修行，真是太适合不过了。可是欧洲哪里会有这么多寺庙呢？

有一天清早，派屈克含着一支牙刷下楼煮咖啡，看见我对着地图发呆，就细声细气地对我说，你不知道这张图的故事吗？这都是汉娜标出来的，她差不多知道地球上所有的写作营。你要是给她一张世界地图，她也能这么给画满了。

这些都是写作营？我忍不住凑近了细看。派屈克又说，汉娜是个牛人，完全可以给文学写作营做代言人了。你肯定知道每个写作营都有各自的开办周期，有的一年两季，冬夏营，有的只有春季或秋季营，有的两周，有的两个月。申请也不容易，被拒是正常的，录取像是中彩票。汉娜刚离婚那会儿，净身出户，没有地方住，就开始申请写作项目。她居然拖着箱子，带着所有家当，从一个写作营到另一个写作营，中间没有断点，就这样在各种写作营住了整整两年。直到现在，她一年究竟有几个月需要自己租房子住还是个谜呢。

写作营

这些城堡古宅和花园就是我们"魔法学院"中的一部分，大多地处森林、高山、湖泊或者海洋旁边，连看上去也像是有魔法的样子。

往瑞典去

　　每个小城都有自己的脾气。就像是科克，买一张火车票去都柏林需要将近 70 欧元，去汽车总站坐白色艾龙车，车票 17 欧元。本地人压根不考虑这两种选择，他们乘一种名叫"空中沙发"的绿色汽车，才 10 欧元。这种汽车既没有售票站，也没有车站和发车时间表，基本上就是以口口相传的形式告知候车的时间和地点。前 10 分钟，离河岸边还是海鸟翻飞，一派寂然，后 10 分钟，陆续来了许多人，拖着箱子站定在某个固定的地点，向同一方向眺望。由此你便可知道自己没等错时间和地方。汉娜称之很有"古趣"（quaintness）。写作营就是这种古趣的集大成者，混迹其中的途径只可言传与身教，没有一本系统的工作手册。或者说，我们有幸遇见了汉娜，她就是一部会走路的写作营指南。

　　我想象中的汉娜，应该是红头发，30 出头，眼圈乌青，瘦骨嶙峋，穿着破洞的牛仔裤，周身刺青，穿着鼻环，总之该是个无家可归、流浪成性的"愤青"形象。当派屈克帮着我把名字和脸对上的时候，我简直不敢相信他口中的汉娜就是家庭妇女模样的那个小说家。

她将近 50 岁的样子，金色短发，皮肤细腻白皙，德国人。准确地说，柏林墙倒塌前，她是西德人。从脸型和锁骨来看，她可能被误认为是消瘦的。从手臂的肌肉判断，她是强壮的。但是从臀部和大腿的发福程度而言，她与任何一个常年待在厨房里为全家煮饭的富态欧洲大妈毫无差异，身着一件丁香花色宽松衬衣，一条类似鸢尾花图案的宽脚裙裤。

她嗓音沙哑，说话慢条斯理，跟谁说话都像是幼儿园老师在抚慰小朋友，笑眯眯的，耐心十足。所有作家中，她是唯一讲究正餐的人，每天晚上施展十八般武艺又切又腌又粉碎，煮煎烤焙两个小时，摆开全套刀叉杯盘，有时候还点上蜡烛，就为了坐下来细嚼慢咽一刻钟。说实话，作家内心对食物的要求都很讲究，只是绝大部分都不愿意花精力下厨。

这是秋季，爱尔兰南部，傍晚 8 点，日光正在雨中隐成一抹酡红，汉娜坐下来吃她的正餐，从英国市场买回来的新鲜和尚鱼，用培根裹了，慢火烤熟，配白汁和白芦笋。我煮了碗菜泡饭。派屈克在吃他千年不变的意大利笔管面，12 分钟的速食。厨房里有前一批作家留下的小半瓶波特酒，饭后我们各自斟了一小杯。记得好像总是在这样的场景中，汉娜开始向大家传授机宜。

话说这些写作营的名单，汉娜说，若是你用谷歌引擎搜索关键词，得到的无非是一些廉价的长租旅馆，你得掏钱才能去。或者搜出一些完全官方化的写作营，网络上的申请表完全是摆摆样子，无论你申请多少回，得到的永远是"谢谢你，对不起"。汉娜顺便用我熟悉的中国文化跟我打了个比方：就像是你们的寺庙，变成旅游景点后就不再是僧人们清修的好地方了。至于真正的写作营在哪里，它们隐身在各种僻静所在，没有标志，没有门牌号码，去住过的人才知道具体方位，才能告诉你住宿如何，有无膳食，暖气足不足。也只有他们才能告诉你该怎么申请，向谁申请。

有的写作营可能会有一个荒芜的网站，填写申请表前，你得写个邮件，最好打个电话去确认网上提交系统是否还在工作。有的写作营只有一个联系人，你可从熟人那里探听到这个邮箱地址后，直接写邮件去申请。当然审核申请的程序并不因此有失严谨，多位专家组成的评委团是必不可少的，会审核你的写作成就，审核作品样本的质量。

汉娜去过苏格兰的一个写作营，山谷幽深，森林浩瀚，还很难得地供应一日三餐，食材名贵，厨师是食神级别的，正餐美味到难以形容。照理说这样的写作营申请难度必定极高，条件好的写作营总有不少申请者竞争仅有的几个名额。好在这个写作营没有网站，也没有任何公开信息。只有知道主任的私人邮箱地址，写邮件过去，他才会给你一张申请表，用信封装了平邮给你。你填好之后，再用信封装了平邮给他。无论评委团是否批准你的申请，都会有一封回复信，同样装在信封里寄给你。

于是，颇有古趣的邮政系统是否运转正常，这反而成了你是否能成行的关键。像是瑞典某个写作营去年春天给我寄了一封邀请函，直到今年秋天这封平信还没抵达我的信箱。我去邮局询问，反而被工作人员呛了，说是瑞典那个啥岛的邮局寄出的，你去瑞典查啊。又说，有重要的事情干吗不叫快递啊？

写作营自恃工作很重要，关乎与文学一起坚持与存在，关乎灵魂安宁，关乎每年供养一大批云游而来的作家这种奇异的生物，关乎避世和入世，关乎斯堪的纳维亚作家和印度作家可以在一张爱尔兰的餐桌上讨论曹雪芹和李白，关乎煮酒论人的去处，关乎写作这个无为的行当是否会灭绝。正因如此，写作营不喜欢快递公司，他们相信只有用最古老的邮政系统，才能找到最合适的作家。

至于入选，就像是凭空得了一段偷来的时间。在任何写作营的那段日子里，不必应付日常生活的各项支出，也不用操心水管堵塞之类的杂事会把你从椅子上拽起来，几周或几个月，供养着你，让你遂着心愿写。这种日子幸福，又幸福得没有底气。因为等价交换的是，你必须从现实生活中消失相应的一段时间，远离过去与将来，远离曾经的自己。

到写作营来的作家们讨论一切灵魂命题，相互观摩作品，却从不过多谈论他们为什么申请来写作营，仿佛这个话题被默认为大家彼此心知肚明，通常仅采用一个关于家庭状况的提问来开始与结束。荷兰阿姆斯特丹的男作家说他家里有 3 个孩子，大家一起点头，貌似已经明了他为什么要来这里。我猜想大家的理解也许是他家里太吵，便找个安静的地方写作。美国芝加哥的女作家说她只有一条狗和一个男朋友，大家又一起点头。我勉强理解为，也许大家认为她的男朋友恰好可以照顾她的狗。派屈克说他刚毕业没几年，光棍一条，大家依然洞察一切似的点头。是认为他了无牵挂，来写作营再合适不过吗？

汉娜问过我，你觉得写作营像什么？我觉得照顾到她熟悉的文化意象，可以暂且把寺庙的比喻收起来。于是我说，卡斯塔里。她一定读过《玻璃球游戏》。在那片宁静美丽的山区，入选精英学校的学生们过着衣食无忧的日子，使得他们可以专注于精神生活。作为宗教团体中的成员，他们不许拥有私人财产，不许结婚，不得从事普通工作，以保证终生不受俗务的羁绊。

写到这里，我要停止把写作营比作宗教团体的暗示。写作营对作家没有任何限制和要求，恰恰相反，是这些作家对写作营很上瘾。他们通常有规律地申请，每年定期去几个地方，妥当规划，留出必要的时间给家庭和谋生的工作。若是遇上孩子学龄将近，或者母亲身体欠佳之类的情况，他们也会中断一两年应付俗务。像汉娜这样多数时间在写作营的实属少数。我遇见她时，这种生活她已经过了6年。

汉娜有四部已经出版的长篇小说，两本短篇小说集，还有一部将要完稿的长篇新作。她36岁才开始写作，当时她住在位于柏林郊区的一座老房子里，有丈夫和两个男孩，家庭美满，是个地道的家庭妇女。我读过她两部小说的英译本，是美人鱼的故事。她没有成为乔安娜·罗琳，不过如今收入也不算差，仍然在自己交养老保险，也按时缴纳所得税。这得归功于她也做文学翻

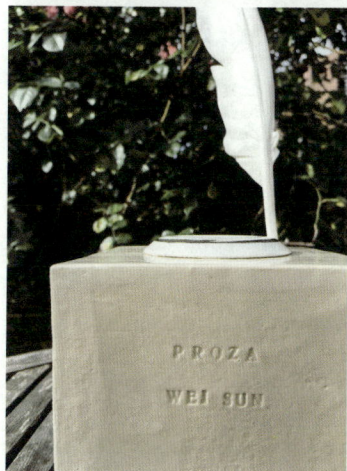

一只留在原地的奖杯

　　在拉脱维亚领了一个奖，奖杯不容易携带，就留在了原地，想到它会一直留在波罗的海海边文学中心的房子里，和我的许多好朋友和美好回忆在一起，就觉得很暖心。

译，德语和瑞典语互译。她母亲是瑞典人。

离开写作营的前夜，她大力撺掇我们以科克为起点制订一个人生计划，像她那样，住遍世界上所有的写作营。她总是说，周游世界有什么稀罕的，凭着现代化的交通工具，不需要三天你就可以绕着地球飞一个来回了。"住遍世界"才是真正了不起的雄心。

后年夏天，6月，我们在瑞典见怎么样？她很认真地对我和派屈克说，转身从厨房的擦手纸上撕了一片，写下一个网址递给我。记得一定要在明年3月份之前申请，这个写作营竞争者很多的，申请得太晚，时段就给订完了。她叮嘱我们。

写作营的同伴如走马换灯，去去来来。只有少数写作项目是同时开始与结束的。第二天清早，我们看见汉娜的房门洞开，被套、枕套和床单卸了下来，叠得齐整，放在地板上。这是资深写作营成员的自律表现。厨房的公用食品区域多了半袋紫洋葱，一盒百丽红茶，这是她没吃完的私人食品，留给我们的。暖气总闸边的欧洲地图上多了一朵巨大的手绘花朵，红色水笔所画，标注在她与我们相约的瑞典某岛。旁边还画了一个笑脸。

往印度去

　　我在爱尔兰遇到过十几个派屈克，有时候对着这位派屈克谈起那位派屈克，这位派屈克又提起另一位派屈克，说到后来我们自己都闹不明白在说谁了。这位与我曾奋战在同一写作营的派屈克来自爱尔兰的戈尔韦，不到 30 岁，身材中等，文质彬彬，戴一副板材架绿框眼镜。他是抱着一盆欧芹走进这座房子的。晚上走进厨房，每个人都吓了一跳。欧芹摆在餐桌中央，底下垫着个餐垫，周围摆了一圈小蜡烛。整个厨房都清理过了，不锈钢水槽闪闪发亮，所有餐具都重新洗了一遍，倒立在架子上沥干。茶巾也悉数洗了，整齐排列晾在暖气片上。连供回收的空瓶空罐都列队在垃圾箱周围。

　　派屈克和我洗澡的时间相近，我们常在浴室门口撞到。看着他带着一大堆瓶瓶罐罐，我只能说，你先洗吧，我待会儿再来。他小声说，事实上，我打算泡澡。事实上写作营里还没人在那间浴室泡过澡呢，谁会在公用浴室里泡澡呢？我有点后悔，问他，你打算泡很久吗？他连忙腾出一只手急急摇摆，答道，也就20分钟。然而，实际时长是一个小时，每天如此。浴室里留下散发着浓香的水汽，有时候浴缸边上还有半杯忘记带走的水果茶。

某个夜晚，我看见他泡完澡以后坐在洗衣机边上，认真注视涡轮的转动。他轻声细语主动跟我打招呼，嘿，我在洗衣服呢。我建议他大可以第二天早上来收拾洗好的衣裳，洗衣机不用我们陪着干活。他坚决地摇头道，如果有谁比我先打开洗衣机的门，看见里面的内衣，这多尴尬呀。有一回我路过他的房间，房门洞开，我无意中瞥见他的两条浴巾竟然是叠得四方，端正摆在床头柜上的。

我相信，如果我先生如他一般爱整洁，我们的家庭矛盾会减少九成。可惜派屈克不可能成为任何人的丈夫。他喜欢同性。这是房屋管理员告诉我的。也许是因为派屈克被安置在与我紧邻的房间，房屋管理员又确信东方人极度保守，于是在派屈克入住之前，她特地强调了这个信息，也许言下之意是，我大可不必担心异性的威胁。

派屈克仅出版过一本短篇小说集。他3年前刚在波士顿念完创意写作专业。我问他为什么要去美国念这个专业，爱尔兰是文学大国，都柏林肯定有这个专业。他说他有亲戚在美国，100多年前大饥荒逃过去的，现在都是有头有脸的人了。再说他原本是过去念表演专业的，念了两年，头脑轰的一声响，觉得写小说也许更适合自己，就转去念写作。

他还记得当初的导师对他们说，你们选择了写作，就是选择

有故事的客厅

　　正如大多数历史悠长的老房子，写作营的老房子里总有几间特别舒适的客厅，我们可以白天赖在沙发上读书，也可以晚餐后聚在这里一边烤火一边谈天说地。墙上的油画和照片，四处的陈设，任何一件摆在桌上的小东西都来自久远的年代，讲述着历史和故事。

了地球上投入与产出最不公平的一项事业。你可能弯腰驼背写一辈子，连一本书都出版不了。你可能为了写作不结婚、不要孩子，穷心竭力到老还是一个需要巴结评论家的小人物，最后孤独死去，连个追悼会都没有。我知道你们中间有的人写作是想要买一张彩票，名利双收。但是我可以很肯定地告诉你们，写作让你们大富大贵的概率比中彩票还低。如果你们是奔着豪宅和私人飞机来的，趁早改行，这个决定会立刻使你实现理想的概率提高100万倍。当然选择写作也不是完全没有一点小小的外快。至少我可以保证，上了这条贼船，你们即便没有一毛钱，也能够以一种优雅而富足的方式走遍世界的每个角落。

导师说的一定就是写作营。派屈克总结道。

这么恐怖的一席话中，派屈克唯独把仅有的一句好话放在心上。当初他甚至还不知道这指的究竟是什么，兴许导师想要表达的根本不是关于写作营，只是暗喻"阅读是精神的旅行"也说不定。由此可以想见，派屈克当初是多么坚定地投身写作。如果"站在他的鞋子里"（In other's shoes，指站在别人的角度思考），走过懵懂的少年时代，和同龄人一起参加毕业舞会，谈论校花，床头贴着女影星的海报，却发觉自己天生具有与旁人不同的性取向，他究竟需要花费多少倍的努力来试图想明白自己是谁？也许这就是他为什么选择了最难的路来走。

大部分念完创意写作的年轻人并不全职从事写作。这张文凭是为了在大学里转个教职，去大公司做个文员，或者去什么机构团体当个文案。工作和生活的间隙，偶尔想起，写几笔，真的就是好比买个彩票。若是彩票久买不中，至少可以在邻里聚会时吹嘘自己还是个作家，供大家在吃布朗尼的时候惊叹一番，顺便勾搭个把社区里的美貌主妇。若是日常的那份职业也做得不如意，还可以干脆硬着头皮写一部男版的《五十度灰》，中彩率必然大幅提高。可是派屈克毕业以后真的正经开始做一个作家了。在写过一些短篇练了手之后，他已经开始着手写他的第一部小说。按他自己的说法，这不会是一部宏论巨著，但是预计会在 500 页以上。这是他决心念创意写作之前就已经开始构思的小说。可以说，他此前大部分的生命其实都是在为动笔写这部作品做准备。

表演专业给他带来的好处是，他在美国的时候经常客串一些剧团的小角色，甚至偶尔在电视剧里露个脸，勤工俭学。回到戈尔韦，他偶尔给附近几家剧院跑龙套。按他的说法，别人赚钱是为了买房买车买奢侈品，作家赚钱是为了买时间。集中干一阵，攒点钱，就有时间写作了。他的生活方式就是只要银行账户上还有余钱，他就坐下来继续写他的巨著，直到耗尽最后一个美分，再出去打短工。

这是派屈克第一次参加写作营，他见了每个作家都露出诚恳崇拜的表情。他说自己能到这儿完全是运气，沾了身为爱尔兰人的光。他的资格其实完全不够参加有国际作家的写作营。你们都写了这么多了，我这还是刚开始呢。他小心翼翼地说，仿佛吐气多半分，将来与我们一样著作高擞的愿望就会被吹走。

他成天黏着汉娜，梦想得到她纵横写作营的真传。他悄悄告诉我，自从住进这座房子，他的人生目标又多了一个，除了做一名全职的小说家，他还想要一年 365 天都住在写作营里，因为世界上没有一个地方能像写作营这样让他可以无忧无虑地敲键盘。为此他宁愿不踏进俗世半步。反正他也不喜欢那个世界的喧闹，不喜欢办公楼、百货商场和麻烦的人际关系。他对写作营唯一的要求是，附近有超市卖泡泡浴香氛和护肤油，最好还有香草茶。至于住在哪个国家倒是无所谓，任何写作营肯好心接纳他，在一个地方连续住上几年他都愿意。

汉娜离开一周后，他兴奋地叩开我的门，告诉我汉娜发给他一个新链接，是印度的写作营，位于幽静的山坡上。至于写作营里面是否幽静倒是不好说，印度作家占多数。不过最关键是评委对作家的要求不高，像他这样的新手也能入选。允许停留的时间也比较长，两个月。他说他一直想去印度探求内心的宁静，也许他会一去不返，成为一个沙门，在烈日底下冥想修道。我说你不会，若是出了汗不能马上洗澡，你会受不了的。他很认真地想了想，答道，这确实是个问题。

过了两天，他又特地来敲门，对我说，我仔细考虑过了，为了精神生活的圆满，我也不是没有可能放弃洗澡的。如果我真的留在印度不回来了，至少你得答应来看我。说罢，他塞给我一张写着链接的纸条。特意补充道，记得申请的时候，"推荐人"一栏里填上汉娜的名字。嘱咐周全后，他又抱着一堆瓶瓶罐罐去泡澡了。

我读了五六则派屈克的短篇。他是个热爱机械的人，故事多以齿轮、螺丝、割草机或手工刀具为象征，描绘社会关系与人际交往。他赞颂机器之美，相形之下，人类成了无法控制自己行为的低等动物。

往英国去

两年后，我飞抵斯德哥尔摩，在瑞典朋友家里借住一宿，清早从中央车站买票去尼奈斯港，再坐了几个小时的轮船才终于到了约定的写作营，汉娜却并不在那里。

我写邮件给她，也始终没有回复。前一封邮件还是半年前，她在意大利雪山湖区的某个写作基地，盛赞那里一日三餐丰富美味，红酒管够，之后去美国匹兹堡和纽约郊外的两个写作营小住数月，便来瑞典会我。我猜想可能她计划临时有变，又正好住进了某个没有互联网的写作营里。派屈克也没有赴约，他由印度去了土耳其，之后又到了西班牙海滨的一个写作营，邮件里说，他顶讨厌西班牙男人看球时的吵闹。

写作营的那座房子面朝大海，我抵达的季节正是仲夏前后，这个月份几乎没有夜晚。一天 24 个小时，波罗的海在我工作台正对的窗外变幻出万千种色彩，于古城墙的映衬下，有一种不真实的深邃之美。我们步行所及范围中还有五六处大教堂的废墟，都是 13 世纪到 14 世纪的遗迹。走进那些依然雄伟的地基，在残墙勾勒的轮廓中，仰首望见的不是骷髅冈题材的巨型壁画和彩色玻璃，而是高邈璀璨的碧蓝天空，这无疑是我记忆中最壮丽的教堂拱顶。

写作营人满为患，每个房间都是前一个作家刚收拾离开，当天下午后一个就搬了进来。据说这是北欧写作营夏季的常态，若是到了冬季，怕是只有寥寥数人愿意忍受这儿的漫漫长夜，这里的冬季下午 3 点就天黑了。我在厨房里听着人们用瑞典语和挪威语相互交谈，丹麦语也加入了，他们彼此也勉强能听懂。俄国人在煮红菜汤和喝烈酒。斯德哥尔摩来的作家每天吃着烟熏三文鱼加煮土豆，或者腌鲱鱼罐头加上小葱和酸奶油调成的酱汁。芬兰的那个比较懒，每顿都是从超市买回来可以在微波炉里速成的比萨或印度咖喱鸡。

他们鄙视犯罪小说，鄙视恐怖小说，鄙视《达·芬奇密码》这类他们声称特别像好莱坞电影剧本的小说，总之鄙视一切可以赚钱的小说。但凡不能卖出几本的书，再差他们也认为有可取之处。这些作品至少很真诚——这是马修二世的原话。

每个写作营在一段时间里都会有一个意见领袖，引领人们谈话的主题，甚至观点。这个领袖通常是写作营同期作家中比较有威望的一位，无论国籍肤色；又必须爱参加集体活动，例如同期的伊娃无疑文学成就更大，堪称瑞典国宝级的诗人，可是她爱一个人待着；还必须英语标准流利，得让不同国家的作家都能轻松地听懂你说话。马修二世符合所有条件。

马修二世来自英国，诗人。他的名字其实是马修。因为在这个马修到来前，写作营曾有另一个马修，拉脱维亚作家，矮个子，红脸膛，特别和气。如果他正好也在厨房下厨，总会捎带把洗碗槽里别的餐具也一并洗了。他离开的第二天，这个英国的马修就来了，我们依然会偶尔提起那个马修，于是就把这个马修称作马修二世。后来我们才发现，加上"二世"这个有皇家意味的修饰是多么衬他的风度，就像是提起了路易十四。

马修二世是个四方脸的中年男人，棕色头发还勉强算得上浓密，爱穿衬衣，敞着第一第二颗扣子。外形尚好，至少看得出他很注意仪表，走路直着腰板，与女士说话微微欠身。标准的英伦口音，嗓音低沉带着喉音或者故意压得低沉，说话时总是努起嘴唇，脸上带着似笑非笑的神情，一派英国绅士的标准形象。他的脸有不错的五官，可惜有些浮肿和苍白，在宽松的衬衣底下也能看见腹部的"救生圈"，毕竟上了年纪。

无论写作营的作家谈论过多么艰深的命题，有一个颇为天真的话题是在哪里都少不得会谈及的，那就是，为什么会开始写作？数年里，我听过无数的回答。像是汉娜说，她做过医院护工、超市收银员、保险公司销售员，先后有了两个儿子之后，为了兼顾相夫教子和家庭收入，还做过一阵电话推销员。什么工作都做得不如意，某天早上醒过来回想这一切，情绪暴躁，发狠地想，这辈子都快过完了，不如就选个最没可能做好的工作来做吧，反正也不可能更倒霉了。然后她就成了作家。

马修二世的答案是，人有生前和死后两种状态，就像计算机语言的 1 和 0。一个人的存在只是暂时的，不存在的状态才是永恒的。我给学生讲课，做课题，都是与自己的生存在对话。这就是我为什么必须要写作。因为写诗的时候，我是在与自己的死亡对话，与永恒对话。这是他的原话。

听到这里，我脑细胞有片刻的短路，涌上来的第一个念头是镇定、镇定，不是你理论水平不够高，只是你体会不到别人母语的意境。半分钟的愣怔之后，我看着他正吃力地维持着抬高的眉毛，为了保持那种炯炯的眼神，我开始感到有些不妥。这场交谈并没有在厨房里进行，而是在老房子的楼梯扶手边，也没有诸多作家在场，只有他和我。

他端着杯红酒，背靠在楼梯扶手上，就这么偶遇了从二楼房间出来，正埋头下楼的我。他住在一楼。同样的偶遇三天里发生了五回，每次我在写作间隙下楼，只是为了去厨房的冰箱里找点吃的。每次都迎面遇到他，在他的引导下进入深刻的文学讨论，至少半小时无法脱身，饿得头昏眼花，语法混乱。他就用充满磁性的英国腔耐心地一一纠正，让我想起中学里那个永远不愿意准时下课的英语老师。

到了第五回，他问我是否可以一起出去吃正餐。我白痴似的脱口而出，冰箱里还有吃的。这才意识到他口中的正餐不是填肚子的意思。这才发现自己十指空空，又忘了把结婚戒指戴出来。原来饿肚子是我自己活该，还连累了人家唱念做打。我连忙说，今天宽带还不错，总算可以跟我先生视频通话了。他沉默了好长一阵，然后微笑着问，你先生是做什么工作的？我答道，律师。他缩了缩脖子。

此后每次下楼，我依然在楼梯扶手边频繁撞见他。我大步直奔厨房，他也没有再拦住我谈文学。不过这种巧合总让我觉得脊背发凉。某个夜晚，我和三个女作家在厨房秉烛夜谈，她们分别是挪威诗人艾格尼丝，挪威儿童文学作家克劳迪娅，还有瑞典小说家英格丽，她们三人说到和我一样，在楼梯口不止一次遇到过马修二世。谜题就这么解开了。这个写作营的房间安排是二楼住女作家，一楼住男作家。从厨房墙上挂着的房间分配表就能发现这个规律。马修二世的策略其实很简单，每次听到楼梯响就装作正好要出门。他想要偶遇的不是特定的某个人，而是所有女性，然后视对方单身与否上前搭话。

马修二世离婚多年，有三个孩子，二男一女，跟着他前妻和"那一位"喜欢阿玛尼的庸俗商人生活。他在诺丁汉大学任教，研究方向是《浮士德》，可谓钻石王老五。抵达写作营的第一天，他就表明了自己的婚姻状况，当着所有人的面。所谓天道酬勤，才一周工夫，马修二世就有所斩获。仲夏夜的聚餐会上，他与艾格尼丝并排坐在长桌的尽头。主菜撤了上甜点的时候，他的手已经公然环在艾格尼丝的香肩上。艾格尼丝谈笑自若，似乎完全没有感觉到那只手的存在。艾格尼丝35岁，比马修二世年轻18岁，长着亚麻色的直发和浅蓝色眼睛，娇小得像个袖珍人。她获政府基金资助出过两本诗集，诗歌的主题大都关于自然界、精灵与孩子。

两天后的中午，我看见艾格尼丝在厨房里做西式蛋卷，穿着双金色高跟鞋，喜气洋洋地忙着。番茄、洋葱、牛奶、鸡蛋和芝士铺开在金属餐台上。锅里的黄油正在融化。马修二世悠闲地靠在餐台边上，手中拿着一小瓶淡啤酒喝着，双眼流连在艾格尼丝身上，就像是一个丈夫理所当然地看着妻子忙碌。一番搏斗之后，蛋卷终于煎成，艾格尼丝一脸骄傲地端起盘子，马修二世又开了两瓶啤酒提着，就双双到房子的后花园里享用浪漫去了。那里有一套室外的木头桌椅，玫瑰环绕，原本是作家们聚饮下午茶的固定地点。

两周后，艾格尼丝的居住到期。马修二世还有 10 天。他帮艾格尼丝把行李箱提下楼，装进出租车后备厢。众人俱避开，供他们吻别。车绝尘而去后，马修二世显得有些颓丧，正巧克劳迪娅的男朋友来探访她，带着他们的一双女儿，在位于写作营不远处短租了一栋小木屋。克劳迪娅便邀请马修二世和大家一起去小木屋参加烧烤聚会。

肋排味美多汁，是奥地利的传统做法。人们在院子里讨论起格雷厄姆·格林。马修二世一副食不下咽的样子，也不再充当意见领袖，兀自举着叉子出神。我听到有谁的手机在响，两遍、三遍，不打算停下来的样子。马修二世如梦初醒，接起手机，双眼顿时炯炯发亮。嘿，怎么可能是你？你不是应该已经在飞机上了吗？他嚷嚷着，声音也忘了磁性低沉了。不多会儿，艾格尼丝腼腆地走进院子。马修二世殷勤地帮她拉开椅子，摆上刀叉杯盘，把肋排切成小方块。艾格尼丝红着脸说，自己不知怎的昏了头。

明明是昨天的机票，误以为是今天。

居住在瑞典的最后几天，我总算收到汉娜的回信。她正在巴黎的一个写作营，由于"机会难得"，误了与我的约定，她连连道歉。她问我愿不愿意去巴黎会她，正好可以陪她住几天，一起看博物馆，叙叙旧。随信发来斯德哥尔摩飞巴黎的廉价机票链接，还有一份从戴高乐机场出来后到写作营的换乘指南。

汉娜认识马修，她被"马修二世"这个封号逗得打了一长串笑脸给我，并且在另一封邮件里八卦了足足二十几行。大意为，我们原来都管他叫"罗密欧"。他每年都在这个季节到同一个写作营，指望能找个太太回家。要说他的艳遇真是一箩筐，每年都跟电视连续剧似的，可惜都是白忙活。对普通女人来讲，嫁人就是有了归宿。对作家来讲，嫁人则是必须割舍自己独立王国的一部分。马修想要在作家营找个志同道合的女人做太太，这个计划貌似很合理，其实难度要多高有多高。

艾格尼丝曾被我们秘密逼问，这是不是"真爱"？她调皮地招供道，不离开这里，哪里知道是不是真爱呢。不过她还是忍不住欢呼说，这个海滨的写作营给她带来了毕生难觅的好运气。她以前恋爱总是和比自己年龄小的男人，其中还有三个处男，恰巧都是写非虚构的。偏偏她就是喜欢成熟的男人，尤其是与她志同道合，也是写诗的。每天谈诗论赋，还有比这更好的婚姻吗？又说到马修二世已经向她求婚，让她搬去诺丁汉住。她咬着指甲说，这个我倒是还没想好，真的很难下决心。

当时我们只是迟钝地想，诺丁汉真是个好地方。翌日逼问马修二世，你既然想娶我们的艾格尼丝，就得帮我们打听，在诺丁汉古城附近有没有什么暖气充足的写作营。马修二世露出故作责备的微笑，努着嘴唇吐着他的英国腔，我没听说诺丁汉有写作营，你们来也大可不必申请写作营。我在湖边有一栋房子，多少年了都是我一个人住。我正式邀请你们……说到这儿，马修二世伸手环到艾格尼丝腰间，语境一转，就好像他已经把艾格尼丝娶进了门。诸位若是愿意光临寒舍，我们会准备最好的房间，住几个月都没问题，还包一日三餐，红酒畅饮。艾格尼丝有你们陪着一定高兴。届时诸位若有兴趣，我们还将携尊驾去罗宾汉的森林、海菲尔德公园的湖畔艺术中心观光，如何？

　　这些贿赂不薄，听得我们恨不得当场就把艾格尼丝嫁去英国。可是转过身，谁都没打算真的去。不是写作营，总觉得哪里不妥，就好像天底下的写作营都是一个国度的，营地之外则是另一个国家。

往美国去

　　我在爱荷华再次遇见了派屈克，这让我颇为惊讶。此前他申请过包括加利福尼亚森林、纽约远郊、华盛顿海滨和怀俄明州在内的几个美国项目，均告失败。美国项目要求提交的材料比欧洲诸国都复杂得多，大部分还得交一笔申请费。派屈克可怜的打工收入换来一大堆标准格式的拒绝信，文辞礼貌而冷漠。派屈克说，要不是汉娜去过这些写作营，每年把更新的链接发给他，他几乎都要以为这是一些骗取申请费的敛财诈骗网站了。你猜猜，每次报名他们能收到多少申请费？他愤愤地在邮件里写道。

　　到后来，他开始怀疑汉娜究竟有没有真的去过那些写作营，那些写作营是不是真的存在。我连忙回信说，你一定是最近神经太紧张了，西班牙那个写作营的浴室宽敞吗？不如泡个澡放松一下？

他继而在邮件里大大抱怨美国写作营门槛高，后来发展为彻底否定美国社会。他说美国出版商势利也就算了，如今连写作营都不看作品的艺术含量，只关心这个作家到底有多少名气。这样的话，人人都要被逼得去写《圣安东尼奥节》了。为了他的巨著着想，他决定从此放弃申请美国的一切项目，以免在美国的写作营里受到不良影响，损害他手中这部巨著的艺术品质。我本来想反问他，你不就是在美国念的创意写作吗？转念一想，这样也好，至少他每年能省下不少钱买护肤油。

爱荷华写作营的那栋房子看起来像一座学生宿舍楼。大楼侧面有一条小河，河上有座水泥桥，桥栏上不知被谁刷上了歪歪扭扭一行大字：You are not what you have. 夕阳西下，我被带进他们的客厅。作家们正在沙发上围坐聊天，喝着红酒。新西兰的大叔诗人抓起屋角的吉他弹着玩，梳着两条辫子的日本女诗人唱起了家乡民歌。乌克兰写纪实文学的女作家刚洗完澡，头发上裹着毛巾热气腾腾地过来凑热闹。毛里求斯的小说家递给我一杯斟满的红酒和一袋薯片。我听到走廊传来嘈杂和金属敲打的声响，像是在修理什么。身体后仰一尺，正好能看见走廊方向，就是这个时候，我望见派屈克站在一间打开的房门口，穿着拖鞋，抱着浴巾。

浴缸出水不畅，我找了修理工来。这是他与我久别重逢的第一句话。他恐怕已经忘记了自己在邮件里如何信誓旦旦，说是不再踏进美国半步。我问他怎么会在这里。他的脸有点拉长了，也许误以为我在问他怎么可能有资格来这里。他说他是靠以前创意写作班的一个同学牵线搭桥来到这里的。写作营有什么了不起的，说到底接不接受你的申请，不都是靠托关系，走门路吗？他撇了撇嘴说道。

我不知道这些日子不见，他何以得出这么个结论。在科克的时候，他对周围的一切惊奇赞叹，对周围的人和事都充满了过度的崇拜之情。现在他却带着一种莫名其妙的愤怒和蔑视。他告诉我，爱荷华的写作营申请如今都得经由大使馆提交。是作家，就都得知道大使馆的门朝哪儿开吗？我们又不是政客。他哼哼着低声抱怨。他又告诉我，并不是来到这儿的每一个人都有真材实料。有的作家是受邀而来，美国方面出钱；有的是经费自理；有的甚至是自己政府出钱送来的。也就是说，只要能弄到钱，任他是谁都能来。哪个国家或地区高兴多出钱，一年送几个来都行。良莠不齐啊！他感叹道。

我心道，幸好我是路过，否则没准我就成了他口中的"莠"。几个月后，我无意中听到消息，派屈克并不是写作项目的正式成员。某机构给他一笔钱，赞助他住在这里，代价是写数篇非虚构的报道。难怪我在成员名单上并没有看见他。

爱荷华图书馆对面有个食品超市，热汤、现烤的面包和蔬菜沙拉三餐供应，人们可以端着托盘自助选购，加一杯咖啡，结完账以后到玻璃门外凉棚底下的餐桌上享用。派屈克约我出去小聚。我们坐在秋日冷冽的阳光底下，他用叉子细细啄起蔬菜沙拉中全生的切片蘑菇和西兰花，文雅地放进嘴里。

我看到他晒黑了些，胖了些，估计是印度咖喱饭和土耳其骄阳的功劳。他聊到汉娜，竟然语气中也带着不屑和责备。你知道她申请写作营为什么成功率这么高吗？这可不是因为她自己够格，而是她有手段，让诺贝尔文学奖"提名作家"帮她写了推荐信。

话说大部分写作营的申请都需要有推荐人，两名到五名不等。还得麻烦人家特别写一封推荐信，按照不同的要求直接发邮件或者寄过去。总之不能由申请人转交。这些推荐人自然不能是随便谁，必须在行业内有权威，有声望。

派屈克告诉我，足足有三位诺贝尔奖提名的作家是经常为汉娜写推荐信的。天知道汉娜是怎样像集邮一样，和这些人搭上了关系。试想，写作项目的评委同时收到这样的三封信，第一反应已经不是考虑是否要接受这份申请，而是恨不得立刻找个镜框，把推荐信给裱起来。如此这般，别的申请人怎么能与汉娜竞争？

我不知道派屈克的小道消息是否可靠，他的声音就像泡在醋里似的。紧接着，他话锋一转，要是我也有三个诺贝尔奖提名的作家写推荐信，哪怕是两个，一个，我至于总是被拒吗？我求过汉娜好几次，婉转地问，她是否可以帮我介绍几个有分量的推荐人。可是她呢，总是跟我装糊涂，说什么，如果我需要她写推荐信，任何时候都行，写多少封都行。你说谁稀罕她的推荐信呢？我总不能对评委说，我这个推荐人是诺贝尔奖提名作家联名推荐的，所以，可不可以算我也是被诺贝尔奖提名作家间接推荐的呢？

我坐得有点不舒服，金属椅子太硬，风太冷，咖啡让我胃痛。不知怎的，我想起了渔夫和金鱼的故事。我在写作营见过上百个作家。他们因为写作营而变得更加虔诚、敬畏，自我认识更加清晰，作品更加宏伟，像是被点燃了；或是直接走下坡路——被写作营惯坏了。写作需要衣食无忧的环境，却容不得半点不劳而获的念头。

　　我问派屈克，你的巨著写得怎么样了？这个话题好像让他很意外。他挠了挠头说，急什么，好作品是需要时间来慢慢磨的。这话倒是不错。

往丹麦去

　　参加写作营，并非不用承担义务，事实上自始至终需要做的工作很多。被邀去大学做讲座，参与筹备各种图书与文学节，做朗读，做访谈，回答读者提问，加上其他诸多会议与文学讨论。若是怠懒，能力不足，或者不懂礼节，干出荒唐可笑的事情，那就是丢脸丢到国际上去了，以后圈内念叨的是"你们中国的作家"如此这般。在科克的时候，我连城外步行可及的景点都没时间去。几年后还是自己掏钱买机票、订旅馆，重返爱尔兰，终于去到都柏林看遍了国家艺术博物馆的每个角落，去卡莱尔郡瞻仰了莫赫悬崖。其余诸国也是如此。

　　像是此刻，我正有两份评估报告要交，区区几页纸怕是还不足以应付。他们给我的要求中关于"试评价该写作项目的相关性"，我还没弄明白究竟是什么意思。一周后是一个朗读，文本必须立刻按要求整理出来，即便同为英语，用法还得按照不同地区细心替换。到了美国，"soft day"这个说法令人不明所以，"grand"得改成"great"，"Jesus, Mary and Joseph"得改成"Oh my gosh"，否则你就等于是在说外语。到了爱尔兰，"trunk"要改成"boot"，"make out"这个词组不存在，与其说"use your coconut"，不如说"use your loaf"。口音也得改，这倒是容易，在哪个地区的写作营待过一阵后，口音总会向当地倾斜。然后把文稿发给主持人，供他们设计访谈内容。

朗读是参加写作营必备的一项技能。首先，用当地大多数人听得懂的语言朗读，这是大多数主办方的基本要求。母语朗读固然能展示某种语言独特的音韵，朗读几句恰到好处，若是长了，听众脸上的表情也会让你觉得无趣。其次，发音要标准，能让观众顺利地跟着文本中的故事走，或者进入诗歌的意境，而不是总被奇怪的口音和语调干扰。最关键的一点当然就是要有朗读技巧，就算做不到 BBC 播音员的水准，至少也得一张嘴就像个明星。

迄今为止，我遇见朗读最出色的是两位男士。其中一位就是派屈克，生于以英语为母语的国家，加上他是学表演出身的，得天独厚。据汉娜说，很多写作营接纳他的一个重要原因就是他朗读出色，在文学活动上拿得出手。

另一位是欧文，小说家，45 岁，匈牙利人。他是个内向和气的胖子，有一张肉乎乎的圆脸，戴着厚镜片，笑起来很怯懦。总是穿着同一件宽大的圆领厚毛衣，热的时候脱下来提在手里，冷的时候再套上，一天反复好几回，穿和脱的时候也不避人，就在厨房里，或者和大家并排走在大街上时。每次，他将毛衣从头顶弄下来的时候，领口总是挂住眼镜，一个人急得满脸通红又找眼镜又扯毛衣，在路中央团团打转。这番局面，别人也不好意思上前帮忙。

他总是被人把姓与名叫反。匈牙利和中国一样，姓在名之前。以前被叫反姓与名的总是我，如今中国强大了，越来越多人知道中国姓名的次序。但是知道匈牙利这个特点的依然是少数。欧文从不纠正这个错误。别人这么叫他，若是他偶尔没能反应过来，愣神之后他还会一再地道歉，就好像错的那个人是他。

事实上除了道歉，我们很难听懂他说的任何一句英语。他不是声音含混，让人完全听不清楚音节，就是结结巴巴，半天找不到语序。当时我们同在丹麦西部远郊一个湖区的写作营。有一回，美国小说家辛迪跟他打听怎么坐巴士去城里，他很热心地叽叽咕咕说了一大堆。最后辛迪怯生生地问他，请问我们可以用英语交谈吗？

事实上他就连这样的英语都不常说。他成天穿着同一身衣服，黑色卷发乱蓬蓬的，眼镜滑在鼻尖上，弓着背埋头走进厨房弄东西吃，看见谁都不打招呼，眼观鼻，鼻观煤气炉，为的是避免目光接触发生寒暄。吃完，洗毕擦干碗碟，再默默走回房间去敲键盘。这种状态被称为"入了写作定"，我们每个人都这么干过。可是写作营的主任担心坏了，他私下问我们，欧文到底会不会讲英语啊？他在申请材料里的书面英语很漂亮啊。在表格的"英语能力"一栏里，他还填写了"非常流利和发音标准"呢。

图书节的大日子到了。欧文跂拉着脚步走上朗读的讲台，手扶住麦克风。我看见主任在一旁摇了摇头，此前他差点就想说服欧文干脆用匈牙利语朗读，现在恐怕他最大的愿望就是欧文千万别跌倒在讲台上。然而，就在欧文吐出第一个单词的瞬间，他棉花堆一般的身躯忽然挺拔了，眼镜回到了鼻梁上，那张胖脸也仿佛变得轮廓分明。他的嗓音原来可以这样浑厚，根本用不到扩音器。他的英语岂止是字字圆润，这番开场白展露的演讲天赋，简直是奥巴马附体了。这是我们认识的那个欧文吗？大家惊得连面面相觑都忘记了，使劲瞪着他。

接下来的小说朗读，娓娓道来的部分让我们怀疑他接受过好莱坞的台词训练，高潮部分又让我们猜测他当过饶舌歌手。读完之后，他居然魅力十足地浅浅一笑，说他不常写诗，但是他不介意再朗读两首自己用英语写就的诗。念诗的时候，他又变成了克拉克·盖博，引发台下的姑娘们一阵阵尖叫。最后他还郑重其事地说，这两首诗其实是一周前在此地的写作营完稿的，为的是献给这个了不起的写作项目，以及这些日子以来悉心照看大家的项目主任及其太太，还有文学中心的全体工作人员。他没有直接说"文学中心的全体工作人员"，他说的是"文学中心的全体天使们"。

主任乐得直摸络腮胡子，像是要扶住快要笑得掉下来的下巴。欧文刚走下讲台，他就急急忙忙迎上去说，明年图书节，我再邀请你，你可一定要来支持我们噢！

这下排在他后面朗读的作家压力陡增。我们倒还好，反正不是英语母语国家的，朗读得稍微比欧文逊色些也不至于太丢脸。辛迪的脸色已经变得发青，嘴唇紧抿。轮到她上场的时候，她从座位上站起来，朗读稿在手里捏得皱巴巴的，扭头咬牙切齿地向我们低声扔下一句：我承认我英语没他好，行了吧？

按照欧文的说法，写作营花了捐助人这么多钱请我们来，供我们吃住，百般纵容地伺候我们，人家唯一的虚荣心就是在文学活动上把我们拿出来展览一下，我们好意思不满足他们吗？不过就是朗读、访谈、讲座和工作坊这几件，我们好意思不做得漂漂亮亮吗？朗读对于写作营里的作家，好比一个士兵就算是已经躺在棺材里，听到有人喊立正，他也得立刻从坟墓里站起来，左脚跟碰右脚跟，啪的一声响；好比是一个歌剧演员，就算是不会说话，也得会唱歌。

我们都深知这个道理。像是我在爱尔兰利默里克的时候，主办方要求我完整地朗读一则短篇小说——中国文学期刊要求的短篇小说长度是西方期刊的二到四倍——我选了最短的一篇，小说的中文版长度是 8000 字，英译本朗读至少需要 45 分钟。我向主任汇报说，这样的长度听众一定会不耐烦的，如果不删节，我估计就不得不目睹听众一批批散去，最后落得一个"票房毒药"，今后没人再请我朗读的命运。主任请示委员会，回复我道，委员会还是坚持让我读完整个故事。理由是他们难得请到一个从中国来的作家，务必用足了。

一个母语非英语的国家的作家，对着一群母语为英语的听众朗诵，我能听到直到最后 5 分钟，整个会场的听众还在屏息静气，

大雨中的朗读

　　这就是图书节期间在旷野与森林之间搭起来的帐篷，这只是其中之一，一个帐篷就是一个朗读的会场。那天大雨滂沱，加上狂风大作。我从文学中心古老的收藏中找到了几件雨衣分给大家，是的，这就是雨衣，看上去很像巫师的大斗篷吧。朗读时风雨太大，据说手机和相机都即刻进水没法拍照。

不时跟着我故事中的情节发出笑声。紧接着的观众提问显示，他们没有跟丢小说中的任何一个细节。主办方喜笑颜开，说是45分钟的朗读能做到这么抓人，连本国作家都没做到过。又说，有史以来，任谁安排的朗读都在20分钟之内，这是基本常识，20分钟之后再想让听众保持注意力的集中，这就是挑战生理本能。

说这话的时候，主办方的几位骨干正领着我在一家酒馆庆功，司陶特黑啤酒，加了柠檬片和丁香的热威士忌，加了红橙和丁香的热波特酒，可能是喝多了。还是主任意识到他们说漏了嘴，赶紧向我解释道，我们没有给你下套的意思，真的，我们是想要为你提供一个挑战，而且事实证明，你做到了，不是吗？我只能回答，好吧，好吧。

很快，我们就在丹麦遭遇了更大的挑战。两场朗读在室外，是一个月前就安排好的，讲台和凉棚也在一周前早早请工人建起来了。谁承想当天狂风大作，暴雨倾盆，气温骤降15摄氏度。有4个足球场大的湖边花园原本景致宜人，芳草萋萋，微风温暖，此刻雨水横飞，俨然一个巨型的按摩淋浴间。我们冷得瑟瑟发抖，听众所在的帆布凉棚飞在风雨中，支架咯吱作响。

主任扔给我们一人一件雨衣，吆喝着，到你们了，赶紧跑过去！于是我们冒雨狂奔，越过两个足球场，一个接一个姿态优雅地站上讲台，宛如站在冲淋房里，沐浴着冷雨的敲打，享受着同步的暴风护发吹干，一边放开凄厉的嗓子高声朗读，牙齿在嘴里上下打架。

还是得声情并茂，丝毫马虎不得。朗读通常有专业级别的现场录音或录像，除了播出，还会按时转录，存在写作营供后人调用，反复播放，直至记录媒介不可再转，也就是说至少还得存上几百年。此刻，与麦克风相连的巨大录音设备正在我们脚下的塑料防雨布里转动着，记录着我们颤抖的声音，也录入了遍野的风雨轰鸣。辛迪下午就感冒了，头疼发冷。其余人等暂时没事，但是第二天早晨，我们看见欧文抱着一卷纸在不停地擤鼻涕，眼睛肿着，鼻头红着，说起话来嗓子像一面破锣。

往加拿大去

欧文说，他不需要去看医生，感冒而已，不会让他丢掉小命的。所以几天后，当他主动提出去医院的时候，言下之意就是，他这次罹患的是致命的疾病，病名简称腹泻。

辛迪是在厨房里遇见欧文次数最多的，其次是克罗地亚的小说家瑟芙瑞雅。他们三个人进餐的生物钟比较相近，都是早起早睡的百灵鸟型。听到这个消息，两位女作家大惊小怪的，因为欧文吃得实在太小心了。从来没见过像他这样仔细清洗蔬菜的人，又泡又冲又漂。至于柜子里已经洗净烘干摆了多时的碗碟，他从不直接取用，而是必定要自己重新洗一遍才放心。肯定有洗碗机里洗涤剂的残留，蜘蛛爬过的细菌，没准还有苍蝇产的卵，他这么解释。他每餐只吃蔬菜和少量酸奶。蔬菜是炒熟的，匈牙利的名菜时蔬大杂烩。她们声称，就算整个写作营有九成的人腹泻，那也不应该轮到欧文头上。

她们这么一分析，欧文就更紧张了。某天下午，我路过办公室，听见他在虚掩的那道门里对主任太太说，腹泻可小可大，一旦脱水，就会引起电解质混乱，造成心律失常猝死。如果是病毒性腹泻，就会迅速发展成病毒性心肌炎。要是排泄中有黑红色不明物质，更可能是急性胃出血，甚至是肠癌晚期。

　　写作营有一项隐性福利，那就是如果作家在参加写作计划期间抱恙，写作营有义务负责其诊治，并且承担其医疗支出。每届写作计划开始前，主办方都不会忘记购买医疗和意外保险。出境参加写作营的作家，一般都会自己买一份境外保险，事实上这份保险是买重复了。不过我从没省过这笔支出，生病这样的事情，麻烦自己总比麻烦别人好。

　　欧文性格优柔敏感，平时连找不到剪刀都不愿麻烦其他人，宁愿自己用牙齿咬开包装袋。可是缠绵不去的肚子疼显然是把他吓坏了，他低声下气地向主任太太求告，写作计划还有3个星期才结束，万一是大病，拖上这么久没准他根本撑不到活着回国。

　　第二天清早，主任太太就预约了医生，亲自开车送他去诊所。这就要说到写作营的地理位置了，一边是与北大西洋和挪威海相连的湖泊，另一边是森林。庄园几乎是孤立的，有50余间房间，硕大无朋的花园与池塘，1条小木船配4支木桨，还有4辆自行车。想要去最近的食品超市，骑车单程1小时20分钟。去最近的小镇，公交大巴单程50分钟，4个小时一班。如果要去哥本哈根这样的大城市看病，路上须得换乘一辆公交大巴、两列火车，单程七八个小时，太不现实。所以欧文决定先去那个小镇的诊所看看。

诊所不是医院，用丹麦语直译，其实应该叫作"医生的房子"。房子里只有供儿童玩耍的彩色积木，没有任何医疗检测设备。医生不穿白大褂，据说是一个穿着牛仔裤和格子衬衣，30岁不到的年轻人，号称全科医生，也就是说从肚子疼到耳朵发炎都管治，也都不会治。欧文回来以后一直在嘟哝，说那个医生只口头问了几句，连听诊器都没用，他的肚子都没按一下，就给他开了药。还自信地告诉他，有这种问题的本地人多了去了，用了这种药，不出三天，肚子疼就会明显好转。欧文哼哼着说，看病是靠相面的吗？人跟人肚子疼的原因能保证都一样吗？

话虽这么说，欧文还是乖乖开始吃药。三天之后，他的肚子果然不疼了。可是没高兴两天，他又羞答答地去找主任太太。他汇报说，他的病情可能正在恶化，不疼并不一定是好事，但凡癌症这样的大病，不到晚期是不会疼的。他认为自己病情恶化的依据是，排泄之后，他看到抽水马桶里满满一池的泡沫，而且在网上完全查不到对应的症状，这让他寝食难安，再差半分就要完全崩溃了。

全科医生表示，他对这种症状也完全没有概念，不过他可以把病人转到专科医生那里，这样就会有专业的设备替他化验。预约专科医生的排队时间是一到两个月。主任太太是个身材高大的丹麦母亲，有着一双和善慈祥的蓝眼睛，她说，欧文你别担心，只要你愿意等，你可以住在写作营里，我们会保证让你跟来的时候一样健康地回家。

排队等候期间，欧文严重失眠，每个晚上只能睡着两个小时。白天禁食一切可疑荤素，最后落得只敢吃煮麦片。我们看着他渐渐消瘦，圆滚滚的身躯缩小了一圈，那件著名的圆领毛衣在他身上显得松松垮垮的。两个半星期之后，还是他自己发现了这种肠道疾病的症结——抽水马桶里奇怪的泡沫只出现在周一和周四，正是清洁工定期打扫庄园的日子，洁厕剂是泡沫型的。

　　我可以很负责任地说，自始至终，写作营里没有一个同伴笑话过他。即便此刻我把这个事件记录下来，也没有任何揶揄他的意思。鉴于世界急速缩小，语言已不再是传播的障碍，我特意将本文中容易识别的名字和有关信息做了调整，以保证没有好事之人能够将这些事与我的朋友们对应起来。

　　我想说的是，来到写作营之前，我们都曾以为自己是不容于世界的怪人，孤僻，敏感，善良而软弱，自卑并自傲。当我们聚在写作营里，这个专为我们这一类生物所设的避难所，这个工作人员把我们的怪癖全然视作天赋的乌托邦，我们近距离地相互观察。彼此的相似之处让我们觉得不再惶恐，觉得身心放松，觉得我们的存在并不是一种错误，也觉得自己其实并没有那么独一无二。

　　汉娜提到过，某年她一时兴起，在各个写作营之间发起过一个趣味问答调查。结果显示，一年去医院验血六次以上的占六成，在验血后发现重大问题是零。有过失眠问题的占十成，经常使用精神处方类安眠药的占九成。曾经尝试使用过的其他非处方类安眠剂包括各种奇异的提取物，来自缬草、伯利恒之星、沙漠座莲、铁线莲、樱桃李、马鞭草、白栗子、蛇麻草等，调查结果整理出来堪称安眠药制品的百科全书。

住在丹麦临湖的那个写作营时，我的房间地板下方恰好是厨房的脱排油烟机。每天凌晨三四点，风扇的震动必定将我闹醒，那是丹麦女诗人玛利亚、艾米丽和丹麦小说家曼弗雷德在做晚饭。他们是严重的失眠症患者，下午三四点是他们的清晨。我那一回随身带了100颗安眠药，可喜的是，森林散步治好了我的失眠。他们吃完了自己的安眠药，就来问我讨。玛利亚总是将双份的安眠药用酒送服，她说她已经对我的安眠药上瘾了。艾米丽试了三次，说是药效太轻微。

晚睡并不是失眠症的唯一表现。那些早睡早起的作家可能失眠更严重。准确地说，这不是早起，是早醒。像是辛迪，每夜最长不过四五小时睡眠，持续了十几年。瑟芙瑞雅的失眠最严重，欧文来问我讨安眠药的那些天，我的安眠药瓶子已经被瑟芙瑞雅拿到了她的房间里，因为她需要超量服药，要是服了三份还是在天亮前醒了，可以再加服两份。欧文支支吾吾地问瑟芙瑞雅，这种安眠药到底要一次吃多少片才管用？我这一回失眠得太厉害了。

瑟芙瑞雅是个头发灰白，温文尔雅的老年妇人。她发愁地打量着欧文说，如果这种安眠药不管用，我倒是还有一些抗抑郁药，对失眠的效果不错的，你要不要试试？

欧文腼腆地答道，抗抑郁药我倒是带足了，这些年就是靠这些药走过来的。

每次离开这群可爱的朋友之后，我总是不由得时时回想我们在写作营的那种亲密，任何话都不忌惮地直接问、直接说，即便我们方才认识，仿佛我们即是彼此。记得汉娜趣味调查的最后一项数据显示，在写作营里，有抑郁问题并且曾经服药的占七成以上。然而从表面上看，很多人并不像是抑郁症患者，比如欧文，他体格健壮过人，少年时是棒球运动员，曾被选往美国参加培训，数年后返回匈牙利。现在他正在考虑移民，我们问他打算移去哪里，他答道，加拿大。他说他是考察了很多地方，权衡各种利弊后，才做出这个决定的。他去了很多写作营，为的就是考察究竟哪个地区更适合他和他的家庭。他离异再婚，有一个性格强势的妻子和一个刚满 3 岁的女儿。隔天，他群发了七八个网页给我们，分别是位于加拿大、瑞士和德国的写作营。抓紧申请啊，去看看哪个国家更好，他撺掇大家。我私下回了一封邮件给他：文字方寸之外，处处皆异乡。此心安处，处处皆是在家。

欧文出版过四部小说，两部短篇小说集。我读了他仅有的两百页英译本。他的风格让我想起 J.G. 巴拉德的《太阳帝国》。他写少年人眼里的酷烈世界，奇思妙想中有一种让人想要流泪的幽默感，这是一个纯真与伤感的灵魂。他不是我在写作营遇见的最著名的小说家，却是最有才华的那一个。

往希腊去

汉娜失约于瑞典的那一年，我并没有去法国会她。往返上海与欧洲的机票早就订好，签证的日期也没有余量。直至第二年秋季，我们才终于相会在巴黎。再次听到她那熟悉的慢吞吞的沙哑嗓音，我有一种错觉，仿佛这些年我们始终同在一个写作营里。

她还在那个"机会难得"的写作营。据说是法国一个基金会的邀请，希望她对跨文化的童话原型做一点研究，为此她得到少许经费，还能每年在巴黎小住几个月。这座带花园的大房子竟然位于巴黎上好的地段——拉丁区，附近有先贤祠，还有无数雅致的书店和咖啡馆环绕。对于我们这些早已习惯了站在写作营门外看野鸭、海燕或者牛羊的作家而言，简直像是个奇迹。

汉娜说，这种好地段可不是白给的，做研究要求我能使用法语。学一种新语言，每天跟野鸭练口语总不现实吧？我听见汉娜熟练地用法语和书店老板聊了半晌，询问那本名叫《自由》的书何时到货。汉娜毫不谦虚地说，我的读写能力可比口语强多了，没准罗曼语系比日耳曼语系更适合我呢。52 岁开始学法语，53 岁达到这种水准，若不是一个终年生活在写作营里的女人，怕是连尝试的借口都没有。想到这里，又觉得有几分凄凉。

相会的那天恰好是 9 月的第一个周日，奥赛博物馆（原址为巴黎通往法国西南郊区的一个火车站）免门票，错过天理难容。于是我们一同搭乘 M12 号线地铁，在塞纳河边这座废弃的火车站里消磨了整个下午，直到 6 点闭馆才出来。然后选了一家游船餐厅吃晚饭，点了海鲈鱼和莎当妮（一种白葡萄酒）。塞纳河上漫天的海鸥如雪片般飘落，夕阳穿过船舱玻璃，奢侈地铺满我们的整张餐桌。

还记得在我们第一次相遇的写作营里，晚餐桌上，我曾小心地问汉娜，是否想过要有自己的生活？她的手指捏着烈酒杯，慢条斯理地啜了一口，对着我挤眉弄眼地说，这就是我自己的生活呀。你不会是指那种愚蠢的生活吧？这方面，我可比你们这些年轻人经历多噢。

我等着听汉娜心碎的故事。结果我的猜测就像是廉价的通俗小说，她的经历有如真正的文学作品。她用半开玩笑的表情说道，44 岁之前，我相夫教子，家庭美满，说到害得我变成孤家寡人的元凶，那就是写作。写到第八年，我发现自己出了点小问题。这个发现始于表姐的意外到访。她从慕尼黑到柏林来应聘一份工作，写信给我，问是否可以暂时借宿在我家的房子里。我们自小关系亲密，这一问其实只是礼貌。我欢喜地迎接她，她还与以前一样，帮着我一起张罗三餐，这能够让我少干些活儿，但是反而会使做家务的过程更长，因为我们总会不停地聊天。

以前我很喜欢这个过程，两个女人在厨房里喋喋不休，顺便喝上一小杯，配着新鲜的羊奶酪或意大利肉肠萨拉米，把烹饪的过程变成一个小型派对。我还抱怨丈夫不常与我一起下厨，损失了这种乐趣。可是那时候，我发觉我的好恶已经完全不同了。她在腌肉配料的时候，我闲着两只手，心里一味想着，既然没有事情需要我帮手，为什么我还非得站在这儿陪你说话呢？为什么我不能走开去敲几行字？至少可以趁着手上有闲拿起一本书，靠在沙发上安静地读几页，当然人情常理不允许我这么做。

好不容易全家用餐完毕，碗碟都放进洗碗机。表姐建议说，不如我们一起出去逛逛，去商场见识一下这个季节的新款时装，再去莱茵河边喝杯咖啡，这才是你这个家庭主妇应该过的幸福生活。我这才又意识到，我已经对新款服装不再有兴趣，如果衣柜里不缺什么，光为了参观去商场闲逛，那种行为就我看来更加毫无意义。虽然这曾经也是我的一项重大乐趣，在我写作之前。至于去河边喝咖啡，我宁愿在家煮一杯，端到书房里，然后去安心敲一阵键盘。

我勉为其难，白天陪表姐出门，晚上还得陪着她看电视新闻，看球赛，看她从音像店里新租回来的动作大片，少不得端出一大堆香肠、火腿、芝士和蛋糕，倒上酒。我的两个男孩和丈夫兴致勃勃，加入这场夜晚的狂欢。丈夫还半是感激半是抱怨地对表姐提到，如果不是你来拜访，我们家都不知多久没有过这么热闹的晚上了。所有人都在没完没了地说话，连当时刚满10岁的小儿子也在努力发言，想要挤入这场谈话。然而就我看来，他们只是不知所云地发出声音与不明所以地应和。每当此时，我更加急切地想要回到我文字的世界中去。可是即便我终于摆脱这一切回到书房，依然不能立刻顺利地进入工作状态。那些莫名其妙的交谈扰乱了我思考的气场。

本以为这种日子熬几天也就过去了，等表姐正式上班之后，她自然就会找房子搬出去。两周后，她说要告诉我两个好消息。一是她那份工作的复试已经正式通过了；二是公司把她安排在波茨坦广场分部，离我们的房子不远。她喜笑颜开地说，所以我就可以不用搬走，一直陪你们住下去，还能为你添一笔房租的收入，你开不开心啊？

表姐搬走以后，我和她之间的友谊算是彻底完了。丈夫责怪我脾气越来越怪，客房空着，他都不介意我的亲戚搬进来，我却宁愿翻脸也要把人赶走。8年的写作看似只是家务之余的一项副业，然而直到那时我才清晰地意识到，某种奇异的改变正在逐渐占领我的全身心。我每天最愉快的时候不再是家人满堂，而是早上把男孩们打发去学校，再听着丈夫出门上班发动机车引擎的一声响，这就像最动听的天籁宣告了我可以回到自己的世界，留下多少脏碗碟和泥渍斑斑的衣服我都不在乎。

当我独处，无论身体在做什么，精神都能回到自己的王国，想着正在进行的作品，想着下一部作品，我觉得灵魂充盈着光亮。可是当丈夫建议全家人去他母亲家过感恩节，或者去参加他同事家的派对放松一下，对不起，我实在感觉不到一丁点的放松。恰恰相反，周围需要我不停应和的人群飞速消耗着我的能量，只消半个小时，我就像被榨干的一堆橙子渣。

由于我提出离婚的理由莫名其妙，我自愿净身出户。无论前人把写作比作蠕虫还是绦虫，我们是心甘情愿的奴隶。我倒是宁愿把写作比喻成"皈依"，是一种自觉自动的"出家"。不同的是，宗教是先有寺庙，后有出家人。写作则是先有了一大群神经兮兮的出家人，这才有了遍布地球，专为我们这群人静心修行而设立的寺庙。

我知道汉娜这是在说写作营。她就这样成了一个云游四海，到处挂单的"尼姑"。至于她的两个男孩，每年她都会回柏林探望他们。大儿子是工程师，业余尝试写作已有数年，得过几个短篇小说奖的提名，尽管她并不赞成他继续下去。去年小儿子也在大学里选了创意写作课程。汉娜以前在邮件里曾经提过这么一句，如果妻子和两个儿子都陆续"出家"，那个丈夫一定感觉很失败吧。

汉娜的趣味问答调查中没有婚姻问题这一项，不知她是否故意回避，还是觉得这是秃子头上的虱子。就我个人的见闻，我所遇见的上百位作家中，保守估计，不低于七八成是离异或未婚。其余即便有美满或不美满的家庭，从他们的思想和行事中也完全看不出家室的痕迹，他们在精神上依然是单身的。

面朝落日，游轮在塞纳河面上滑行，桥拱的投影一次次掠过我们的餐桌，仰头可以望见正在靠近或远离的桥栏上数不清的心愿锁，在余晖中闪闪发光。汉娜的声音依然不紧不慢，像是说着与她无关的故事，可是这一回她告诉我的竟然是，她恋爱了，已经一年零四个月。那一位是苏格兰后裔，物理学背景的科幻小说家，出生在西雅图，是个佛教徒，还是个严格的素食主义者。

他们认识于去年暮春，在希腊海岛上的一个写作营。他比她年轻 11 岁，离异，个性严谨害羞。可能是持续三周无雨的丽日蓝天和碧蓝的爱琴海赋予了他表达的勇气。这是汉娜写作营生涯中最美的一段时光，可是她当时并没有太认真，毕竟写作营是世外桃源，回到现实，一切都会不同。这也是她为什么当时欣然接受了法国的长期项目，直奔巴黎。她在拉丁区安顿下来的第二周，有人敲门，她的苏格兰小说家跟来了。没有申请到相同的写作营，他就在右岸 11 区租了间斗室。

听到这里，我下意识地环顾四周，仿佛这个与汉娜隔岸相望的"跟踪狂"就在左近。他现在还住在巴黎吗？我问。汉娜笑眯眯地点了一下头。他就打算这么一直住在法国了吗？我惊呼起来。汉娜庄重地纠正我道，不是他，是我们。我们打算定居法国了。他想要建立一个家庭。我们抽空在法国转了一圈，看上了南部一处僻静的山谷，靠近卡尔卡索纳古城的所在。他打算在那里建造起我们的房子，再领养两个孩子，这将会成为汉娜和汤姆创立的一个法国籍麦凯恩家族的开始。汤姆·麦凯恩是她那位苏格兰年轻爱人的姓名。当然我们可能不会办婚礼了，我希望婚礼上只有一个人穿裙子，可是他准保不会同意。

汉娜兀自咯咯笑了起来。

噢耶稣啊，我咕哝着，你真的打算把将近 10 年前扔掉的生活再捡起来吗？

汉娜用法语回答道，这就是生活。在有限的生活里，我们的选择总是非此即彼，没有更多的可能性，不是吗？

不知怎的，我觉得有点伤感。她终年漂在写作营的时候，我为她伤感。如今她即将拥有美满家庭，我的伤怀又因何而来呢？也许是她将从此退出卡斯塔里，彻底离开这个她引领我进入的世界。汉娜坦白地向我宣布，开始认真建立一个家庭需要她时刻在场，从双手到精神都得在场，巴黎这个项目恐怕会是她写作营生涯的终点。

克乃西特（小说《玻璃球游戏》的主人公）最后也走出了卡斯塔里，难道你不认为这是一个正确的选择吗？汉娜对我眨眨眼睛，像是小学老师耐心地看着她那个解不出难题的学生。上甜点的时候，她极力撺掇我也去希腊的那个写作营走一走。她把网址写在柠檬黄的餐巾纸上推给我。没有见过爱琴海，你不会明白什么是真正的蓝色。她像是代言人似的介绍着：房间很宽敞，不需要暖气，周围遍地都是一千六七百年前的遗迹；离游客聚集的地方足足有半小时车程，安静到只能听见海鸟和海浪的合奏。

往上海去

汉娜还给我留下了一份"遗产"。她集全球 7 位常年往来于各国写作营的作家之力，共同制作了一份写作营网址和联系方式大全。这是一个谷歌共享文件。由于写作营处于不断新建和停运的动态变化中，每个人的实时添加和修改显得尤为重要，谷歌技术实现了这一可能性。

收到汉娜发来的共享文件链接是在离开巴黎一个月后，当时我已返回上海，无法登录这个网页。念及在巴黎时，汉娜曾对我提起，她已经很久没有得到派屈克的消息，也不知道他是否还需要这些写作营的申请资讯，于是我就把这份"遗产"转发给了派屈克。

派屈克飞快地回信了。此前将近一年，我写给他的邮件都如石沉大海。他说他正在洛杉矶，好莱坞。激动人心的电影事业正在向他打开大门。这一年是他生命中戏剧性的转折。通过朋友介绍，他有幸将自己的短篇小说集送给了大卫·林奇过目。大卫·林奇非常欣赏，很可能近期就要改编成电影。他早就直觉自己的风格与大卫·林奇气味相投，这种预感终于变成了现实。他将成为一个与大卫·林奇合作的编剧，是的，既然改编他的小说，当然应该由他担任编剧。他正在博览史上最著名的剧本，积极做热身。

我回信问他，导演的名字是否拼写错误了？大卫·林奇早在多年前息影，专心于禅定冥想。他更迅速地回信申辩道，我怎么可能把这么重要的名字拼写错呢？要知道这可是我人生中关键的人物！大卫·林奇确实很久没有拍电影了。他确实是通过参加"超脱禅定法"的培训才见到这位名导演的，但是他相信这种结识的方式会让两个人的心靠得更近。再说了，如果息影多年的大卫因受到他小说的触动而复出，届时他的声誉岂不是不亚于得到诺贝尔奖？

派屈克还在邮件中补充道，他并没有打算在大卫·林奇这一棵树上吊死。不久前他还通过朋友引荐结交了克里斯托弗·诺兰，正在期待与他进一步的合作。这会儿他的手机正24小时开机，也许下一分钟就会有导演亲自打来的电话，邀他去共商大计呢。洛杉矶的各色派对真是建立关系网的乌托邦，弄得他每天中午都宿醉难醒。

我想他近期是不会再需要任何写作营的申请信息了。

冬夏流转，我留在上海修葺我老旧的公寓。在阳台上建起两座阳光房，装了金属的防盗门，清洗窗帘，为客厅和卧室铺上新地毯，给两间书房都安装起静音暖气片，从而摆脱空调恼人的噪音，顺便修理了厨房的洗碗机和烤箱，做饭喂饱我先生。

再次来到写作营是又一年的9月。这是爱尔兰规模最大的艺术家中心，创始于 30 多年前。整座豪宅横亘在雾气缭绕的湖畔，还有几幢独立的房子在丘陵缓坡间，周围是田地、花园和森林。这一大片物业和土地来自一位舞台剧导演的遗赠。他并不富裕，这是他的祖产。他以这种方式令他的名字活了下来。

写作营位于爱尔兰北部，距离最近的小镇蒙纳汉有 40 分钟的车程，没有火车，没有巴士，只有一条乡间小道蜿蜒在写作营与外部世界之间。如果想要出去，得至少提前一天打电话预约出租车，车费相当于一张廉价航空机票。9 位工作人员维持着这个孤立世界的日常运营，保证房屋的供水供电，修剪草坪，种植蔬菜，提供旅居作家的食物。

早餐和午餐，我们可以自助地从厨房的桌上和冰箱里找到。晚餐是每天 7 点整，与厨房相连的起居室火炉已经生起。足够将近 30 人同时就座的餐桌被我们戏称为"有一节火车车厢那么长"。浆洗过的桌布铺好了。餐巾餐具摆放得极为正式。所有人必须穿戴整齐，准时集合在这里，打开酒瓶，一同就餐。这是保持了 30 多年的传统，是捐赠者的遗愿。他希望在这座房子里，他曾经大宴宾客的时刻，作家们依然如往日般在餐桌上高谈文学，享受一整天劳作后的交流之乐。

某夜，大家又聊起各自曾去过的写作营。美国佐治亚州的诗人贝蒂说起她最喜欢的写作营，选址于波士顿以北一座森林里，冬季大雪覆盖，作家们都在一座座小木屋里写作。工作人员会把火热的晚餐装在篮子里，放在每座小屋的门口。印度的一个写作营每晚供应全素的正餐，可是作家们吃饭的时候，舞娘不停地围着餐桌跳舞，让他们吃得心神不宁。

奥地利小说家玛古斯去过土耳其和哥伦比亚的写作营。他怀念哥伦比亚那间厨房里取之不尽的咖啡，主任还请他们吃过一次炸蚂蚁。他说这两个写作营还不算最冷门的，他的朋友得到过中东某君主制国家的邀请，写作项目的津贴高得惊人。那朋友就乐颠颠地去了，全程得到极大礼遇，还有人特地送来一双皮靴，说是亲王派人送给他的。然而皮靴小了好几个码，根本不可能穿进去。他差点就扔掉了，幸好没有。隔天他被通知亲王召见，来人特地嘱咐，出于尊重，他必须穿上亲王赠送的皮靴去，否则小心脑袋。天知道他是怎么把脚塞进那皮靴，然后一瘸一拐走到皇宫里去的。天知道这又是不是那朋友自己杜撰出来的。

保加利亚小说家格奥尔基说，他几年前收到过伊拉克一家写作营的邀请，犹豫许久，最后还是没敢去。贝蒂说，她收到过约旦寄来的一份小说节邀请，她也没敢去。于是更多人开始打听，有没有地处新西兰的写作营呢？有没有澳大利亚的？有没有中国的？

相比之下，我还是偏爱蒙纳汉的这个写作营。它的地理位置遗世独立，恰如写作营的精神位置遗世独立于苍莽现实。此地离派屈克的家乡戈尔韦不远，这让我又想起久未通信的他。我思忖着，也许这个孩子的小说改编已经有了着落，他会需要一个清静的地方写剧本。这个写作营真是再理想不过了，对爱尔兰本地作家还有补贴。

派屈克回信道，我倒是真心希望有个地方可以清静几天，可是不成啊，我实在太忙了。口吻俨然大人物。他说，你知道吗，我去过上海了，浦东。你的城市太奇妙了，简直像是科幻大片里的未来世界。当然不是去写作营，我是跟着剧组去上海取景的。《007：大破天幕杀机》你看过了吗？萨姆·门德斯喜欢诺兰的风格，他知道诺兰正打算启用我，他就抢了先。但是如果诺兰再找我，我也不排除考虑与他合作的可能。

我们登录"脸书"（Facebook）聊了一会儿。我问他是不是编剧之一，他含糊地答道，是负责现场协调的工作人员，这个工种更有前途，更接近导演工作。我劝他说，跟那些人周旋下去未必能有什么结果，徒然浪费你的写作才华，还是回到写作营来吧。他答道，写作营的那些人连碧欧泉的全套护肤品都用不起，跟他们周旋到老，又能有什么结果？

我问，你那部500页以上的巨著呢，还在打磨吗？他答，500页的一本书还比不上5分钟的电影造成的影响。我想说，如果每个人都想走近路，不仅是小说，电影也早就不存在了。不过我保持了沉默，只回复，祝你好运。我知道他也已经离开了卡斯塔里，与汉娜一样，可能今生今世不会再回头。

在那张"有一节火车车厢那么长"的餐桌上，有位来自都柏林的剧作家艾瑞克，是圣三一学院的助理教授。他写过一部学术书，研究各种文化中"玩笑"的共性。诸如在古老的故事中，富人总是成为笑话的主角，穷人基本幸免；在笨人和聪明人之间，聪明人通常被选作揶揄的对象，笨人反而有福。如果故事依然在对立的阵营中选择更逗人发笑的一方，走入写作营和走出写作营的作家，谁会被选中？

往非洲去

　　卡洛琳在蒙纳汉的写作营中是个异类。她来自丹麦的哥本哈根，小说家，45 岁。我第一次见到她是在吃早饭的时候。我起床晚，走进厨房已经 10 点钟了。厨房有一扇玻璃门面向方圆半公里的草坪，绿色尽头是一片巨湖。雨后初霁，透过绵延的雾气，远方湖水中耀眼的晨光宛如蜂群飞舞。就在这片奇幻的背景中，我看见卡洛琳像个外星女战士一般从远处跋涉而来，慢慢走近。从细小的剪影，缓缓变成一个冒着热气的人。

　　10 摄氏度左右的气温，室外。她穿着紧身的跑步中裤，跑步背心，勾勒出腿部粗大的肌肉和相形之下有些窄小的肩膀。跑步穿这么少也很正常，然而关键是这身衣服是湿透的，她晒成赭红色的肌肤上水珠闪闪发光，一头亚麻色的短发滴着水贴在头皮上，高度近视眼镜片满是雾气。她步伐矫健，神色则有些茫然，多半是视力受阻的缘故。直到跨进厨房，快撞上桌子了，她才看见我，急急忙忙用手掌在裤腿上蹭掉一点水珠，然后咧嘴笑着，过来握我的手。冰凉有力的一握激得我打了个哆嗦。

她说她刚刚游泳回来，在湖里。先跑步半小时，再下水游泳，真是个绝妙组合。

此前，对绝大多数旅居这里的作家而言，这片湖是用于观赏的。事实上对于绝大多数往来于写作营的作家而言，他们的日程不过是写作、开会和讨论，唯一与外部景观环境有关的活动是"闲庭漫步"（perambulate），每天半小时到一小时。

卡洛琳的到来有如在冷水锅里投进一块火烫的石头，转眼间，整锅水开始沸腾。在她的撺掇下，贝蒂也尝试了晨跑加游泳的组合项目。她青紫着嘴唇，冲进厨房，气喘吁吁地对我说，其实她只是下水了三秒钟，水太凉，湖底的尖石头扎疼了她的脚掌。随即她打着喷嚏，风一般跑上楼冲热水澡去了。

卡洛琳打算组织更多人一起下湖游泳，在最美丽的日落时分。玛古斯说，开玩笑，水温太低了，而且那里根本没有一个合适走进湖的地方，没有台阶，没有沙滩，难道让我们像天鹅一样飞进湖里去吗？结果到了傍晚，几乎所有人都去了。我们在湖水里绝望地扑腾着，想到待会儿穿过草坪走回室内至少得 15 分钟，湿淋淋只披一条浴巾，那该比水里更冷，冷上 10 倍。15 分钟以后，我们却光着大半个身子坐在湖边，每个人手里拿一瓶啤酒，望着夕阳，争论着哈罗德·品特的戏剧，把这片杂草碎石还爬满蜗牛的野地生生变成了马尔代夫的沙滩。整箱啤酒是卡洛琳从储藏室里偷出来的。

写作营附近的湖

　　但凡附近有江河湖海，大家就会相约一起去游泳，就跟小学生结伴春游一样，有一回还弄到一条小船，午夜里划到湖中央找不到归途，黑暗中只有星光在湖面的反光，宛如蜂群一般绕着我们静静飞舞。

卡洛琳说等到明天，她要设法弄个炭火盆，搞点炭块和木头，在这里生一堆火。第二天彼时，主任找我谈话困住了我。后来我听说湖边篝火未能燃起，因为找不到干燥的木材。但是更多人下了水，连72岁的法国历史小说女作家奥利维亚也去了。她穿着一套比基尼，颤巍巍地站在湖边的石堆上，嘟哝着，我心脏不好，我的药就在浴巾边的小布袋里，然后她扑通一声就扑进湖水里了。卡洛琳告诉我，当时我真想拦住她，可是谁有权利拦住一个半截入土的老人去找乐子呢？说罢她就朗声大笑起来。这是她招牌的笑声，震得天花板上的青铜吊灯、墙上的油画和门廊里的雕像都颤动起来。

背着她，人们私下议论说，她肯定不是一个好作家。作家都是热爱脑力运动胜过体力运动的，她好像恰恰相反。她四肢过于发达了，难保不会占用她脑细胞需要的能量。她的性格也过于单细胞了些，听她那大嗓门和飞快的语速，说什么都完全不过脑子。

某次晚餐，主任问大家为什么申请到这个写作营来。人之常情，说些溢美之词也不会被雷劈。轮到卡洛琳时，她说，她意外得了个国家奖，奖金的一部分规定用于支付写作营的开支。她不想去丹麦本国的写作营，就选择到爱尔兰来了。

主任高兴地问，是因为你喜欢爱尔兰文学，还是以前在朋友那儿听说过我们这个写作营，喜欢这里的环境？卡洛琳答道，其实只要不待在丹麦的写作营，哪里都行。住进本国的写作营是个大麻烦，丹麦作家在一起不是互相暗自较劲，谈论你前一本书卖了多少，我这部小说有谁给写了评论，就是想要从彼此牙缝里挖一点资源出来，你的出版社，你的文学期刊编辑，跟你相熟的评论家和大人物什么的。卡洛琳哈哈笑着环顾四周说，你们爱尔兰作家挤在一堆的时候，不也是这样的？这一句大实话后，餐桌上三分之一人的脸拉下来了。

她又说，我不喜欢住在写作营里，需要休息的时候还成，短期的，两三个星期，再长就不行了。写作营并不需要我，这个世界有更大片的地方需要我。比如说，非洲。

她给自己斟满苏维翁红酒，开始用撺掇大家跳下冰湖的气势鼓动我们。如果你们想要见识一片真正的乌托邦，就买张机票去非洲住几个月吧。2002 年，我第一次到非洲，肯尼亚、坦桑尼亚、马拉维、赞比亚、莫桑比克。当地人见了我就乞讨，孩子和成年人都是如此。我给了他们一些小钱，他们并不离开。我有些生气，告诉他们我不能给他们更多的钱，我不是财主。有个老人指着我手里的书问，你有没有多余的书可以给我们？我们不要你的钱，我们可以把钱还给你，但是你可不可以给我们一本书？原来他们看见我在车站里读书，看见我从挎包里掏出过不止一本书。他们死死盯着我的皮箱，猜测里面也许装满了书，眼神像是瞪着一个宝库。

我走在那些穷乡僻壤，见人们在树上挂起的一条腌肉，据说可以吃整整一年。要是我在饭店里点一条鱼，等四五个小时他们还没从河里捉起来。可是到处有人伸出手问我，你可不可以给我一本书？欧洲的书在书店里促销无人问津，在仓库里慢慢发霉，在与电视与电影的战役中落败，紧接着又彻底在互联网面前变成炮灰。我公寓的衣帽间里堆着自己以前出版的两百多本小说，都不知道应该送给谁读。而在非洲，人人都觉得如果能乞讨到一本书，可比纸币稀罕得多。

我说我不能把书送给你们，我只能借给你们读。我住在马拉维河边的一个村庄里，我皮箱里所有的书都被他们借阅过一轮。每本书转手几十个人，再回到我手里时，封面上的油彩都被手指给摩挲得褪了色。最后我离开的时候，还是把随身携带的每一本书都留下了。那些书留在非洲的命运，显然会比跟着我回丹麦要好得多。它们不会寂寞。

此后我又多次回到非洲，2005 年，2008 年，2009 年，2012年，每回停留三四个月。没有哪片土地上的人们比这些非洲人更渴望阅读。于我而言，非洲因此拥有了难以抗拒的魔力。好比我是一个制作梳子的手工艺匠人，劳作半生，生活在秃子云集的国度，却在某天无意间发现了一片人人长发茂盛的新大陆。

我遇见很多从北美、欧洲移居非洲的青年作家，他们宁愿放弃以前的人生，放弃祖国的读者，从此为非洲写作。他们写非洲的人、非洲的生活，自费在非洲出版，但销售量高过以往的 10倍、20 倍，甚至更多。靠卖书的收入，他们拥有了饱暖的生活，当然不可能是奢侈的生活。在非洲本来就没什么消费和娱乐，比你们想象中更艰苦。然而最重要的是，他们拥有了此生在本国写作永远不可能达到的读者数量。这是他们曾经最渴求实现的愿望，也是投奔非洲的唯一理由。

非洲是他们真正的乌托邦，不是写作营这种所谓的理想国。他们没有选择在写作营里苟延残喘，靠富人捐赠和政府拨款拥有一张暂时宁静的书桌。据说在这里创作出来的大部分文字过于高雅小众，还得靠一些院校的经费来资助出版，而这些书九成的读者是你们彼此，顶多再添几个评论家、几家媒体，那已经是不能再好的结局了。

　　卡洛琳说到这里，餐桌上剩下三分之二的脸也变青了。贝蒂尖着嗓子插话道，这么说来，你的书全都是在非洲出版的咯？这句话是明显的讥讽。作品英译本的出版有众多选项，或美国市场，或英国出版商，或更多以英语为官方语言的地域，视文化高地与低地分优劣。非洲也有众多英语国家，只是如果英译本的出版地是那些国家，总会引来一些意味深长的笑容。贝蒂的言下之意还不仅如此。若是如她所嘲讽的，卡洛琳的书全部出版在非洲，那就等于是在说，她没有任何母语作品出版在本国。

　　我看过卡洛琳的简历，她在丹麦出版过 6 部长篇小说，两部短篇小说集，还得过 3 次国家级大奖。她出版物的数量是贝蒂的两倍。不过卡洛琳恐怕真的有单细胞之嫌，她完全没有注意到贝蒂这个问题背后的恶意，还很认真地回答道，我自己的书倒是一本都还没在非洲出版过。我都还没时间想过这个呢。我在非洲忙得恨不得能多长出几只手来，不是敲键盘，而是各种打杂。

　　她开始列举道，我先是筹钱在莫桑比克建起了一个图书馆，组织了读书俱乐部，每周都有活动，请作家来和读者互动，做朗读，或者读者自己聚谈最近读到的好书。过了两年，我终于筹到足够的捐款，与马拉维的一位作家合伙成立了一家出版社。为了这家出版社，我每年必须花费大量精力填表、写邮件，向欧洲和美国的各种基金会申请资助，他们总有一部分经费是与支持贫困地区文化发展有关的。我不负责选书、编辑和印制，我不参与出版的任何环节，这些全部交由非洲的工作人员来运作。我只负责筹钱。

3 个月前，机缘巧合，摩纳哥的王储同意捐赠一大笔钱给我们的出版项目。说到这里，她弯月般的眼睛在镜片后面笑得灿烂，一拳头捶在身边玛古斯的肩膀上。嘿，那可是真正的王子和公主啊。10 月份我就要带着他们去非洲，给我那些爱书爱得发狂的老伙计送钱去。让他们加班加点，这两年至少弄出 100 种书来发到书店里。

这时候，她意识到大家看她的目光变得异样，那是作家看到出版商的目光。她眨巴了几下眼睛，随后坚决地摇头说，我们写自己的世界，以为全世界和整条历史长河的读者都愿意读，事实并非如此。非洲并不需要我们写的书，他们想要读的是非洲的故事，非洲作家的作品。我无意把我们文化的垃圾倾倒在他们的土地上。我想做的是帮助他们本土的文化进入一个良性循环，不是把他们发展成西方文学的读者。这家出版社只出版非洲作家的书。

当年凯伦·布里克森写肯尼亚，据说让非洲文化界很不愉快，认为她的悲天悯人是一种更刻意的优越感。如今卡洛琳只让非洲人读非洲，这种努力究竟会被解读为对非洲文化的尊重，还是西方文化的自以为是，恐怕将来最有权评判的依然是非洲当地人。

卡洛琳说，作家最大的痛苦就是把自己的写作看得太重，把自我精神世界中的电闪雷鸣看得太重。它们可能什么都不是，那点风连一寸之外的半根头发丝都吹不起来。她像堂吉诃德般高声召唤我们：你们走进这座写作营的时候，就已经走出了现实世界的小天地。那么为什么不再走出这座房子，到非洲去，到世界的尽头去？你会发现，有远比写作更重要的事情在等着你。就像我，我是文学殿堂里的一个信徒，一个布道者。我希望更多人能享受阅读和写作，享受灵魂得以脱离肉体局限抵达的时间与空间。这种愿望远胜于期待他们阅读我个人文字的一己私欲。

她就这样把所有人都得罪完了。翌日写作营居留期满，她预约了一辆出租车绝尘而去，离开了这座满是古董、极尽奢华却并不属于我们的房子。

她仅有一篇短篇小说和一部长篇的前三章译成了英语。我悉数读过。她写感情缓慢而不可逆的死亡，写人在竭力挣扎中滑向衰老，写终将到来的放弃。她的叙事节制、冷静，她比大多数作家更敏感忧愁，她是一个彻底的悲观主义者，如果仅从小说判断的话。她懂得不可为。她只是比我们所有人更勇敢，或者更绝望。

往时间的尽头去

　　我无意评判写作营对作家的影响，也无意建议人们走进卡斯塔里，或者离开。如果时间有尽头，我们所有形态的奋力挣扎都终会有结论，可笑，抑或有意义。像是一种惯性，我依然在写作营里走来走去。没有刻意申请，也没有决意退出，我还在路上。

　　这一回，离开利默里克，坐车抵达科克的那天晚上，我又收到丹麦写作营主任的来信。他通知我们这届写作计划的全体成员，写作营恐怕很快就要关门大吉了，因为基金会决定停止向写作项目提供拨款。所以我们这一届，是最后一届，也许是最优秀的一届。他这么写道。

　　我们连忙纷纷表示，我们得干些什么来力挽狂澜，我们可以给基金会写信。写，这可是我们的专长呢！转念再想，几封邮件能有什么用处？百无一用是书生，我们的专长怕是地球上最无力的呻吟了。回忆在那个写作营度过的时光，想起我们在狂风暴雨中朗

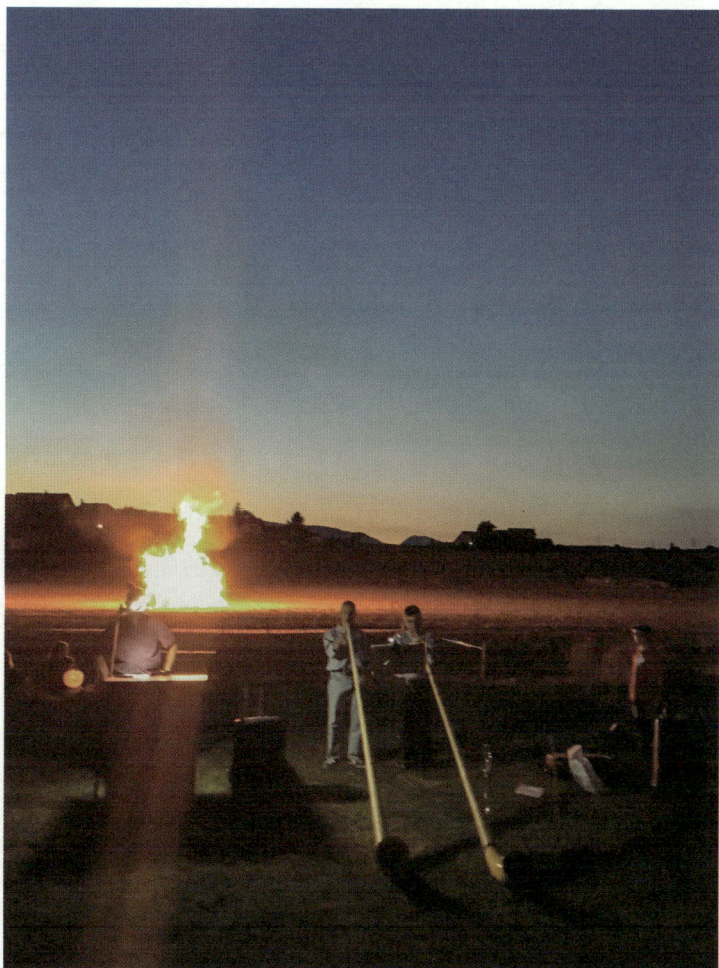

阿尔卑斯山的乐器

　　我热爱听音乐会，在世界各地听过许多音乐会——在音乐厅、教堂、广场等各种场合。对于音乐会，照片没太大意义。然而这场小型的音乐会是值得留下照片的，这是阿尔卑斯山特有的乐器：长号。当时我在瑞士的法语区。

读，雨衣在旷野中猎猎作响。想起大家在厨房里一起打苍蝇，去超市路上被牛群追赶。细碎种种有如世界上的万事万物皆有尽头。

重返科克，是参加今年的国际短篇小说节。某个微雨的下午，我回到科克写作营的老房子故地重游，这也是我初遇汉娜的地方。曾经欢声笑语的厨房里寂静无人，餐桌翻转了 90 度摆放。暖气总闸与告示板之间，汉娜的那幅写作营地图已经不见了，只剩下 4 条黑胶带的印记，如今是墙上最白的 4 个长方形。想起汉娜也杳无音讯已久。

小说节结束后的第二周，我辗转来到阿尔卑斯山。刚接上无线网络，邮箱就叮咚一声响。汉娜回复了我在科克发出的邮件。她告诉我，卡尔卡索纳古城附近的房子已经造好，其间她和汤姆吵架无数次，又和好无数次。两个人亲密相处的日子不易，不知何时才能静下心来写作。不过她估计这一天已经不远了。

她和汤姆已经决定不领养孩子。他们依然打算建立一个大家庭，家庭成员将来自世界的每个角落。他们计划用这座房子开设一个国际写作营，这将是家庭和写作最有创意，也是最完美的结合，不是吗？眼下她正在亲自做申请网站，汤姆负责联系经费。汉娜用熟悉的口吻在邮件中嘱咐我，别的写作营你可以没兴趣，这个写作营你可一定要申请噢。我在法国等你，明年夏天。

我捧着电脑，笑得像个傻子，是谁说人生的选择非此即彼，谁说如果改变主意，我们就将不得不回到原地？在我们有限的生命中，有着无穷无尽的可能性。对于写作可以构建的世界而言，则更是如此。窗外雪山延绵，宛如神灵胡乱丢弃的空白稿纸。

关押约翰的
古堡

瑞士民风与德国暴发户

　　瑞士是我到过的最有八卦精神的欧洲国家。是的，与多年前我在报章书籍中得到的高冷形象完全不同。

　　八卦到什么程度呢？我打个比方，如果你居住在瑞士，今天下午在苏黎世火车站与你的丈夫挥别，假设你的丈夫是奥地利人，随后你坐到火车座位上，你身边的乘客恰好是一位男士，芬兰人。第二天上午，奥地利驻伯尔尼大使馆已经知道了你丈夫的太太——也就是你——出轨的小道消息。

　　午餐时间前，芬兰驻伯尔尼大使馆也得知了这个八卦，某芬兰先生勾引了某奥地利人的中国太太。没有第一时间传播到，这是因为芬兰语与大多数欧洲语言有点小隔阂。

　　到第三天或者第四天，中国驻伯尔尼大使馆也会听说这桩绯闻，中国姑娘在奥地利和芬兰之间劈腿了。大使馆的瑞士雇员铁定会把这些精彩的猛料传到中国工作人员的耳朵里，但是会迟一些，估计是因为咱们的同胞都比较稳重，不信谣传谣。

这已经是我第三年到瑞士，今年的东道主安排我住在德语区，距离苏黎世一个多小时火车车程的湖边小镇——哥特立本。博登湖是莱茵河上游流经的一片栖息地，小镇便位于博登湖湖畔的瑞士境内，有古堡、森林、花园、湿地自然保护区和奇异美丽的飞鸟走兽，还有浩瀚的湖景，是欧洲人旅行和举行婚礼的热门地点。这也决定了小镇的属性，就是那种很"装"的。

按照"装"这个概念基本可以将世界分成两类，一类是住在那里为了被人看的地区，一类是住在那里过日子的地区。有的地方只隔了一条街，或者一条小河，或者一条城市的中轴线，却宛如两个世界。我本人是很喜欢过日子的地区的实惠和烟火气的，这一点我在欧洲遇到的大多数艺术与学术从业人员都有同感。

再说这个名叫哥特立本的小镇，德语直译的小镇名字就是"上帝之爱"，湖岸码头，婚礼拱门一般的木头牌子上用曼妙的字母写着"上帝之爱"，亮着霓虹灯、有乐队奏乐的巨大游轮来来往往，看上去就跟20世纪的好莱坞黑白电影中的场景一样。

一共就这么几个吃饭的地方，食物和信用卡账单对照看，鸡枞菌估计是纯金的。但是也不能抱怨餐厅和咖啡馆少，小镇10分钟就可以从外周步行环绕一圈，大约只有300居民，这是我从邻居那里得到的人口数字。

要是去超市，得步行20分钟去隔壁小镇，然而超市里什么都没有啊，比如香草，居然只有罗勒一种，那么基本的配肉的百里香、迷迭香，配鱼的莳萝，还有香草柜台常见的墨角兰、欧芹、欧

被我涂改的海报

　　在瑞士做的一场文学谈话和朗读，发觉海报做得风格很蹊跷，嗯哼，猛然意识到，这多么像一张通缉令啊！于是干脆自己动手改成了"通缉令"，主办方不以为忤，反而给我递红色墨水笔，然后就这么把我自黑的海报成批贴出去了。

当归、薄荷、香菜呢？这是欧洲啊，我找的又不是一瓶酱油。而且只有菲力牛排和鸡胸肉，没有鱼和贝类，连牛肋排都没有。

东道主的负责人是个叫布里奇特的瘦小老妇人，她说，这里的人不做饭啊，他们都去饭店吃。

果然，我的公寓里连洗碗机都没有，是没有准备让我做饭的意思，给我钱去外面吃。

去外面吃饭就会不停遇见邻居。

项目刚开始的时候，东道主安排我做了个朗读会，来了100多人，我觉得没什么，在上海和北京的读书活动这是一个基本数，我不知道为什么布里奇特这么开心，后来我才意识到，这是小镇的一小半人口了。这么一来，我走到小镇的哪里都会有人过来打招呼跟我说话，邀约我去他们家里小坐，喝点（酒精类的），聊聊（一聊一整天），或者安排一顿家庭晚宴（我应约前往时吓一跳——主人还另外约了10个邻居一起来吃饭）。

我立刻开始听到各种爆料。比如说，小镇里最大的一栋房子属于一个年轻单身汉，整栋房子就他一个人住。在这片土地上拥有最大的房子可不是一件一般的事情，财力深不可测哇！他有很多女朋友，一律是金发妹子。那些金发妹子看上去，发型、脸蛋、身材全都差不多。

那些女朋友是同时劈腿的，还是依次交往的？依次。哎，这个回答有点令人泄气，不过有更猛的爆料。他之前认识的一个金发妹子搬进大房子住了一年多，去年圣诞节之前搬出去的，这该是有多心碎，在圣诞节这么个温馨团聚的大日子之前搬出去了。

那个金发妹子也是上流社会的，出生在特别有钱的人家，搬出去以后还约了这里比较熟悉的几个邻居去参加派对，身边都是特别气派的人物呐。

那栋最大的房子谁都没有进去看过，除了那些金发妹子，但是晚上亮灯的时候从外面不同高度的阳台上还是能看到不少的，那装饰、那楼梯、那收藏品，奢华得不可估量啊！

那单身汉长得怎么样？好看吗？这个嘛，你等等，再喝点，喝个半杯一杯的，他一会儿就过来了，我指给你看。我们透过阳台或者窗户监视着外面的动静。喏喏，那个就是他，拖着冲浪板的。我没看见，在哪里呀？哎，已经走过去了。

另一次，卡里奇特又给我指。喏喏，那辆跑车就是他的，你看正开回来呢。跑车咻溜一声就进车库了，我只看见一个后脑勺。我没看清啊，到底长得好看吗？布里奇特说："开这种跑车的，一般都长得特别丑，所以才需要开着跑车中和一下。"我觉得这倒是不一定，在这个镇上，人人家里都有一两台额外的法拉利或玛莎拉蒂，老太太一个人开车去集市购物就开着玛莎拉蒂。一个人嘛，不需要动大车了。

又一次，我总算看见那个传说中的单身汉开着摩托车回来了，也是邻居指点下的匆匆一瞥，瞬间进车库了。哟，身材还不错嘛，我夸了一句。听说也不年轻了，邻居告诉我，所以才喜欢年轻的金发妹子。听说他前些年破产了，现在也没什么生意做，就在吃老本，怕是也只有这一栋房子了吧，所以不得不成天耗在这里呗。

这个镇上的住户大部分不是本地人，按照布里奇特的说法，都是外来的暴发户。德国人挣得盆满钵满后，到这里来置业炒高房价的。邻居请我去他们家做客，前几次我都是默默惊叹：新建的公寓外表非常后现代，与周围的老房子相比显得草率拙劣，不过走进门，里面竟是足球场一样的客厅，宽银幕巨幅窗户正对辽阔湖景，还有半个足球场大的阳台，也是正对湖景，种满了花卉树木，堪称空中花园。想象一下这房价，对应上海滨江的一个半足球场。不过到后来我也看习惯了，反正 300 人都差不多，他们都认为自己家是最有钱的，自己是最有艺术品位的，最懂生活，身份最高贵，三观最正确，"别人家"都不行。

比如我听到过这样的话——来自中国的作家，你一定也知道吧，口语是有阶层之分的，北方口音的德语就是最高级的、上等人的口音，我们家就是从那边来的，告诉你个秘密，其实这个小镇本地的德语方言听上去特别低俗、滑稽可笑，千万不要学本地人说话的口音。我心说，既然这里层次低，你们还搬过来做什么？

听他们讲"别人家"的故事总是非常劲爆，我听得乐不思蜀，都不想回自己公寓了。虽然我的公寓也有一个好阳台，可以窥见千家万户，至少 20 户人家吧，在我裸眼轻松欣赏的视线范围之内。有人在老房子的阳台上装了折叠的遮视线挡板，感觉别人在窥看时，他们会把挡板竖起来，但是阳台实在是这里太重要的场所，阳台上常换常新的花束，24 小时燃着的蜡烛，讲究的家具和太阳凉棚，人人都靠着在阳台上闲坐饮酒看别人家度日消

经常偶遇的小鹿

  在哥特立本接受了一家德语报纸和一家德语电台的采访，我说我经常在小镇附近看见两只美丽的小鹿，他们都说，不可能吧，当地人这么多年了都没有谁见过呀。我就拍了照给他们看。

遣，为了看别人，没多久他们又会把挡板收起来。

在上海，我在我们家老房子住了 20 年，同一层楼的邻居我都不尽认识。那是 2500 万人口，上街能引起密集恐惧症的上海噢。而在这个只有 300 居民的开阔空间里，短短几个月，我就知道了每户人家不可告人的秘密：羞羞的发财史，复杂的感情史，奇异的癖好，疾病。

我很快发现，这种八卦的民风是全国性的，与镇小人少又有闲没有绝对的因果关系。这边的文学项目一开始，布里奇特就接到无数媒体要求采访我的邮件，广播台、报纸、网站，不光是本地的，他们来自瑞士各个地区。布里奇特非常开心，她说房子里住了个炙手可热、媒体追逐的作者，她觉得脸上有光。我则头疼于这是包括在项目内的我的义务，没完没了怎么办？时间不够用。

每次布里奇特转发邮件给我，我问，又是德语的吗？她说，嗯。我说，好的，让我先打个盹再回复，宝宝太困了。德语对于我，"药效"就跟数学一样，看到就犯困。

然而很快我就发现，接受采访其实还挺提神的，我们并不好好聊采访的话题，大部分时间我们都在八卦，他们给我带来了瑞士境内各个角落私生活的逸闻逸事。有一回在与某位媒体人八卦之时，我好奇地询问他，你们这边换个女朋友挺困难的吧？换一次半个国家的人都知道了，之后几十年都有人站在所谓正义的立场上谴责你们俩，等你当祖父了没准还有人在念叨呢。他拍着大腿答道，可不是！我说，人一辈子换几个恋爱对象也挺常见的，话说你们这日子是怎么过的呢？他嘿嘿了一声，就硬着头皮换呗，还能怎么办。

为了体现八卦的公平精神，我们也交谈了一下彼此的感情生活。他和现女友有个约定，允许"半开放"的模式，也就是他可以有外遇，她也可以，但是必须告诉彼此，没有秘密，而且最重要的是，禁止外遇对象是对方的朋友。他说，这是个伪条款，基本就禁止了所有的外遇，因为就瑞士的人际关系来说，不论是谁，几乎都能和你搭上点朋友关系。

在这样一个热气腾腾的国度，想开了也是很快乐的，首先对小说写作者非常有利，其次，虽然被别人说是非，但也可以说别人的是非，关键是每个八卦都有不同版本，对错好坏各有说法，至少自己可以传播一个澄清版。然而也有极少数的压根没有澄清版的八卦，比如关于住在小镇古堡里的那个女人。

与欧洲最著名的歌剧演唱家为邻

古堡是小镇的历史地标，坐落在一个几乎是森林规模的花园中，几百年的古树林立，坐拥了小镇内大半片湖岸线。这一片区域由铁门围墙分隔，因为古堡里是住着人的，这是私人领地，游客和邻居都不可以进去。据说这么大的古堡里只住着一个人，是个单身女人，于是她就成了众人八卦必不可少的话题。那女人是个疯女人，脾气非常古怪，没有丈夫，没有儿女，现在精神已经完全失常了，从来不出古堡的门，特别孤独凄惨，这些年病得很重，听说快要死了，大家这么说。我觉得这么喋喋不休地去议论一个沉默的女人非常不厚道。

某个周末，受我和布里奇特共同的好友邀约，我们一起去苏黎世这位朋友家里做客。凑巧的是，这位朋友的先生居然是古堡里那个女人的远房亲戚，间或还有来往。

那个花园呀……朋友的先生说，我小时候还经常去玩呢，是

哥特立本小镇

　　想象多年前，她也许曾在古堡的家中练声，小小的哥特立本小镇上，每家每户都能听到她的歌声，有如听到清晨与傍晚博登湖边的天籁一般。

家母带着我去串门的，还有别家亲戚的很多小孩也在，我们一起去湖边玩。那时候古堡的女主人经常询问家母关于在花园里种植一些奇花异草的事情，因为家母是园艺方面的专家。古堡的女主人非常美丽，是瑞士当时最著名的歌剧演唱家，她有一位非常爱她的丈夫，她丈夫生意做得很成功，爱上她之后，就放弃了自己的生意，用全部时间为她打理事业。他们夫妇买下这个古堡之后就一直生活在这里，经常在花园里举办派对，亲戚朋友和当时的名流云集此地。他们还有了个可爱的女儿，就是现在古堡里住着的那个女人。

她生活得很好啊。父亲去世得早，但母亲很长寿，前几年才走的。她喜欢清静，不怎么爱举办派对，但是亲戚和亲戚的小孩子们时常走动，也不寂寞，管家每天料理她的饮食起居。她在花园里有这么一大片的森林和湖景，她也不需要走出来吧。

我深以为然，我们每天出门无非几件事，工作、社交、觅食，以及到大自然里做一些愉悦身心的运动，诸如在森林里散步或者一天两次在湖里游泳。她不用去餐馆吃饭，她的王国里有比我们外面更长的湖岸线，她还出来跟我们凑热闹，挤在一个人满为患的湖边沙滩上做什么？要是人们为了这个理由觉得她凄惨，那真是太可笑了。

朋友的先生说，我觉得吧，他们这么说她不公平。但是吧，她可能也不在乎。

布里奇特说，他们就是嫉妒她。她那片花园他们买不起，也买不到。布里奇特是一个金钱至上主义者，她对我说，找男人唯一的标准就是钱包必须厚。关于我好奇为什么大家明明不住在一起不生孩子还要结婚的问题，她的回答是，在瑞士这个国家，婚姻的必要性在于一方死了，另一方可以得到遗产，而不至于因为还贷的合法性问题被银行扫地出门。

但是我觉得针对这个女人的糟糕八卦跟钱没什么关系。怎么说呢，人们最讨厌的可能就是根本不在乎人在说什么的人吧。如果说八卦是人类的天性，那么这种讨厌的心情就是人类内心最深的恐惧之一吧，在意被别人怎么看待，更害怕那些不在意的人，完全脱离了群体价值观的控制范围，这个价值观是大多数人狭小的安全港湾。

你知道她前几年去世的母亲，也就是这古堡原来的女主人是谁吗？丽莎·德拉·卡萨，你听说过吗？朋友的先生问我。

天哪，怎么会不知道！那是 20 世纪瑞士，应该说是欧洲最著名的歌剧演唱家之一，所有的歌剧爱好者，尤其是女高音爱好者都知道。当年如日中天，如今在历史的经典行列中，没想到她曾经就住在距离我这个阳台几百米的地方！

过了些天，苏黎世的好友给我发来了一些丽莎的演唱链接。想象多年前，她也许曾在古堡的家中练声，小小的哥特立本小镇上，每家每户都能听到她的歌声，有如听到清晨与傍晚博登湖边的天籁一般。不知道那时候关于这个古堡的八卦是如何的，希望都是一些美妙有趣的逸闻逸事，让人惊叹，让人大笑。我偏爱这样的八卦。

我在哥特立本度过了一个酷热的夏季，转眼间，上海入秋。行旅匆忙，我已身在南半球新西兰的奥克兰，这里春花遍野，即将入夏。浏览电子邮箱，发现遗漏了很多邮件没有阅读和回复，苏黎世的好友在不久前又给我发来一封邮件，关于古堡的另一个八卦。

一个阴森的版本。

早在 15 世纪，宗教改革的先驱、捷克的英雄人物——约翰·胡司曾经被囚禁在这座古堡里，不久他就被押送回康斯坦茨，以异端的罪名处以火刑，活活烧死，那是 1415 年 7 月 6 日。

当时教会正值"天主教会大分裂"，数个教皇争权，不同的国王与不同的教皇结盟，各方都在一味攫取更多的权力与金钱，统一或分裂，和平或战争，局势混乱。为防止更大的危机产生，各派势力做出一项决定，他们派使节前往现在位于德国境内的康斯坦茨，打算在此后的数月中选择出一个合适的教皇。他们之间有太多关乎权力分配的不一致，但是他们在某个问题上的意见是完全一致的——他们将约翰·胡司定为异端，决心除掉他。那是 1414 年，他们以参加宗教大会之名邀约约翰·胡司到康斯坦茨。约翰·胡司虽然知道有危险，但为了阐述他的主张，他毅然前往，是为殉道，果然立刻被囚禁。

约翰·胡司认为一切应该以《圣经》为唯一的依归，否定教皇的权威性，更是反对教会以出售所谓"赎罪券"来大肆敛财。早在几个世纪前，古堡的这位临时住客就用他的死亡对这个世界说："金钱和权力从来不能消除恐惧，让人不再恐惧的是另一些东西。"

1999 年，时隔 580 多年，罗马天主教会正式为当年处死约翰·胡司而道歉。

我在欧洲
遇见的年轻人

巴基斯坦的银行家在伦敦

"嗨老爸，嗨老妈，

我是你们的耶耶耶耶樱桃炸弹！

……"

电话另一端传来背景音乐，不像来自伦敦海德公园附近的旅馆，倒像一个过时的俱乐部。

带着印度口音的男声，英语讲得流利轻飘，带着欢乐的语气。

"您的旅馆预订被取消了吗，就是半小时前收到的通知邮件吗？这不可能，我们不可能主动给您取消预订，缤客（Booking，一家酒店预订网站）的系统是不允许这么操作的……"

"您说 3 个月以前我们就让您认证了一次信用卡，预授权成功，可是昨天您又收到了一次认证请求吗？……"

是的。我不明白为什么时隔 3 个月，缤客官网再次发来了旅馆要求信用卡认证的邮件，预授权再次成功的 24 小时后，将近午夜，邮箱里意外飞来一封紧急通知，告知我预订已经被取消，让我直接致电旅馆。要知道，3 天以后我就要抵达伦敦，丢了旅馆预订，是让人心慌意乱的事情。

"我是你们的耶耶耶耶樱桃炸弹！……"

我在背景音乐中等候。才半分钟工夫，印度口音欢呼一声："您的预订好像真的出了问题噢，不过我可以帮您恢复，您看需要吗？"

那是当然的！

他让我重新认证信用卡，先报给他信用卡号，再报给他安全码。叮咚一声，550 英镑从我信用卡里消失了。最后他大笑着用蹩脚的中文对我说了一句"谢谢，再见"，我的心咯噔一惊，觉得有什么地方出了问题。

缤客官网中的订单并没有恢复。

当时我正住在英国中洛锡安的一座城堡里，地处荒僻，附近不要说警察局，连乐购（英国零售商）都要步行一小时。这是苏格兰国际写作基地。孤身住在城堡里终年料理我们这些陌生作家的神人——写作基地的主任大人——倒是一位土生土长的伦敦人。

翌日清晨，我请教他道，贵城伦敦的文化就是这样的吗？

他瞪着天真温柔的大眼睛说，这一定不是我们伦敦本地人噢，我敢保证。海德公园附近早就被世界人民占领啦，别说海德公园，整个市中心都被世界人民占领啦，不是闹哄哄的游客，就是难民风格的外国员工。我们真正的伦敦人都住郊外，通勤直接去城中城，不跟这些人瞎掺和。

众作家于是问我是否知道那名口音男的名字。

我问了。他叫塔西拉。

明显是个外国名字嘛！主任心满意足地下了结论。

3天以后，我见到了塔西拉。他看上去二十六七岁，如果不是个头矮，应该算得上是巴基斯坦的美男子。旅馆里的人介绍说，他是硕士生呢，毕业两年多了，毕业后就一直在这家旅馆做夜班值班服务员。我心道，在这家旅馆当夜班服务员居然需要硕士学位吗？

你学什么专业的？我问。

塔西拉睡眼惺忪地说，我是银行家，银行家噢。

旅馆里的人又说，你的房间还是塔西拉亲自帮你预订的呢。

我犹豫着，这个时候是否需要应景地说声谢谢？

第二天，我就发现了塔西拉的秘密。

深夜10点以后，夜班时间，他的手机照例播放着那首70年代女子摇滚乐团的老歌：

"嘿老爸，嘿老妈……"

他刚开始操作电脑，电话就源源不断打进来，他忙碌接听，前台明亮的灯光下，他棕黑色的漂亮脸庞显出超越年龄的沉着，厚嘴唇带着一丝戏谑轻蔑的微笑。

"您的旅馆预订被取消了吗，就是半小时前收到的通知邮件吗？这不可能……"

"不用担心，我可以帮您恢复，请把您的信用卡号告诉我……"

我坐在夜色浓稠的门廊前读一本书。3 个小时里，他不断接到电话，不停用他奇妙的口音侃侃而谈，都是同样的内容。他变换不同的语言说着"谢谢，再见"，一次又一次结束通话，丹麦语、瑞典语、希伯来语、匈牙利语、意大利语、法语，各种发音生硬、带着讽刺的快活语调。没有电话呼入的短暂间隙，他移动鼠标，眼睛迅速地在网页上移动，果断地操作，回车。

塔西拉先生的策略是这样的：寻找对旅馆预订进行过信用卡预授权的旅客。等到入住日期将近时，他操作启动再次的信用卡认证，24 小时后，无论事实上认证成功与否，他都有权限以认证失败为由单方面取消订单，这是缤客系统允许的操作。

他在专属于自己的夜班时间操作这些步骤。收到预订取消的通知、心慌意乱的旅客总会立刻致电询问，他就可以轻松从他们的信用卡里扣款。

这可不是犯罪，他告诉我，他会用私人名义为他们重新预订刚刚"空出来"的同一间客房。如果旅客认为是信用卡诈骗，选择报警，他可以堂而皇之地出示新订单。如果自认倒霉，没有入住，他就心安理得，落袋为安。如果像我这样，还是决定按时抵达一探究竟，最后顺利入住，他也能大赚一笔预订佣金。因为这是他"个人介绍"过来的生意嘛。

真是奇才！

你的硕士学位是？

金融学，伦敦大学的，我真的是银行家噢。

这次我开始相信，硕士毕业做夜班服务员可能不是一句谎话，凭借他的"专利小发明"小隐隐于夜班前台，一晚上做好几单自己的"生意"，这份收入应该高于城中城一名银行小职员的收入吧，还不用穿正装，坐隔断，不必分分钟看上司脸色。

旅馆老板究竟是否知道他的"生意"？塔西拉露出意味深长的笑容。缤客收取的佣金比旅馆给员工的提成高出不少，老板何乐不为？

整座旅馆的年轻雇员都着魔似的向旅客兜售各种东西，他们卖观光巴士套票，卖泰晤士河游船套票，卖饭店打折卡，卖各种门票的套票，甚至卖大英博物馆的门票——从来免票的大英博物馆不知做何感想。在推门就能看见希斯罗机场快线的大堂里，他们告诉客人方圆5公里内没有任何可以宛转抵达机场的公共交通，只有出租车，他们可以免费代劳预约。据说打了7折的价格比直接致电出租车公司贵三分之一，我数学不好，算不明白。

来自罗马尼亚的玛利亚，来自印度的哈里什，来自塞尔维亚的扎卡伊，来自克罗地亚的莎拉……塔西拉就算白天醒着，也从不和他们混在一起，慵懒的眼神斜睨着他们忙忙碌碌，就像在笑话他们"很傻很天真"。他靠在门廊上，微微扬着下巴，就好像他有一顶隐形的皇冠。

我也在城中城工作过，我是个真正的银行家。有一回他主动告诉我。

那种工作很好啊。我想说，总比每天半夜做这种勾当体面。

他叹息道，可惜英国的新政策不允许啦，年收入35000英镑以上的外国人才能获得工作签证，银行老板给我的薪水不足这个数字。以前我白天在城中城上班，晚上在旅馆打零工，现在没办法，只有这里才能打黑工。

转眼间，他头顶的"皇冠"又闪闪发亮了。他给我看手机屏幕上的照片，得意地问我，这是我未婚妻，好看吧？她在巴基斯坦。今年秋天我要回去结婚啦。我在伦敦 6 年都没回过家，这还是我第一次舍得花机票钱呢。

我心说，6 年异地恋真不容易。

我们半年前认识的，视频聊天见过好几次了。家里安排的，包办婚姻，你们中国人懂的。他依然笑吟吟地看着照片。

我申明，我们中国人早就不包办婚姻了，你们还流行这样吗？

他严肃地回答，也有自由恋爱的，但是我喜欢包办婚姻。恋爱结婚的，以后出了问题只能自己解决。包办婚姻出了问题，双方家长负责处理，就不容易离婚。像我这样以后一个人在英国生活，我老婆可以照顾双方家长。

我还以为他这次回家结婚，就不再回英国了。

怎么可能！我就是一个英国人啊！塔西拉像瞪着一个怪物似的瞪着我。他补充道，从很多年前，我们家就一直过着地道的英式生活噢，连大清早商量谁先用洗手间都是用英语的。全家人都支持我的理想，就是到伦敦来，留在伦敦，再也不回巴基斯坦。这里才是一个英国人最应该待的地方嘛。

我有点糊涂了。

塔西拉说，未婚妻想要我回去工作，双方家长都严肃批评了她。的确，现在我拿不到工作签证，生活拮据。回巴基斯坦，凭我大英帝国的文凭，立刻就是银行高管，高薪滚滚。可是一个人必须待在自己最应该待的地方——人生中有什么比这更重要呢？双方家里都宁愿寄钱供养我，也要我代表他们在伦敦做一个体面的英国人。将来有一天，我还要亲自去见女王陛下，把合影寄回巴基斯坦，让他们挂在墙上给街坊四邻看呢。

离开伦敦，寻找一个更像英国的英国

　　无独有偶，在我们中洛锡安的城堡里，印度女作家露西也有"妈宝牌"儿子一枚。她给我们看手机里的照片，瘦高的一名少年。

　　露西正打算写一部历史小说，题材是第二次世界大战期间的一名印度青年，和当时印度的许多年轻人一样，他应征加入英国军队，为大英帝国而战，屡建奇功，最后光荣牺牲，是被英国遗忘的忠诚战士。她每天跟主任讨论这个题材，主任就此对露西印象大好，兴致勃勃地与她讨论儿子的前途问题。

　　这孩子的名字不像印度人，叫作夏洛克，听着耳熟。露西说，这个名字蕴含了她对儿子的殷切期望。据说夏洛克很聪明，各科成绩都是领先，还搞科技发明。据说夏洛克禁止他老妈做很多事情，比如不许在脚趾上戴戒指，不许翻看他的聊天记录，不许使用苹果产品。

　　据说夏洛克正在爱丁堡念大学，他一门心思想要研发智能手机并创建一个英国本土智能手机的品牌，击败苹果，成为大英帝国的英雄。尽管他的印度护照上目前只有一张英国的学习签证。

这故事刚讲完没几天，某天傍晚，我正对着城堡门口的一丛水仙拍照，有纯正的伦敦口音在我背后问，可以让我帮忙吗？

平日里城堡附近无非鸟群和马匹，猛然见到一位英伦风的青春小哥站在身后，五官清秀，正装挺拔，还盈盈带笑，真是惊为天人。他表示要帮我与水仙合影一张，我一时手软，手机就被他拿过去了。

我把他带进主任办公室以后，就听见众作家八卦纷纷。

这孩子西装革履地过来，是推销什么产品的呀？

写作基地能有钱采办什么大件呀？穿成这样过来，多半是来传教的吧。

我赧然汇报给大家，他打算来城堡找份工作，没预约，看准我脸皮薄，让我带他进来的。

办公室里传来主任与这位小哥的对话。原来他叫杰克，伦敦人氏，大学刚毕业。

主任问他，你不打算继续读研吗？

他答，研究生院挤满了外国人。

那你不打算在伦敦家里附近找份工作吗？

整个伦敦都挤满了外国人。

然后我们就听见小哥侃侃而谈。伦敦哪里还像英国？你看看大街小巷，商铺和写字楼里，伦敦人氏究竟占几成？以前大英帝国到处殖民人家，现在活生生就是被殖民了嘛。咱们英国18世纪就经历了启蒙时代，到处去启蒙全世界人民，可是到了21世纪，反而被半开化文明程度的乌合之众占领了大多数重要城市，这让英国人民情何以堪，这让英国的大好青年们情何以堪呢？

兴许是念及同乡之谊，主任对他颇为网开一面，居然问他，你喜欢文学吗？像是真的要考虑给他腾一份工作出来的意思。

杰克答道，完全不喜欢。文学这个玩意儿根本不讲逻辑。平时我顶多乘火车的时候看一本推理小说解闷，这类小说还算讲一丁点儿逻辑。

我们都想看看当时主任的表情有多尴尬，可惜隔着虚掩的门。

那么……请你说说，你为什么要到这里来找工作？主任的声音开始有点气喘吁吁。

杰克毫不犹豫地答道，我就是不想在伦敦待着。我想找一个更像英国，更清静的地方长期生活。我觉得你们这座城堡特别像英国。

主任答道，好吧，我会把你的话当成一种美好的恭维。兴许还会记录下来交给我的老板。

杰克用他动听的英国腔说，相信我，如果我在这里工作，我会让这里变得更像英国的。

这是2016年5月，一个月后，英国举行脱离欧盟的全民公投，投票结果为英国"脱欧"，英镑暴跌。我猜想，这位杰克小哥应该是投了"脱欧"一票的。

一个月后，我已经在匈牙利佩奇市，钱包里的英镑早已幸运地换成了福林。

匈牙利的禅修爱好者

　　佩奇文学中心给了我一间市中心的公寓，让我自力更生。为了多腾出时间工作，我每天两餐去基拉里大街觅食。餐厅众多，不过菜单都是匈牙利语的，没图片，大多数女招待也只讲匈牙利语，我基本就是手指摸到哪行字就吃什么。忍受了一星期的"盲餐"之后，我遇见了奥妮塔。

　　奥妮塔25岁，身材姣好，长发浓密，一双绿眼睛跟电影明星似的。她的英语简直好极了，让我怀疑是否还身在匈牙利，要知道这地方比较排外，大家都不爱学英语。她是餐厅老板的女儿，放假就在店里晃着，吃吃喝喝，上网解闷。

　　问她假期有多久。她答道，这就没个底了，要看我什么时候乐意再接活儿。

　　匈牙利在欧洲不怎么得志。大多数匈牙利人不怎么有笑容，奥妮塔也这样。这让她美丽的脸始终带着点生气的表情。

她是个摄影师，在游轮上工作。她得跟游客套近乎，撺掇他们花钱买下一两套度假照，收入她与游轮公司分成。工作周期通常是五六个月，漂在海上，重复重复再重复地游览同一条线路。

她说到自己的恋爱，对象是英俊的大副。

跟他在一起的感觉是人生巅峰。说这话的时候，她绿眼睛的褐色瞳孔收缩了一下。

毫无悬念地说到分手。他说考虑离开他的家庭，可是拖了又拖，她咬牙切齿地控诉。

噢，他结婚了？我心说，这姑娘还挺有原则。

不，他离婚了。他认识我的时候已经离婚了，只是暂时还与前妻和孩子住在一起。

我心里嘀咕，这算什么大事？婚都离了，自然会搬出来。

奥妮塔说，租个房子有这么难吗？下船一个月还没搬出来，活该甩了他。

从这一刻起，我觉得那位大副还不算太倒霉。

奥妮塔喜欢掌控全局。我仅提出让她帮着解读一下菜单，她就宣布，菜单上的东西能有几样够品质的？以后你的一日三餐，我帮你安排。

从此她就陪我吃三餐，上午 10 点半早餐，下午 1 点午餐，7 点晚餐。准确地说，应该是我陪她吃三餐，食谱和她一模一样，时间表也得按她的来。她是个素食主义者。她严厉地告诫我，你要是知道牛被屠宰的时候有多惨，你就不会想吃牛肉了，心怀慈悲的人不食荤腥。可怜我比"盲餐"那段日子感觉更饿，饿得头昏眼花。

一早 8 点，我还躺在床上读《一个市民的自白》，有人敲门。她居然找到了我的地址！

从今天开始，跟我一起打坐修炼吧。给你 5 分钟，换上衣服跟我走。她说着就站定在门槛上，不让我关门，也不打算进来坐下的样子。

我这个后悔啊，她此前说起自己在修炼毗婆舍那（"内观"，印度最古老的禅修方法之一），我就是客气了一句，挺好的啊。

她把我领到餐厅后面的花园里，三两下就脱光了上衣。我大惊失色。她给我看她光溜溜的脊背上巨幅的彩色刺青，是一尊佛祖的坐像。她就裸着上身向我宣布，学佛是解决人生一切苦厄的终极通途。

这幅刺青是在泰国纹的。她是泰国毗婆舍那的一员，在泰国每天上午打坐修炼 4 个小时，下午打坐修炼 4 个小时。在匈牙利由于生活所扰，每天打坐时间只能减半。

我表示，坐久了腰酸背痛，我还是偏爱躺着看书，比如《菩提道次第广论》，是本好书。

她摇头，我才不看乱七八糟的书呢，有什么比自己明心见性更重要呢？你必须跟我一起打坐冥想，这是为了你好。

我说，其实我习惯一天只吃两餐，可以多腾出时间工作。

她从鼻子里轻哼一声，人经常会执迷于各种事情，这就是人生之苦。爱看书啊，担心工作做不完啊，这都是执念，得改，得尽早开始修炼。现在对你而言还不算太晚。

我说，除了工作，我还有一部小说在写，最近思路顺，想趁此多完成几个章节。

她用绿眼睛坚定地瞪着我说，被我说中了不是。写小说，这就是执念啊，你自己看不见吗？不能再写了，赶紧全部删掉，跟着我修炼。我会每天引导你，监督你。

为了躲她，我搬去图书馆工作，生物钟改为昼伏夜出。终于有一天夜里，我还是被她在餐厅门口截住了，让我进去一起吃晚餐。

豆子汤非常鲜美，超出了一般素食的美味程度，里面还有可疑的白色小丁。

这是河里新鲜的鲈鱼肉，今天刚送来的活鱼。我让厨师剔掉鱼皮和细骨头，切成小丁炖在汤里的，味道很不错吧？菜单上是不会有这种好东西的。奥妮塔神态自若地说道。

鱼被屠宰的时候不是和牛一样惨吗？我想起她劝诫我吃斋时的高谈阔论。

可是剔掉鱼皮之后，鱼肉是很健康的食品呀。她再次坚定地教育了我。

你要不要明天一早跟我修炼？她用责怪的眼神瞪着我说，我已经明显感到修炼的效果啦，否则不会力推给你。

噢，什么效果？我问。我倒是真心愿意听一听，接近明心见性是什么感觉。

她铿锵地对我说，我的性欲明显降低了。

我把汤呛进了喉咙里。

我看见男人时不再那么难以把持了。泰国老师说得对，打坐

我住过的房间和窗外

　　我是一个很宅的人，每天是否跨出房门并不重要，一扇有风景的窗户对我有更加重要的意义。

冥想果然有益于控制性欲，让我在男人面前保持一颗镇定的心。奥妮塔认真表述着她取得的成效。

我附和说，挺好的啊。不需要和男人掺和，以后你就可以专心在精神之旅中走得更远。

奥妮塔生气地打断了我，谁说我不需要男人！我需要！就是因为需要，我才必须做到能够控制自己的性欲。那个大副，要不是我把持不住，匆忙跟他在游轮上鱼水之欢，他能下船一个月还不从家里搬出来吗？我敢打赌，光为了跟我上床，他就不敢忤逆我半分。

奥妮塔总结道，我需要一个俯首帖耳的漂亮男人，为了这个目标修炼，我觉得功德圆满指日可待，比起开悟升仙等靠谱多了。明早 8 点，你来跟我一起打坐，记住没？

幸而数天后，我已赶赴罗马尼亚的另一个文学项目。

如何免费过上国王般的生活

文学基金会经营的酒店位于多瑙河边的一处小镇，离布加勒斯特大约 5 个小时车程。房子的台阶下是金色的细沙，多瑙河在日光与月华中变幻着千种色彩。沙滩左近有一个码头，7 月旺季，隔天就有游轮载着美国游客到来。偶尔也有欧洲来客，比如约翰和莎拉。

这是少有的飓风暴雨天气，午夜时分，大自然的咆哮方歇，我下楼到客厅沏茶，发现灯火通明，20 人的长桌几乎坐满。有一个周身湿透的胖子站在中央，高声招呼我过去喝一杯。

他正在跟众人宣讲他的冒险经历。今天在多瑙河里遭遇了三次雷暴天气，然后他的船又陷到河滩里，他下水推船，淤泥一直埋到他腰眼上。他在湿衣服上比画着。

总之，我都不知道是船载着我到了这里，还是我背着船游到了这里。他有些夸张地说。

他支使身边一个金发圆脸的漂亮姑娘，让她把平板电脑里的照片展示给大家看。众人顿时陷入一片欢腾的狂笑中。照片上是他们的交通工具，那条船看上去就像一对金黄色的大香蕉绑在一起，跟橡皮玩具似的。

胖子说，他们划着这条"香蕉船"，从法国出发，自北海往黑海航行，今天是第 107 天。一路上路过了 9 个国家、4 个首都城市、27 个大城市、几百个小镇村落，跟几千个路人握手拍了照。

长桌上的客人陆续散去，胖子又从头开始跟我讲他们和"香蕉船"的冒险史。隔了半晌，新的客人加入我们，在长桌边坐下，他再次重复刚才的演讲，宛如一台激情不变的留声机。

胖子名叫约翰，英国利物浦人，是个木匠。他觉得跟木头打交道，这辈子都不能摆脱原本的社会地位，就决定去法国试试运气。结果到了法国，他还是个木匠。后来他就想出了"香蕉船"这么个主意，有家户外用品公司同意赞助他一条这样的船，打上公司的商标，因为这条船够滑稽，够奇怪，够惹眼。

约翰身边的金发姑娘名叫莎拉，法国人，是他的女朋友。约翰说话的时候，她一声不响，湿透着一身衣服坐在边上。约翰使唤她展示任何照片，她都秒速反应，听约翰一遍遍重复相同的话，居然不打盹。

翌日，我看见约翰换了一身干净衣裳坐在客厅里，大清早喝红酒，吃羊排。

他又手舞足蹈开始讲他的"香蕉船"。他说到，有一回他的"香蕉船"泊在特别荒僻的村庄前。当地人听不懂英语，也听不懂法语。但是当地人看到"香蕉船"特别兴奋，哈哈大笑，然后把他们带进一间大屋子，桌上摆着足够 16 个壮汉吃的食物，请他们饱餐了一顿。

又一回，在海上遇见一艘巨型豪华游轮，船长被他的"香蕉船"逗乐了，拖着这条奇特的小船在海上足足航行了 3 天，允许他随便在游轮上吃住。

靠岸时被警察的汽艇截停，要开罚单，他从"香蕉船"直接跳到汽艇上，手持一面画着猴子的"香蕉旗"，插到船头，向警察宣布道，你们的船已经被我占领啦，快快投降！他那条船的怪模样把警察逗得笑疯，警察不但没罚他，还请他去附近酒吧吃牛排喝啤酒。

凭着这条奇葩的船，他被邀请去酒庄参观，在酒窖里吃大餐，在山谷别墅品酒。市政府的保密宅邸也允许他进去小憩与拍照。有一回他感冒发烧，港口的五星酒店特地为他准备了高级套间，让他免费住了整整 4 天。

总之沿途所经之处，都让他过着特权者和国王般的生活，还没有花费一毛钱。我这才知道，他昨晚在客厅的豪饮，今天的早餐，以及酒店的住宿，都是其他客人帮他买单的。

他用手指兴奋地敲击着桌子说，如果不是划着这条"香蕉船"，我这辈子都不会有机会过上这样的日子，被所有人待若上宾，请我去他们家，坐在他们最好的椅子上，吃他们最好的食物，还能和大人物平起平坐地聊天。

他凑近我，压低声音，眼睛闪亮地总结道，你看，我发现了人生最重要的秘密。苦干实干完全没用，要有胆量做足够奇怪的事情，才能引起大家的注意。要是我划着一条普通的橡皮船，就算我活活淹死在河里，也不会有人理会半分。

他的手机响起一首英国摇滚乐队的歌：

"我曾统领世界／唯我一声令下／海水应声而起

如今我清晨独自扫街／我曾拥有的康庄大道／我扫扫扫……"

是手机铃声。约翰瞟一眼来电显示，不耐烦地按掉了。

我问起，莎拉呢？她不来吃早饭吗？

约翰耸耸肩答，她病倒啦。

我揶揄他说，你们俩这绝对是真爱啊！这姑娘107天跟着你在海上漂着，没有地方洗个热水澡，没有地方晾衣裳，连一块干净的床单都没有。换了我，要让我这么过日子，把天下第一美男子派给我，我都给原封不动退回去。

他哈哈一笑道，这算什么，她刚跟着我的时候，我住的房子连屋顶都没有。

这话题让他打了个哈欠，顺手再次按掉手机铃声。他的表情让我意识到这是莎拉的来电。

约翰申明道，我追着我想要的，她在追着她想要的，我们谁都不妨碍谁，不是吗？她说发烧了，想在这里休息一天再走，可是我没理由为她停下来的，不是吗？

天真的愤怒

"如今我清晨独自扫街/我曾拥有的康庄大道/我扫扫扫……"

火烫的音乐从跑车的喇叭里翻滚出来，仪表盘上环形灯光随着节奏变换颜色，湛蓝，粉红，闪烁闪烁。

长胳膊长腿的安德烈驾驶跑车归来。他是酒店的少东家，基金会家族这一代的独子，也是罗马尼亚著名的青年音乐人。

他的音乐工作室在布加勒斯特。这一回，他刚在工作室加班了整个星期，为某部电影作曲。不眠不休弄得他满脸胡须，加上一头凌乱的褐色长发，花衬衣，花长裤，他这形象为多瑙河带来一片欢乐而颓废的气氛。

他在酒店的阁楼里呼朋唤友，一起看科特·柯本的纪录片，看这个疯癫的天才怎么杀掉了自己。我们一起听麦克斯·罗区和艾比·林肯在 1964 年的录音，他对当年那款型号的麦克风着了迷。按他的说法，就是能保留音乐录制过程中全部微妙的激情，当然也能使所有细小的缺憾一览无遗。他打算入手这款麦克风玩一下，6000 欧元一台。

他从小学好几门语言，攻读古典音乐，学各种乐器，出国深造，又开始玩电子音乐，作曲，组乐队。生活就是怎么开心怎么来。

先前在布加勒斯特城里，他每天开着跑车带我全城闲逛。在市中心交通要道上，油门一踏，引擎如惊雷轰然，我被速度一把推到椅背深处，心脏滑到后脑勺。他笑得嘴角弯上脸颊。跑车喇叭无线连接手机，效果卓著地不停播放着各种风格的音乐，吉卜赛音乐、土耳其音乐、阿拉伯音乐、塞尔维亚音乐和保加利亚音乐……

可是这个世界让他不满意。

他曾站在现代艺术博物馆的阳台上，指着空地上正在修建的大教堂告诉我，政府宁愿把钱花在这种地方，也不愿为民众建一座像样的医院。他说起前些年官员腐败，偷工减料造成大楼坍塌，死伤无数。伤者送到医院，手术感染又死去大半，因为医院购入的抗生素也被偷工减料掺了水。到处是不平等。

他尤其看不惯的是种族歧视。这里的人歧视吉卜赛人，认为他们是乞丐、罪犯和垃圾。他总是向我唠叨着，吉卜赛音乐是了不起的艺术，所有人都喜欢，都在听，大量当代音乐作品从中撷取元素和灵感，可是有的音乐节唯独拒绝邀请吉卜赛乐队，有的电台禁止播放吉卜赛音乐。

我从他的朋友那里听说，这位养尊处优的公子热衷于带着天真的愤怒，到处为吉卜赛人据理力争，完全不理会开罪圈内人，让自己的音乐事业受到波及。

那天与他同路而来的，还有一位他的"女哥们"伊娃，塞尔维亚的电影导演。她第二部电影正要开拍，已经得到塞尔维亚、罗马尼亚、法国等4个欧洲国家的电影基金支持，他们对这部电影的前景极为看好。

这是一部关于批判种族隔阂的电影。出身名门望族的罗马尼亚男子爱上了陋巷中的吉卜赛青年，从此陷入了争取平等的漫长挣扎。电影大多数场景必须在吉卜赛贫民窟、同性恋酒吧、吉卜赛黑手党聚集地拍摄。

看着瘦小得像一枚顶针的伊娃，我感慨道，身在如画的欧洲，明明可以选一个风花雪月的唯美剧本……

伊娃揉着她发青的眼圈说，安德烈更神经，明明可以开着跑车去罗马，却成天去监狱做义工，跟监狱里的吉卜赛人一起做音乐。

自从看见我，伊娃就成天缠着我，一定要说服我出演电影中的一个角色——来自亚洲的女记者，据说是串起情节的重要人物。我说我压根不会演戏啊，我只是个码字的。她坚持说，你说话这么有趣，一定可以为电影增辉。

我说不过她，只好顺从。她满脸欢喜地打电话给制片，安排我的食宿种种。

一盏茶的工夫，她结束了通话，折回来坐到我身边，表情认真地问我，你想要什么？

我笑了。不是刚才就说好了，不需要片酬。

她使劲捶了我一拳说，不是问你这个。我是问你——

你想要什么？

在你的人生里，你想要什么？

我又笑，这次笑得有些尴尬。她把我问住了。

她把所有人都问住了。

正是日落时分，我们坐在河滩上吃晚餐。露天的餐桌，鲜鱼汤、新烤的羊腿、野蘑菇酱、紫茄沙拉、梅子苹果蛋糕。多瑙河上飘荡着玫瑰色的霞影。我们这些老年人，浅尝着杯中酒，聊着人生的无意义，满心疲惫。

安德烈放着一桌美味不尝，蹲在远处的树林里，跟一个吉卜赛流浪汉聊天，轻声细语，极尽耐心，已经足足聊了半个多小时。安德烈劝他好生坐起来，劝他进屋洗澡换衣服，劝他回家。大家都知道这流浪汉大叔是个疯子，疯了好多年了。

伊娃的电话响了，她的制片来电商议如何说服吉卜赛黑手党老大，让他在电影里真人出镜。伊娃匆忙离席。

他们看起来真的知道自己想要什么。他们所有人都知道。至少在人生的这个阶段，他们总是知道得清清楚楚，并且一路勇往直前。无论他们以后是否会后悔。

此刻餐桌上就只剩下我们这些无趣的人了。

这可真邪门，这些年轻人。年老的酒店主人打破了沉默。

"我曾统领世界 / 唯我一声令下 / 海水应声而起……"

不知哪里传来的音乐，又忽然被切断。

之后，餐桌上再次陷入漫长的寂静。

爱尔兰的
葬礼

Frank
O'Connor
House

梦回科克小城

2012 年伊始，纽约的天气比往年温暖，我暂居在曼哈顿下城杜安街和哈德逊街转角的老房子三楼。每天都要出门，赶去这个城市不同的方位，去赶美国真实当代表演艺术节的一场场演出，尽量一天观摩两三场。我们有时候沿着钱伯斯街拐弯，搭乘地铁，有时候沿着西百老汇街到苏豪区，有时候长时间顶着寒风走在第七大街上。干燥碧蓝的天空偶尔飘落一些碎雪，远近树枝上的几抹亮白更像是阳光耀眼的反射。

有一天午后，我们在一处颇为简陋的工作室里遇见了从都柏林来的编剧斯高特。这是一场关于夫妇关系的演出，男女演员都非常尽力地运用肢体语言相互纠缠和斗争，表情和台词怪诞而震撼。外界评论各不一致，但是没关系，艺术家的创作首先是为了取悦自己，这是此地公认的真理。

在尚有一些百利甜酒和腌制橄榄的小招待会上，斯高特开心地跟我们聊天。忽然间，我就从那个场景里掉落出来了，像聋了一样暂时听不见其他人的甜蜜寒暄，因为斯高特的口音。爱尔兰口音的英语让我忽然回到了一个季节之前，2011 年 9 月到 10 月的科克——第 12 届科克国际短篇小说节在科克的大都会酒店举办。在这种短促热烈，速度飞快，把每个爆破音都发作"德"的熟悉口音中，我仿佛又闻到了李河边柔软清新的空气。

沿着河去科克大都会酒店的空气是分外纯净的，我每次走出那扇老房子的木门，未及锁门，就忍不住大口呼吸。雨的气息，初晴的气息，一阵微风裹挟的植物的芬芳，教堂原木的香气，阳光微醺中万物的气息，任何细微之处皆在这底色中清晰地呈现，让人觉得分外地放松与清醒，像是刚从一场长梦中骤醒。

我住在尚敦教堂隔壁，杰克·林奇的房子，两层，带一个极小的后院，门口镶着艺术家驻地的牌子。没有地址，在这个小城，说房子的名字就足够。

我每天中午和傍晚出门，绕过弗兰克艺术表演中心和奶油博物馆，穿过一条台阶小路下山坡，便可以闻到那河的气息了。海鸥飞翔，河水像一匹绸缎，褶皱里织着天空中的云和鸟儿们细致的羽翼。左拐，沿着李河走。经过另一座教堂、无数房屋，路渐斜而上，到达大路口，再左拐，经过酒馆、戏院种种，便见到了大都会酒店低垂的旗帜。

9 月中旬前后，我来往这条路不下 20 次。

科克是我所到之处中，艺术家和社会的关系紧张度最为缓和的城市。这种氛围即便是从城市的布局中也能感受到，从我望见

Jack Lynch House - Artists Residence

Officially Opened by
An Taoiseach, Bertie Ahern T.D.,
in the presence of the Lord Mayor Sean Martin.
8-6-2005

Teach Seán Ó Loinsigh - áit chónaithe na n-ealaíontóirí

Oscailte go oifigiúil ag
An Taoiseach, Parthalán Ó hEachthairn T.D.,
i láthair an Ard Mhéara, Seán Ó Mártin
8-6-2005

CORK CITY COUNCIL

icd
Institute for
choreography
and dance

杰克·林奇的房子

这是我每次到爱尔兰住的房子，也是名人故居，有很长的历史。老房子的报警系统有点毛病，一到夜里底楼杂物间的报警系统就反复唠叨着这里和那里的故障，是男人的声音。因为这个，这房子还吓走过个别作家，被认为是闹鬼的房子。我曾经一个人在这房子住了很久，有朋友夸我胆大，可是我自己不觉得呀，我觉得一个人住一栋房子很舒服呢。

它的第一个夜晚和黎明。

记得是深夜飞抵机场的，蒙斯特文学中心的艺术总监帕特·考特先生来接我。他是个诗人，灰白色头发，微微发福但不失风度翩然，幽默健谈，在说出一句妙语后立刻大笑，总让我觉得自己配合得慢了一拍。冷雨不止，一路上是黑和冷，竟连抵达小城之后依然少见灯火，但出租车里的眼神亮堂、笑语温暖。从大路到小路七扭八转，仿似回到了童年时候上海的小巷与弄堂。

黑暗中摸索着钥匙试图打开那半栋台阶上古老的房子，上下两个锁孔，帕特先生踮起脚开，再蹲下来开，最后打开中间的锁，猛力推开门，咯吱一声哑响。

帕特先生通知我第二天"一早"——11点半，在这里等他过来带我去文学中心认门。

台阶小路是他教我走的一条捷径，两旁是沿山而下的彩色房子，柠檬色的门，水蓝色的门，翠色的门，窗户后面摆着花束，摆着耶稣像，门前的花坛里杂花盛放，石头的墙垣上野花缤纷。顺阶而下，偶尔有一两个醉汉坐在台阶上，或缓慢走来，眼神柔和而迷茫。视线从脚下看向前路时，忽然间，大半个小城就从阳光里浮现出来，云絮似海，大教堂优美的尖顶从远处升起，在漫漫无边的蓝天之中宛如一座灯塔。

然后，一次情不自禁的深呼吸，嗅到河水的清新，我们已经走在桥上，河水在脚下，望不见尽头的李河，海鸟在头顶几寸处翻飞，风长途滑翔而来，吹乱了每个人的头发。

过了河，是波迪加酒馆，左拐，有街头艺人的吉他声和歌声，右侧是水石头书店——后来我每天都忍不住要去待一会儿的地方。沿着阳光斑驳的石头路，再往前是特斯克超市，本地唯一一家平价超市，也是唯一一家愿意等到 8 点才关门的商店。红砖墙的是克劳福德美术馆，只需再走 20 步，再右拐，穿过酒馆林立的小街，跨过唯一一条有车的大街，拐进另一条小巷，帕特带我走进了英国市场。他告诉我，这是本地最好的食品市场。

这是最好的鸡蛋铺子，这是本地传统棕色手工面包，这个铺子的三文鱼和牡蛎是最新鲜的，这些是全世界最好的奶酪，我最喜欢这种腌制橄榄……帕特带着我从一个个摊位前走过。这是一栋比教堂更庞大高敞的建筑，总共两层，阳光从透明的顶棚照进来，无数彩色的柜台，中央大厅的雕塑周围人来人往。我正愣神间，就已经又回到小路上。街头艺人在拉手风琴，有位蓝色眼睛的老人歌声十分忧伤。在歌声中我们又过了一座桥，那是小城另一头的一条河，然后就到了蒙斯特文学中心，弗兰克·奥康纳的房子。

这是一扇我走进去需要低头的红色小门，房子上下三层，但空间非常狭窄，转身艰难，尤其是在楼梯上。历代爱尔兰作家的资料都贴在走廊和楼梯通道两边，我的肩膀总会擦着一位作家的照片，想看另一位作家的简介又不得不让背脊贴着另一面的墙。

三楼，或者说阁楼，是文学中心办公的地方。不大的房间，我的头顶时而碰擦到天花板，天窗里透着阳光。杰妮芙坐在电脑后面，欢快地跟我打招呼。她皮肤白皙，褐色头发，身形丰满柔和，美国中部的口音，看上去与我差不多年纪。她负责文学中心的行政。只帕特和她两个人就做了整个文学中心的工作。

帕特先生的儿子也在办公室里。他看上去还不满 20 岁的样子,很瘦,大眼睛,在点算书籍。小说节忙,他义务来搭把手。

各国各地的作家们已经陆续到了。时而有人打来电话,有人按门铃,有人熟门熟路地上楼,和杰妮芙、帕特一阵拥抱,谈着去年小说节如此这般,前年参会的谁今年又有什么新八卦云云。帕特给了我一张小说节开幕式的请柬,嘱咐我晚上 7 点到大都会酒店,附带给了我地图一张。

然后原地解散。

科克的每条街道只在街的一头标上路名,倘若想要知道自己的方位,理论上就得先沿着一条街走到尽头。而这些街道不是直线,也未必相交后不再相交。且大多数路名并非英语,而是爱尔兰盖尔语。起初,如果不是李河,我想我是根本找不到大都会酒店的。

相对而言,纽约这个城市就像是写在地图上一样。路标明显,清晰得像麦当劳,街道按方向和数字排列,就算不带地图也能想象出方位,更有地铁恨不得把每个地区都变成一个快捷键。

所以我爱科克,这个小城有它自在的尊严,行走其中,不能靠任何快捷方式,只能靠人与人之间的传达、自我的感知与体验,以及耗费足够的生命原材料——时间。

弗兰克·奥康纳的房子

　　时隔多年，居然找到了这几张中规中矩的照片，非常欣喜。作家的房子并不大，楼梯和走廊略显狭窄，但是每个房间都散发着古老的书卷与木头在岁月中沉淀下来的静谧气息。

八卦的朋友们

　　大都会酒店在几家酒馆、一家香料店和一家戏院附近，谈不上豪华，低矮但雅致，空间不大，有些陈旧。里面很是安静舒适。

　　开幕式那个夜晚，主会场里还没有几把椅子，新结识的朋友已经超过了一箩筐。

　　第二周的周三，9月14日，第12届科克国际短篇小说节正式开始了。历时5天，至星期日。小说节分两个会场，主会场在大都会舞厅。门口的桌上摆满了酒和酒杯，以干红和干白为主，也有一些烈酒，没有水。需要舞厅这么大的空间是为了摆放足够多的折叠椅提供给听众。分会场就是蒙斯特文学中心，他们底楼有一个10平米见方的简易会客室，最多够放十几把折叠椅，周围堆满了书。

　　上午的活动都在分会场，是收费的，9点半开始，英国作家克莱尔·魏格福的进阶短篇小说写作工作坊，120 欧元 4 天的课。最后一天还兼有美国作家琼·伯纳德的工作坊，单次课程 40 欧元。

下午和晚上的活动都在主会场，有各国作家的访谈、朗读以及几个重要的颁奖仪式。下午的活动都是免费的。晚上的活动也免费，但是附带标注着"可自愿捐赠 5 欧元以示支持"。

我仔细地浏览日程，中午以后的安排才是小说节的主体部分。

第一天，周三，晚上 7 点半，是英国作家海伦·邓默尔的访谈，访谈之后她将朗读自己的小说。晚上 9 点，是爱尔兰作家奥弗拉斯·福伊尔和彼得·墨菲的朗读。真是"科克时间"啊，我扬了扬眉毛，忍俊不禁。

科克的秋天大约早上 6 点天亮，晚上 8 点以后才渐入夜。但是科克人的早晨是从中午 11 点半以后才开始的。如果早上 9 点出门，没有开门的商店，也没有上班的人流，街上偶有零星的路人，皆是醉汉，只有他们是 24 小时活动的。

酒馆也是有不少开着门的，还有酒馆的营业时间上特别写着早上 6 点到 10 点的时段，这时候里面也果然满满地坐着喝酒的人。我进去跟酒保聊了一会儿才知道，酒馆这个时间段过去是专为夜班工人提供的，下了班，喝一杯再回去睡。如今没有夜班工人了，可是早上喝酒的传统不能不保留，是吧？

回到空荡荡的街上，只有醉汉、水獭和海鸟。直到下午两点，小城方始热闹起来，酒馆摆出座椅在露天的拐角处，阳光适时而来，间或有小雨造访，但是这毫不影响端坐在街上喝茶、喝酒、吃三明治或海鲜正餐的人们。下午四五点，他们还在那里吃喝闲聊。商店已陆续关门，但是酒馆的生意才刚刚度过凌晨。正式聚会的时间要到夜里9点半，乃至11点以后。

至凌晨两三点，任雨下得多大，风有多冷，依然可以听见街上酩酊的人们唱歌说笑，其中不乏银发的老妇人和老先生。酒馆的灯映着雨幕，影影绰绰。

想来帕特如此安排上午的工作坊和下午的小说节，显然是深知，如果不是事先付了一大笔学费，听众是不会这么早出现的。

第二天周四的日程，下午4点，是加拿大3位新生代作家黛博拉·威利斯、米歇尔·克里斯蒂、亚历山大·麦克莱昂德和英国作家卡莱尔的对谈。下午5点，是美国作家苏珊娜·芮凡卡的访谈。晚上7点半，是加拿大作家黛博拉和米歇尔的朗读。9点，是弗兰克·奥康纳短篇小说奖提名者苏珊娜和亚历山大的朗读。

第三天周五，下午3点，是美国作家瓦莱尔·杜伯乐和爱尔兰作家努阿拉·尼·考卡的对谈。下午4点，是英国作家埃里森·麦克莱昂德和美国籍爱尔兰作家埃塞尔·洛玻的朗读。下午5点，是本届小说节的第一个奖项——电台弗朗西斯·麦克麦纳斯奖的颁奖仪式。弗朗西斯·麦克麦纳斯是颇有成就的已故爱尔兰作家，也是电台主播。这些年，获奖者从16岁的少年到年近60的资深作家都曾有过，颇有只认作品不认人的意味。

晚上7点半，是美国作家西奥班·法隆和捷克作家米歇尔·艾嘉的朗读。9点，是弗兰克·奥康纳短篇小说奖提名者美籍华人作家李翊云和美国作家瓦莱尔的朗读。李翊云生于北京，青年时代来到美国留学，曾是一个优秀的理科生。帕特多次跟我

科克小城风景

　　第一次来到科克的时候，我就有一种似曾相识的熟悉感，觉得这里特别像我童年时的上海，我出生和长大的上海市中心很多年前有过这样寂静温暖的风景，以及亲密恒久的人情氛围。

说，他很服气李翊云能用第二语言写作。在小说节的一大堆书中，我还特别读了她的一部长篇和一本短篇小说集，英语语感真的非常好。

周六是第四天。中午12点就有获奖者朗读，这次是肖恩·奥弗兰短篇小说奖——小说节的第二个短篇小说奖项。肖恩·奥弗兰也是爱尔兰著名作家，这是以他的名字命名的奖项。下午两点半，讨论如何编辑本年度的短篇小说精选本。4点，是一本都柏林出版的文学期刊《激烈飞翔》的专题朗读会，以此推出一些文学新人。

晚上7点半，是爱尔兰作家格兰纳·帕特森和艾因·麦克纳姆的朗读。9点，是弗兰克·奥康纳短篇小说奖提名者、爱尔兰作家艾德娜·奥布莱恩和卡姆·托宾的朗读。

第五天，星期日。中午12点到下午两点，是弗兰克·奥康纳文学步行之旅。这两个小时不在任何一个会场，而是带着众人行走小城，起点是甘波斯酒馆，终点是麦克科顿街。晚上7点，就是肖恩·奥弗兰短篇小说奖和弗兰克·奥康纳短篇小说奖的颁奖仪式，弗兰克·奥康纳短篇小说奖得主再次从书中选取片段，做另一次朗读。在小说节的三个奖项中，弗兰克奖当然是最受瞩目的亮点。

弗兰克·奥康纳是我最爱的爱尔兰小说家之一，并非因为他的声望，而是他冷寂孤绝地看着这个荒谬人世的眼睛。此外，到会的作家中，艾德娜·奥布莱恩一直是我的最爱。她在她的短篇小说集《圣徒与罪人》的扉页上写了：亲爱的未，欢迎你来到爱尔兰。我珍爱地一路揣着到纽约，它做了我好几周的睡前读物。卡姆·托宾的小说我也颇为喜爱。

我对这些作家的了解仅限于作品，但是同为英语写作的作家，他们之间就像时常在车库门口遇见的邻居一样。所以早在开幕式的时候，我的新朋友们就私下把彼此的琐事和性情跟我说了个七七八八。话说，有句玩笑话叫作"作家不八卦就是不专业"，观察和研究人是作家的本行，在小说节上自然轮到了作家琢磨作家，想来是既入魔又有趣的事情。

更有趣的是，尽管是分头跟我八卦的，印象却惊人地一致，可见作家观察的精准。他们对格兰印象都良好，夸他才华横溢却非常谦逊，且从不借助身为知名作家的父亲的人脉。他们都不喜欢彼得，他同时是个摇滚乐手和电台主持人，传说颇多，在此不便列举。艾德娜，她是真正的作家啊！每当翻到介绍册上她这一页，每个人都用感慨而肯定的语气这么说。她今年已经81岁了啊！说到这里，时间让尊敬变成了敬畏。

他们的八卦是光明正大的，在谁面前都这么说，并不因为当着另一个人的面，评价就有所改变。当然，对着本人负面评价就省了，不过也绝对不会反过来变成褒奖。英语里充斥了客套话，也有足够多敷衍的词。诸如语调微妙地说一个"好"（fine），可以是"得了吧"，或者"你自己看着办"的意思，大家都懂。

参会间隙，一场访谈或是演讲结束，人们端着酒杯，难免彼此说话。对于喜欢的人，他们必热情洋溢，跨越层层人群过去打招呼，拥抱。对于不喜欢的人，即便正好路过面前，也不见他们假以辞色，率真得可爱。

文学究竟属于视觉还是听觉？

在小说节中，最大比例的内容是朗读。作家用自己的声音来诠释故事，这是他们生活主要的组成部分之一，另外两个部分是写作、旅居。对于读者而言，聆听作家的朗读是他们重要的乐趣之一。

作家未必外向，作家的声音表现力未必最强，语音语调也未必比播音员准确优美，但是当他们朗读自己的小说，他们的表现方式是任何人都无法模仿的。

有时候一天的活动结束以后，朋友们相互道别，谈到第二天是否来参加、参加哪一场，我常听他们说，访谈就不听了，但是9点的那场朗读我一定要来听，我一定要听一听她（他）怎么讲这个故事。然后另一个搭话说，我听过，真是太精彩了！我明天得来再听一遍！

的确，朗读并不是作家见面会，其精彩在于当场才能领略的、铅字未能完全表达的气场。

话说从第一天开始听朗读，我就有点上瘾，甚至渐渐怀疑文学究竟是视觉大于听觉，还是听觉大于视觉。听一个故事，更容易欣赏它巧妙的铺陈和展现方式，阅读是可以自己调节速度的，聆听则不能，必须跟随作者的节奏，这让故事每个峰回路转的精妙更好地展现无遗。听一个故事，也能更好地欣赏文字的韵律感。优美的句子极大程度上是音韵之美，好小说的文句节奏犹如交响乐。就像音符印在乐谱上，也许阅读铅字真的损失了很多。

我继而想到了写作本身。我常开玩笑地对其他门类的艺术家

Sui Wei

其他朗读会以及速写

在地球不同的位置做了许多朗读、谈话和演讲，已经记不清有多少，在大学、图书馆、教堂、书店、花园等各种有趣的场合，遇见各种有趣的同事与听众，就是没留下什么照片，一心忙着干活了。

说，我嫉妒他们。诸如音乐、绘画、表演，他们的艺术形式可以最直接地通过感性通道传达给受众。当听到一段音乐时的感受，当看到一些抽象的、无法解释的线条和色块的感受，当表演者的行动看似毫无意义却把不可言说的感情注入了观众的心扉……这些效果，文字很难达到。

文字本身是社会化的产物，理性的产物，人类试图用文字符号来一一标注、概括万事万物，造出概念种种，而这些概念从产生的那一刻起就已远离了实质。从某种程度上来说，文字的性格就像个政客，作家们却试图用它来创造艺术。我想其中的纠结应该是其他门类的艺术家无法感同身受的吧。

我们用文字来讲故事、用符号来描绘人生的时候，从本意到成品有多少损失很难估量，至于印成铅字，割裂了与视觉、听觉的关系之后，又有多少损失呢？我们在写作时有自己运用这些文字和语句的规则，包括轻重缓急、抑扬顿挫、故意说和故意不说的话，阅读者则以他们各自的习惯来领会铅字的排列。我并不是说一个故事读出无数种不同的人生是不应该，相反这是对的。但是，当我聆听这些作家朗读的时候，有些他们特殊的着重和停顿，会让我恍然大悟，噢，在这个故事不断铺展开来的世界里，每个转弯处，作者想让读者看见的，原来是这样的细节和逻辑。

从周五下午起，会场里出现了一个装扮精致的中年女人，微胖，高跟鞋，用发卷整理过的金褐色长发，亮片装饰的套装，及膝裙紧裹着臀部，还有假面娃娃般的粉底和唇膏涂抹得轮廓分明的鲜红嘴唇。她的每次经过都引起人群下意识诧异的侧目。

因为除她之外，没有人这样正式穿着。没有人着套装，没有人西装领带，甚至很少有人穿皮鞋，科克多雨，人们都爱穿防雨防滑的那种户外登山鞋，多是一条围巾，夹克外套，女人也很少化妆。来宾和听众都如此。

下午5点半，我们终于看见她和另外两位男士一起走到了讲台前。她的装扮看上去似乎就是为了站在讲台上。所以当她走上去的时候，所有人都松了一口气，觉得她终于站对了地方。

原来这是电台弗朗西斯·麦克麦纳斯奖的颁奖仪式，所以电台特地安排了3名专业广播剧播音员来朗读获奖小说。当那位女士扭转肢体，对着麦克风吐出第一个句子的时候，会场的气氛忽然有了微妙的不同。听众们纷纷不自觉地调整坐姿，试图往后靠一点，像是要给这个陡然间变作剧场的小说朗读会腾出一个并不存在的空间，把倾听变成旁观。

专业演员毕竟是更适合莎士比亚的，我想。小说的声音只属于作者本人，或是沉静的讲述者。虽然弗朗西斯本人恰好是电台主播，但如果他朗读自己的小说，我相信也不会用一种表演的态度。

非常有趣的是，阅读一位外国作家和一位中国作家的简历，最大的差别就是，在外国作家的简历里，总会有一个段落专门记录他们在全球各地的朗读活动，以此作为和出版作品、获奖、被翻译成多国文字等同等重要的一项荣誉。例如帕特先生的简历上就写着，他曾经在爱尔兰、加利福尼亚、中国、德国、爱沙尼亚、马其顿、挪威、意大利、印度和土耳其朗读他的作品。

小说节主会场内的座位应该有百余个，任何一场，椅子几乎都是坐满的。

起初，我以为场内都是参会的小说家们。因为总是遇到开幕式和晚间活动的熟面孔，就是我新结识的作家们，打过招呼之后总是自然而然坐在一起，五六个人一堆，说个小话。因为文学朗读毕竟不是看电影，这个年月电影院都常常坐不满的，所以我理所当然地认为，参加这类文学专业活动的都是业内人士。

直到有一回，我到得太早，会场里的熟面孔都还没到。我随便找了一个位置坐下，几分钟后，就有一位老妇人笑眯眯地坐到了我的身边。她极短的金发，大衣拿在手上，肩膀上披着一件短毛衣。坐下来以后，摸摸索索地从手袋里掏出花镜，翻开小说节手册，却扭头来跟我搭话。

你来听了几场了呀？

我每场都来了。

我也是啊。只有……昨天晚上姐姐家里有事，叫我过去，所以耽误了 7 点的那场，可是我 9 点又赶来了呢。虽然很辛苦，可是难得呀，一年才一次。老妇人兴致勃勃地絮叨了一阵，又说起她在香港的女儿和女婿，说起她在香港居住过几个月，最爱那边的烧鹅。我只是简单搭话，5 分钟不到，她基本上把她的一生都告诉我了，包括她早年离异的先生，还有她断断续续做了快一辈子的出纳工作。

你是做什么工作的？她问我。

等我回答之后，她忽然惊讶地瞪着我说，我还以为这里坐着的都不是作家呢！

到那个时候，我才意识到，小说节真的是科克这个城市的一个节日，是所有市民兴冲冲来观摩的为期一周的大型公演。而老妇人当时的那种神情，仿佛我枉占了广大文学爱好者紧俏的席位，我至今还记得。

周五晚上 7 点半是我印象最深的时间。会场在这个时刻出奇地拥挤，讲台上已经在准备开始，还不断有人外套上带着雨点，头发湿漉漉地从门外走进来，脚步急促地，屏息静气地，一个个沿着走廊、墙壁、会场的四周站定。因为椅子早就坐满了。在活动开始前一分钟，整个会场像一片森林，安静极了的森林，连风也没有一丝。

这是艾德娜·奥布莱恩的朗读。她消瘦颀长，背脊笔挺，红褐色的头发，嘴角带着优雅的微笑，当时已经 81 岁，脚步微微有些蹒跚，目光依然炯炯有神。视线所及之处，所有人都垂下眼帘，被她的气场所震撼，又忍不住再抬头看她一眼。

我极爱她的小说，相信专程前来的这么多人也是如此。我更尊敬她一生笔耕不辍，内心从未停止过对于这个世界的探寻与求解。正如人们对她的赞叹，她是一个真正的作家。

她头脑清晰，话语机智幽默，声音低沉有力。她开始朗读前，听众们自动全体起立，为她鼓掌。当她结束朗读，所有人再次起立，长久地鼓掌，注视她从讲台走下来，为她在走廊里分开一条路，目送她走出会场，当她消失在大门后面时，掌声还在继续。

她是这一届弗兰克·奥康纳短篇小说奖的得主，这是科克国际短篇小说节最重要的奖项，获得者也就是这次小说节当之无愧的主角。但是我相信，那个周五晚上7点半到8点半身在现场的人，目睹当时会场内的一切，都会明白，在奖项揭晓之前，她就早已是了。她所获得的荣誉不在奖杯之上，而在无数读者眺望的目光中。作者在写字台前枯坐一生，若有一天能如她这样从容缓慢地穿过人群，把掌声留在离场后绵长的时间里，那么死亡也就没什么可怕了。

遇见另一个帕特

有天中午我懒得做饭，就去英国市场二楼的食堂吃。算好时间，一直挨到 1 点才出门，这样吃完之后刚好去大都会酒店，我记得这天的国际小说节活动，第一场开始的时间应该是下午两点半。

我正抱着餐牌，在走廊拥挤的桌椅间发现了一个空隙，一路"抱歉"地挤过去，忽然听见背后有人叫我。帕特坐在靠栏杆的那排位置上，栏杆底下是一大片英国市场，上方的玻璃天棚上正雨雾缭绕。他两脚悬空，面前一大堆盘子，正扭过头，笑眯眯地向我招手。

我向栏杆那边挤过去，坐在帕特身边的一个男子立刻站起来，为我腾出一小块空地，塞进一张凳子。我这才注意到，原来他是和帕特一起的。帕特跟我介绍，他也叫帕特，全名是帕特·奥康纳，写短篇小说的，刚下火车，来参加这次的小说节。

诗人帕特正在对付他最后一道甜点——苹果碎，三两下结束战斗，就急匆匆走了。剩下小说家帕特忽闪着大眼睛坐在高高的凳子上，玻璃杯倒扣在250毫升的苏维翁瓶子上，一个劲儿地问我究竟写了些什么中国小说。

他的目光让我觉得他可能比我年轻，30岁？好奇在灰蓝的瞳孔里活跃地闪动，问题一个接着一个。在中国写小说真的可以谋生吗？中国也允许民间文学活动吗？他长方面孔，尖下颌，卷曲的褐色刘海垂在浓密的眉毛上，手臂放在狭窄的木头桌面上，颀长的背脊因为拥挤难受地卷曲着，却还尽力向我这个方向扭转，以便跟我交谈。中国对虚构类作品有限制吗？现在去中国旅行，坐火车真的比飞机危险吗？

他的主菜送来了，两块巨大的烤羊肝加培根，配棕面包和黄油。好胃口，27岁？居然还有甜点，巧克力蛋糕。我的焖羊肉也到了，可是我根本找不到空隙低头吃上一勺子，他的问题实在太多了。在中国写短篇小说有出路吗？这里的短篇小说集特别不容易出版，文学期刊现在也不景气。有时候，我刚动笔写，心里就发愁这个。他说。

我眼睁睁看着肉汤凉了，肚子咕咕作响。手机上的时间已经显示1点50分。我不得不提醒他，得赶紧吃完离开这儿，否则就赶不上两点半的活动了。他眨巴着大眼睛，声调有些犹豫，我好像记得是3点半呀。

但他还是飞快地吃完和容我吃完。我们飞快地下楼。他对这城里显然比我还熟，所以由他带路。我们来到李河边，他的脚步

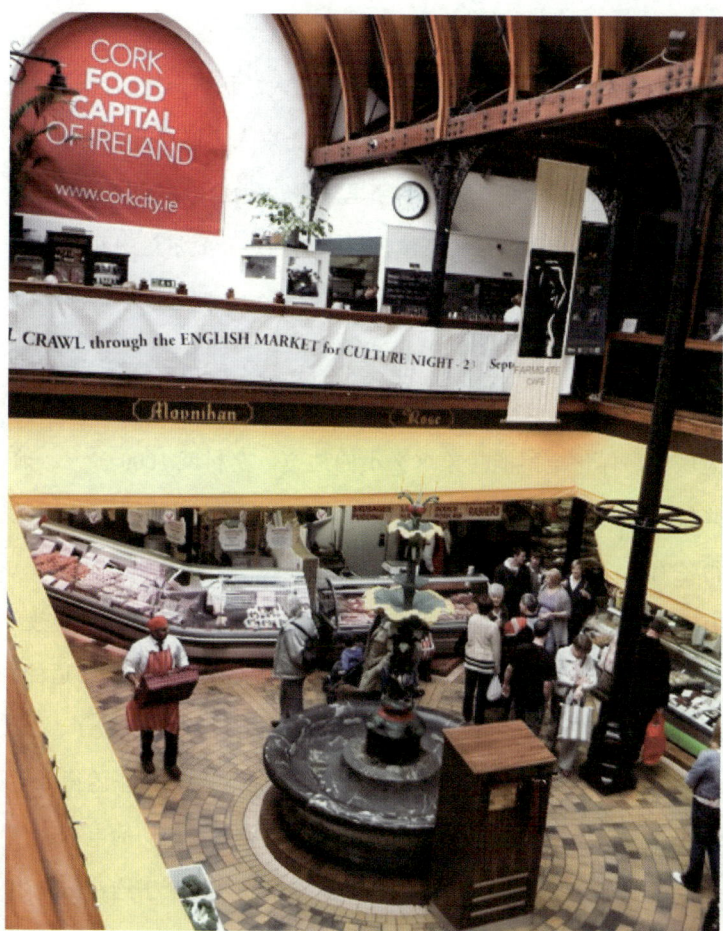

英国市场

　　食物是我在这个世界上最热爱的事物之一，在我心中的地位不亚于文学，科克小城的英国市场是我和爱尔兰的朋友们去得最频繁的地方，底层是各种新鲜的食材，每天都有从海边新运到的生蚝，二楼是堪称文学从业人员"食堂"的开放式餐厅，中午总能遇见同行们熟悉的面孔。

忽然慢下来。这条河是通向大海的，他说，你能闻到吗？河水是海的气味。风扑面而来，夹着几丝雨和咸味，转眼又把雨和云吹散，阳光在河面惊艳地一闪。

你猜我是哪里人？他问我。爱尔兰人，我肯定地回答。地球上这么爱聊天的，除了爱尔兰人就是北京人。他很开心地欢呼，是啊，不过你知道我是爱尔兰哪里人吗？我出生在利默里克城附近的一个村子，科斯尔康奈尔，科克的西边，爱尔兰中部，是个特别小的地方。我老家附近也有这么一条河，叫香农河，河里流的也是海水。

他的脚下又放慢到叙述的频率。他说，你生活在上海这么个大城市，你肯定不能想象这么小的地方，全村就 1000 多人。前些年，我们那儿来了房地产开发商，然后所有的人都疯了。甲觉得乙有了个大房子，他哪里都不比乙差，所以他也要个大房子。有了大房子，甲在里面摆了一个大电视。乙看见甲有个大电视，觉得自己也得有一个才像话，虽然他已经有了一个大小合适的。然后是钢琴、水晶鱼缸、艺术大师的雕塑作品……没完没了。

为了这些东西，他们必须不停地还更多贷款，所以就得做更多工作。他们根本没空坐在他们的大房子里，看他们的电视。鱼缸里的鱼都死了。他们出门太早，回家太晚，以至于连在阳光中好好端详那些雕塑的时间都没有。

你看，这就是我小说的题材和主旨，都是我们那儿的故事。很多时候，人们认为理所当然的事情，如果写下来放在一起看，就会发现人的行为荒诞至极，并且不断重复。你在大城市，你小说的主题肯定和我很不一样吧？

太巧了，几乎是一样的，我说。这让他惊奇而高兴，可是我还是得提醒他，咱们一定得走得快一点了，离两点半还差5分钟。

我们冲进酒店的时候，正好两点半整，用作会场的舞厅却空无一人，连座位都还没排好。打开桌上的活动时间表一看，居然是3点半。他是对的。他很有风度地没有跟第三个人提起过这件事。

当天的活动结束，已是深夜。他和参加小说节的一干朋友接着去酒馆，再三叮嘱我晚些一定要过去和他们会合，因为我得先去送一份资料。半夜两三点也不算晚，他说，你得见见我们这儿的出版商，他们都是宁愿自己破产，也要先付给作者版税的。

我佩服他旺盛的精力，能过午夜不困，我想他一定比我年轻得多，25岁？我是打算去赴约的，世界各地的小说家能聚在一起不容易。没想到送资料的途中又遇了一场雨，我回房子擦干头发，想换一件雨衣再出门，结果靠在衣柜边的椅子上就睡着了。

翌日再次在会场遇见他，他冲过来跟我热情寒暄，主动表示并不见怪，可是那种主动显然就是见怪的意思了。我讪讪地解释，我的时差还没转过来。他叮嘱我，后天中午有我的朗读，你可别忘了，一定要来。

我急忙说，一定一定，李河海啸了我都会去。

太好了，他兴高采烈地说，那我今晚把小说的 PDF 文件发给你，你先看一遍。

这回轮到我眨巴着大眼睛看着他了。我还从来没见过这么

"服务周到"的作家呢，这是他第一次朗读吗？我看着他恨不得现在就有打印稿在手边可以塞进我手里的样子，他也许才 20 岁出头吧，我想。

两天后的晚上 7 点半，会场里特别满，几乎所有人都到齐了。坐在我前排的男子个子颇高，背脊有些弯曲，后脑勺谢顶，褐发有七成变成灰白，后脖颈有些赘肉，他费力地挺直脖子时那个部位勒着一道道皱纹，至少已经 50 岁以上了。我并不是故意细看他，实在是为了看见台上，我必须直起腰背，让视线越过他耳垂和脖颈间的空隙。

这个时候，台上有人报出小说的名字。我前排的男子忽然站起来，兴冲冲往台上去，一路回过头来对大家笑，眼神与我相接时，还用力地表示了一下高兴。这一刻，我惊讶地发现，他竟然就是那个小说家帕特！每次遇见，他都是迎面而来和我打招呼，坐在我身边，我从没注意过他的后背。

帕特站在台上，一脸欢喜，一开始结结巴巴，后来就有点唠叨。他说，能得这个奖我真是高兴，这是我第二次在这儿领奖。你们的肯定对我很重要。还要谢谢我的家人，我干写小说这个活儿实在是让他们受苦了，谢谢我的太太，还有我的两个儿子，他们都念大学了。我待会儿就通知他们，让他们周末一起过来玩两天，庆祝一下。

他这一回得的是肖恩·奥弗兰短篇小说奖。他的样子像是得了校运会长跑冠军的中学生，虽然他得的提名和小说奖可以写满一页纸了。

分别后，我们偶尔有邮件往来。他回到了村庄。在入冬前夕，他说他正致力香农河的环保工作，具体而言就是保护鱼群的合理生育。冬季来临之后，他说他已经开始写一部长篇小说，因为短篇小说实在太难出版了。

偶尔，下雨的天气，我会回想起我初遇帕特的那个下午。

我们提早了一个小时来到会场，只能坐在酒店的咖啡馆里等。服务员沏来了一壶爱尔兰传统红茶，加奶，加棕糖。窗外晴日不知何时隐去，变作雨雾飘洒，时疏时密。爱尔兰的天气总是这样变幻不定。帕特形容说，如果你哪次回家的时候，身上淋湿的地方还没有晒干，那只能说你出门的时间还不够长。

我记得，我望着窗外的风雨问他，你觉得现实世界是真实存在的吗？

他说，我认为只有我感受到的那部分，对我而言才是真实存在的。

那时候，我觉得他和我也许是差不多年纪的。

参加日常诗会

在纽约、上海和都柏林这样的城市，如果遇到一个知己，尤其是能谈论诗歌和哲学之类话题的，记下彼此的手机号和电子邮箱等联系方式特别重要。要不怎么再约见呢？

可是在科克这个地方不需要。

我新认识的作家朋友们一个个跟我拥抱道别，说着，很快会再见噢。好像他们有着十足的把握，然后就带着热腾腾的笑容消失了。不出一周时间，果然我们又再见了不止三四回，完全不需要特意邀约。

因为暗号布满了这个小城。以面包果腹，且必须还要有诗句当作黄油的人们，只要见到九又四分之三站台后径直走去，就能见到他们志同道合的朋友们，听到那些和面包为敌的话题和诗歌。就像每周一晚上7点半，长岛酒馆。

去长岛酒馆要先经过道格拉斯街，这是歌剧院所在的街区，周围有一些相对气派的餐厅和百货商店。绕开这一切，从岔道往北走，再穿过一条交通主干道，走进幽暗静谧的温思罗普街，走到尽头，酒馆门前的街灯在雨雾中晕开一片黯淡的柔黄，几道人影敞开着外套沐着雨抽烟，散碎地说话。有人端着酒出来。有人零星到达，走进去。

不是底楼。底楼宽敞幽暗，奏着乐。营业的黄金时刻远未到来。偶尔有三两个顾客睡眼惺忪，一脸陌生地看着我。保尔推开安全通道的门，低声告诉我，往这里走，我跟在他身后，沿着极窄的寂静的楼梯上去，窄得每一步都像走到尽头一般。忽然，他向右推开一扇门，门里面喧嚷欢声轰然涌出。

简陋的木头房间，空气暖和得好似另一个季节。人们尽可能地挤坐在房间四处的桌椅和吧台前的座位上，没有座位的就一手挽着外套，一手端着酒站着。酒保在吧台后面忙个不停。吧台上摆着一座石头的异兽，头上戴着哪个诗人的贝雷帽，睨着眼看着人们挤进来买一品脱墨菲或毕玛，挤出去的时候要小心翼翼高举着，以免泼出来。

爱尔兰时间总比钟表显示的时间迟半个小时，也许更多。爱尔兰人从不着急做什么，所以说是 7 点半开始，其实一般要到 8 点或 8 点 1 刻。

每个人从口袋或背包里拿出铅笔和纸本。有人举手说了第一个词 stone（石头），有人高声说了第二个 tempo（节奏），又有人分别提议 justice（公正）、momentum（动力）和 bound（跳跃）。

总共 5 个单词。然后是静默，只有纸和笔摩擦的窸窣声响。这是诗会的第一项活动。每次不同的 5 个词，人们用这 5 个词即兴作诗，现场朗诵。写得最好的那个可以获得一杯免费的酒。

这些词可以很简单，例如 cat（猫），反正任何一个词都是某种意象和韵律。有的词意带双关，例如 stalk，既可以是植物的茎秆，又可以是跟踪的意思，就更有意思些。诗人们咀嚼着这些词。听到撕去纸页的声音，听到画线条的嚓嚓声，笔尖在纸张上勾画起落的声音。

玛德琳一头卷曲的黑发，丰满娇小，伦敦口音，笑起来像一团火。她总是先赶回家给丈夫和儿子做完饭才过来，自己带两包薯片，点一杯苹果酒。保尔是个单身的中年男子，法国人，金发扎起辫子垂在后背上，高大略有肚腩。他是这个诗歌活动的主持者，可是很多人并不喜欢他，例如被另一个作家康纳揭短说，他刚来科克的时候，穷得睡在街上。塞门是个高瘦的年轻人，一双清澈的蓝眼睛，脸型酷肖休·格兰特，朗读时总是垂着睫毛。

更多的人我记不住名字了。有一个胖女孩，每次总是埋头大口喝啤酒，是科克罕见的沉默寡言者，站起来的时候习惯扯一下衣摆，像是觉得自己穿得不够周正似的，其诗歌很有力量。有一位老先生，左手举着纸页不住颤抖，说话结结巴巴，唯独朗读诗句的时候平稳舒缓，仿佛疾病识趣地暂时告退。还有一位老妇人，76 岁，瘦小伛偻，头发雪白，但妆容精致，利索地撕掉涂画的那一页，团成一团塞进打毛衣的袋子里。噢，这次写得不够好，她语调骄傲地说。

科克每周举行朗读会的咖啡馆

　　如果我没有记错路的话（我是路痴），科克每周举行全城诗人朗读会的场所就在这家咖啡馆的二楼。这里在白天看起来如此陌生，和晚上根本就是两个世界，让我完全认不出来。也许白天和夜晚始终就是两个时空，白天的我们和夜晚的自己也是彼此不认识的陌生人吧。

一开始总是推推让让，最后几乎每个人都上前去对着麦克风读诵了一轮。

同样的 5 个词。短诗两句话，长诗足有四五十行。关于邻居或爱情，关于墓地和死亡，关于选举或流放。有的戏谑，有的认真，有的哀伤。5 个词可以比 7 个音符演绎出更大的差别，不得不说人类的内心才是最好的乐器。

第二项活动是请一位小有名气的诗人做专场朗诵，每周一位。有的诗人为此从其他的城镇远道而来。有的自忖一个人朗读这么久会累趴，就还带一位帮手来，两个人轮流诵读。报酬是 50 欧元，总共。结束时，保尔会把报酬夹在一本书里递过去。在诗歌行业中，金钱代表的不是生计，更不是利润，而是礼貌。

通常是直到 10 点以后，才进入第三项活动，也是气氛最热烈的环节。每个人都可以轮流上台朗读一首自己最爱的新作。我看到那个胖女孩从挎包里拿出她的另一个本子，翻到折角的那一页。老先生从口袋里小心翼翼摸出一张折叠的打印稿。老妇人戴起花镜，将一个本子上的诗工整地抄到另一张纸上，想是嫌原来的字不够大。那些装作满不在乎的中年人，这会儿也搁下酒杯，偷偷把稿纸拿出来默念几遍。

我翻译过几首科克诗人的诗，算是尽一个客人对主人们表达谢意的本分。他们曾邀我一起诵读，他们先用英语，我再用中文。一屋子人曾以屏息的静来谛听普通话对于诗歌的另一种演奏，他们说，喜欢这种韵律。他们充满好奇地聆听别人，并且满怀激动地享受被别人聆听。

这个环节有时候一直延续到将近午夜。满屋子的人，不算太挤的时候也至少有四五十位吧。记得 9 月 29 日到 10 月 3 日是科克民俗节，图书馆、戏院、广场，到处都是各类演出和展览。其间的周一晚上，我和帕特相约来长岛酒馆，我们才走到楼梯的一半就没法再上去了，人群已经从屋里一直站到楼梯上。门开着，人们端着酒，站在楼梯上侧耳倾听，轮流进去朗读。其后紧接着的周一，有一支爵士乐队来为朗诵者伴奏，即兴地根据诗句来配乐。这一夜又有一半人在楼梯上轮流站了 3 个小时以上。

奇怪吗？科克有这么多诗人。或者说，没有谁是诗人，没有人能以诗歌谋生，他们都有自己的职业。或者说，这个小城几乎每个人都是诗人，就像身处古龙的小说，城楼前扫地的大叔身怀绝技，卖糖葫芦的辫子姑娘是轻功高手，连伛偻的厨娘也有个帮主的头衔。

我常能从人群中认出英国市场的水果店主、银行的文员、饭馆的服务员、旅行社的财务，等等。街上卖气球的年轻人也常来，他留着胡子，矮而壮实，总是穿着彩色外套，擅长把气球扭成各种奇特的形状。不卖气球的时候总是骑着一辆单轮自行车，他正计划明年夏天骑着这辆自行车绕长城一圈。我不得不告诉他，野长城的很多部分根本不是砖路，而是峻峭山路。

或者说，我也常能在小城的任何一处，认出在长岛酒馆的熟悉面孔，或是小说节上的面孔们。这个小城的大多数人都知道如何穿过九又四分之三站台，在现实世界的时钟暂停急切的敲打声时，去另一个世界散步。哪个世界对他们更重要些呢？

每周一，我都遇见那些熟悉面孔中的大多数。每一周，他们都准备了新的诗作，欢喜、兴奋而谨慎，默默等候发出自己的声音。

天底下有这么多有名的诗人，我写了这一大堆有什么用哟？老妇人翻着她厚厚的大本子，假装叹气地说，可是眉宇间笑眯眯的，让这说辞显得更像是一种娇嗔。

出名还不容易，诗人死了都会出名的。她身边的老先生搭讪得更加有趣。

所以我宁愿晚一点出名。我宁愿活久一点，还可以多写好些年的诗呢。老妇人答道，为自己的选择很是高兴。

没有什么比写诗更好的事情了。老先生表示严重同意。

每一周，总有那么些话，对现实世界无用和无声的声音，是必须讲给自己听，讲给这独一无二的生命听的，这就是正在诵读不息的诗句。如果说每个人都是一件独特得足以自傲的乐器，这就是歌唱的理由。离开科克的一个季节后，我依然记得塞门的一首诗，以及他单薄而沉着的声音。我不确定自己的听力是否可靠，凭当时的理解用中文记录如下。诗的题为《当此，微笑》：

孤寂是

关掉汽车引擎
之后的几秒钟，

在世界异样的静谧中。

在这无声的放逐中抵达
心扉的门口，
在黎明破晓时，
第二道门外静美如画，
而第三道门之外依然是暗夜。

在树枝们的咔嚓细响中。

在无线上网的咖啡馆，
午夜十二点三刻。
以及公交车站的边缘，
清晨五点。

孤寂在此。

在米开朗琪罗静止的雕塑《哀悼基督》
的静止中，
那只被钉在十字架上空空的手掌。

在交媾时拥抱的体位，
在心跳和心跳之间的空隙，
在肌肤
未被触碰的安静的渴望中，
在垂下的眼帘
或者是人类的瞳孔深处。

在那纯蓝的光华中，

在科特·柯本的眼睛里。

在疯狂中。

在爱情中，
像是某种恶作剧。

在仇恨中，
如果行之有效的话。

以及最后
抵达死亡之时，

孤寂在此，

摄影师
将会依然
让你保持微笑，
当此

孤寂如斯，
孤寂如斯。
孤寂如斯。

东道主帕特先生

我是一个离了婚的男人。帕特忽然这么对我说，没来由的。我们也完全没有熟悉到这个程度，所以我一时没找到句子回答。说，我很抱歉，或者说，一切都会好起来的，似乎都不合适。

帕特年近 50，外形是个普通大叔，言行举止却是众人公认的风度翩翩，与众不同。他注视别人时灼灼的神情、每隔三两句话必有的幽默妙语，以及坐和站的戏剧姿态都始终在提醒大家，看着我，看着我。

这样一位生来就愿意把自己当作明星的艺术家，本该是情绪需要旁人用手心捧着、琐事不留给自己的那一类。可是他恰恰相反。

偌大的科克国际短篇小说节都是他张罗的，身边只有杰妮芙一个专职帮手。从前期邀请，到接待和正式活动的前后十几天，外加深夜散会之后的酒馆集会，天知道一切是怎么有条不紊地在进行的。他慢吞吞地走在会场里，让我不由得把他想象成一个深藏不露的武林高手，悠闲地一迈腿之际就已经出了几十招。

他说自己有工作焦虑症。例如，恐怕只有圣诞节这种大日子，才能强迫自己不去看邮件、回邮件。他说科克的许多诗人都像小孩子，总是在说话间，电话又响了，又是哪个诗人找他倾诉烦恼，让他帮着拿主意，为了是否要去参加某个诗歌节，或者选哪几首诗朗读。然后他赶去赴约。有时候也会捎上我，如果我恰好在文学中心。

他耐心地坐下，喝茶，给旁人足够的时间。那些诗人和他年龄相若，甚至比他大几岁，但总是他扮演长者。

我是一个离了婚的男人。帕特跟我说这句话的时候，我们正走在大学校园里。科克大学亚洲学院的院长邀请我去做一个讲座，我汇报给帕特以后，他陪我来定下时间。那一天阳光很好，风吹着树林沙沙作响。古老的教学楼前，丛簇的学生笑闹着往往来来，草坪上修剪整齐的花圃鲜艳盛开。我们坐在长凳上，仿佛沉入了青春往事的深海。

30 年前，我经常来这里，有个女孩，是这里的大学生。帕特深呼吸了一回，又兀自说了几句，并不在意我没有回应。然后他笑了笑，站起身来，熟门熟路地沿着校园后面的林荫小路带我走出去。

我知道，帕特并不是这间大学的，他跟我说过。他念德语，在另一间学院，中途辍学。或者说，是缪斯女神不容分说地牵着他的手，把他带回了诗人的宿命中。所以 30 年前发生在这个校园的往事，必定是罗曼史无疑了。他不再说话，我倒是忍不住了。

后来呢？我问。

没有后来了，他答。看来那个女大学生并不是他的前妻。

帕特之所以跟我说起他念德语辍学，是为了增强我对自身英语水准的自信。他的期望是让我今后改用英语写作。他先是布置我用英语翻译一部自己的小说，然后又布置我用英语写一部小说。不过他不比我轻松，每周他总会抽两个小时和我一起修改那些英语的句子，像一个严格的英语老师，面对他并无宏大志愿的可怜学生。

让我翻译几首你的诗吧，我对帕特说。他是个诗人，不是勤杂工、不是心理咨询师，也不是教师。他的行为让人总是忘记这点。

好吧。帕尔答道，很高兴的样子。隔天他找出一本诗集，翻到其中一页，折了个角。先翻译这首吧，他指示我。我打开一看，是首情诗，而且是特别动情的那种情诗，一看就知道真有其人。我乐了。

这头老虎，她在你床上吃早餐
却并不打算吃掉你。

这头老虎，她刚裸露出
她完美无瑕的肩膀，就令你的心开始战栗。

这头老虎，她的爪子

锋利得有如温柔在触摸你。

这头老虎，她的吻

宛如中国式的酷刑，烙铁般灼痛你。

这头老虎，她褐色的发

散发着胡桃木的气息，催眠了你。

这头老虎，她的双眸

是无梦的深睡覆盖着你。

这头老虎，她像舔牛奶一样舔完了

你所有的呻吟，在离开你之前。

这头老虎，她的身影

反复盘旋在你的脑海中，有如兽的咆哮声回响不息，令你

　　胆战心惊。

这头老虎，她始终隐身在

自己内心的丛林中，躲避你的追捕。

　　诗的题目叫作《母老虎》。我问帕特，为什么叫这个名字，

难道爱尔兰也有把悍妻比作母老虎的说法吗？帕特说，当然没有，这是中国的说法。他说他听那个女孩说过。那个女孩，他边说边眯着眼睛回忆，她属虎，所以我就用了这个题目。

原来那是个中国女孩。我心想，难怪他一直以来总是对中国女性诸多褒奖，仿佛那都是神话中的女子。我还猜测那个女孩姓杨，因为诗的标题下写着"献给杨"。

那是很久以前的故事了，帕特说。眼神眺望我看不见的往事，后来我再也没有见过她……他无限遗憾的样子。

听起来像是一段发生在别处的罗曼史。我在翻译时把标题译成《属虎的女孩》。

又有一天，阳光好得难以置信。帕特和我在公园喷泉前会合，带我去赴市长之约。我们去得早了些，所以就顺便在街上走一走，消磨时间。大朵的白云蓬松在蓝天中，风是温暖干燥的，全不似深秋科克的潮湿阴冷。

帕特跟我说，他想念旧金山，这是他最爱的城市。这一刻，看着他再次游离的神情，我忽然意识到，他和杨应该是在旧金山相遇的，那个城市有很多华人，空气里又总是飘浮着浪漫的气息。

可是帕特的前妻究竟是怎样的一个人呢？他从没提起过她的职业、年纪和头发的颜色。他只说，那是一个非常自私的女人，不喜欢生活烦琐的责任，丢下两个孩子就走了。那时候他的小女儿若蜜还没有断奶。于是他只能一个人照顾那两个孩子。

我见过帕特的一对儿女，在帕特的办公室和小说节上。儿子 19 岁，今年要去都柏林念大学了。女儿 17 岁，在念高中，也是一派大人的模样，和哥哥一起轮流帮父亲处理小说节的一些琐事。

他总是照顾别人远胜于照顾自己。我在这里听到大家都在说他的好，我真为他骄傲。若蜜很认真地瞪着大眼睛，对我说了这番话。我点头表示赞同。她看见我手里拿着帕特的诗集，一脸甜蜜地指着这本小册子告诉我，里面有他为我写的诗呢。在我还是婴儿的时候，他为我写的。

标题是《夜哺》，那是 17 年前的一个夜半，月光下，他给女儿哺乳的旧事。标题下注明了"献给若蜜"。我想我一定没有找错。

> 若我是那难以尽数的遗传变异的漏斗，
> 你就是我的归宿，我的极致，
> 基因中那永恒的一部分复制成为你。
>
> 若我聋了，听不见你的号哭，
> 我的鼻子能嗅到你
> 乳酪般细微婉转的芳香。
>
> 哺乳着你，你的眼帘扑闪着睁开，
> 有如飞蛾展开双翼，
> 而那月亮是珠宝

映射在你的瞳孔中。
乳白色递减的塑料权杖
紧扣在我的手指间，

你没有牙齿的牙床是一把虎钳
正无情地吸吮着它。

此刻在这个城市的某个地方，
有我奶奶胸膛般的砖墙，
小姑妈们的咳嗽声在泥土中掩藏。

每日清晨我躺着醒来，
竖起耳朵聆听
你咕哝声的美好赐予。

我问帕特，"奶奶胸膛般的砖墙"和"小姑妈们的咳嗽声"是什么意思呢？帕特说，他的母亲曾有一对双胞胎女儿，在还是婴孩的时候得肺炎死去了。当时若蜜在襁褓中是那么幼小，他总是害怕她咳嗽，害怕她也会像她的小姑妈们那样夭折。他彻夜倾听她的呼吸声，一旦有什么异样，他就会从浅睡中惊醒。

算起来，那时候若蜜刚出生不久，她的哥哥应该才两岁。帕特一个大男人，独自照顾这两个幼儿，更有诗人的多愁善感让他比别的父亲花上多几倍的悉心关注。太不易了，我想。

下午 5 点英国市场关门前，我常在那儿遇见帕特。他说买菜回去给孩子们做晚饭。现在一对儿女一周住在帕特的前妻和她的现任丈夫家，一周住在帕特这里。孩子们不在的时候，谁有兴趣做饭啊，他笑着说。

晚上诗人和小说家们去酒馆，有时候帕特会打电话把两个孩子叫来，给他们买两杯饮料，和他们聊聊生活与学习，然后早早地和他们一起回家。一般这种情况下，我会趁机和他们一起离开狂欢的人们。我不习惯做酒馆动物，尤其在半夜。

于是帕特会坚持送我回住处，和他的一对儿女一起，常常冒着雨，科克不下雨的日子太少了。若蜜拉起外套领子后面的帽子，跟我并排走。她说，他是世界上最好的爸爸，他从来没有喝醉过。

在爱尔兰男人中，从不喝醉简直是个奇迹。这里大部分男人几乎天天喝醉，大中午就开始有醉汉满街散步、静坐，晚上喝醉已经算是很节制的了。对于诗人们而言，大家一起喝酒更是除写诗之外，人生第二大事。唯独帕特点到为止，这种自制力来自，他需要把自己放得很低很低，才能托起两个孩子的人生。

我这才回想起，晚上 10 点半，最晚 11 点，帕特总会从欢腾的人群中默默消失。在夜晚诗会的酒馆中，他是全科克城唯一一个点一瓶橘子汽水的人。其实远不止如此。

他跟我提起过，做蒙斯特文学中心的艺术总监前，他曾在崔斯克艺术中心工作多年，后来又做了不少年的书商。他总说写诗几乎是一种奢侈，因为他有这一对儿女，他们的生活和升学费用很重要。他勤勉工作，不敢懈怠。我想我知道他为什么能耐心和忍受琐碎到这个地步了，以至于这已经成为他性格的另一面。

在科克大学结束我的讲座，已经是我和帕特认识的 6 周后。帕特体贴地在我的讲座开始前为我讲了开场语，又在讲座后和我分头回答学生和老师的提问。等到人群终于全部散了，已经远远超过了预计时间。院长赶着回去办公室安顿一些事情，说迟些和我们一起用餐。帕特和我在博物馆楼下的草坪前散步等候，秋色正褪去，树木的金色转为枯槁。

我想起月前帕特在这里说过的话，看着他背着手，脚步踢着草叶，低头出神，小男孩般的姿态，身形却不自觉地迟缓臃肿，风把他头顶的白发吹乱了，稀疏地在半空中练习站立。我忍不住问他，你有打算再结婚吗？

不。我永远不会结婚了。他很肯定地回答，抬起头，笑脸像新闻发言人那样看着我。

我说，归根到底，还是夫妇两个人做伴一路走到老的。我心想，我在担心什么呢？

他摇头道，我不会再试。她太自私，和她在一起的日子太折磨人了。从离婚那天起，我就决定从此不再结婚。

我说，世界上还有很多好女人的。

他说，我不会再相信有女人能给我幸福了。

一位老人从我们面前走过，挂着拐杖，脖颈不自然地歪着，外套领子缩在领口里忘了翻出来。他没有发觉，勉强地走着，尽量用左脚支撑右脚的不灵便。

在我回中国前，帕特忽然指出，我在科克待了这么久，居然一直蛰居在那座老房子里不出门，真是太不像话了。我心道，还不是您老给的任务太需要伏案时间了嘛。于是帕特定下一天带我去郊游，就在我离开前三天。我们绕着海港徒步，穿过树林，黑莓在路边闪着成熟的光芒。帕特告诉我，他的儿子已经去都柏林念书了。他喜欢大城市，他要去东京、上海、纽约。世界这么大，他一心要走得更远，将来做很多事情。

这很好啊。我竟然没有听出弦外之音，我说，如果他要来上海，一定告诉我，我会好好照顾他的。

帕特低下头，走着。沉默许久，他说，我害怕。我害怕他这一走，从此就不会回到科克工作，不会回到我的生活里了。但是这很正常，现在的年轻人都不喜欢留在科克这样的小地方，生活太简单，不够繁华，没有事业的机会。

我深吸一口气，心里生出一阵凉意，这是我心里始终就有的那种模糊的担心啊。

帕特说，我害怕若蜜也会走。

别这么想。我急忙打断他。人年轻的时候总觉得世界很大，自己能做很多，能拥有很多，等年纪大一些了，就会知道一生能做的不过简单的那么一两件事，对生命真正重要的不过那么三四个人、方圆几公里的区域。他们很快会明白的。不需要很多年，他们就会回来。我说得很努力。

帕特点头微笑，倒像是在安慰我。

分别后，我每个月都写邮件给帕特，谈写作，谈烹饪，尽量避开孩子这个话题。

他告诉我，科克入冬之后天气更加不好了，雨雪交加。他的工作更忙了，因为爱尔兰的官僚们对文学中心诸多干涉。好在加拿大的诗歌节邀请他去参加，明年 3 月，这样他终于可以有个放松的假期。可是接着的一封邮件，他又说，因为明年 3 月是若蜜的 18 岁生日，他想要陪她过生日，所以决定放弃诗歌节的机会。

圣诞节前夕，他写邮件给我。他说他已经花了两个整天来清扫房子，不过还没完成。他的父母、弟弟和他的女友，还有他的一对儿女将在他的房子里一起吃圣诞大餐，所以他做了很多准备，包括打算烤一只鹅。不过，他现在正坐在杂物堆里，写诗。

盖尔语遐思

　　记得那是一个雨后初晴的傍晚，伏案整日之后，我照例去科克大学校园里散步。我照例从房子所在的山坡下台阶，沿着河往闹市的反方向走，走进林间小径。金黄的树叶在依然潮湿的土地上轻轻翕动，像欲醒的蝶，漫山遍野。树林歌唱，夕阳在河面上投落金红色的云霞，穿着舒适便装的女人牵着 3 条大狗路过，笑着跟我打招呼。

　　拐弯，洁白的大桥前有一个小小的指示牌，"骑士下马"，这是为自行车运动者写的。走在桥上，看到黑天鹅在镜面般的水上徜徉。远处，水流翻过卧倒的巨木，敲击耳畔。更远处，水边房子的灯方才亮起，微光映在依然明亮的河面上。

　　这一天，恐怕是天色过于绚丽，景色也过于安详了。所以当我在科克校园中完成了每天散步的运动量之后，居然突发奇想，往亮灯的房子走去。

望着很近，走起来却颇有些路程。沿着从未踏足的河的另一侧走了很久，上了窄长的台阶，过了另一座桥，几个弯拐过之后，目标彻底消失在视野中，连河也消失了。天边的浓彩晕染着大地的墨色，转眼间，周围黑尽，我站在一条盘山公路边，方圆几百米内不见人迹。眼前是平日看惯的科克的路牌。路牌指向前方，上面写着"Loch"。

"Loch"不是英语，而是爱尔兰盖尔语。我不懂它的词义。对照本地统一刊印的英语地图，自然也是毫无头绪。

科克城里的路标大多是盖尔语的。这是我初到时曾为之疑惑的一个问题。因为事实上科克人已不常用盖尔语，他们日常交谈用英语，写作用英语，绝大多数人根本不懂盖尔语，至多是在看到路牌的时候，指着那些与法语的形状似是而非、据说发音类似德语的字母告诉我，噢，这是爱尔兰盖尔语。

爱尔兰盖尔语属于印欧语系的凯尔特语族，是地球上最古老的语言之一。同属这个语族的还有苏格兰盖尔语。在长岛酒馆二楼定期的诗歌聚会中，我曾有幸聆听了爱尔兰和苏格兰盖尔语的诗歌朗读。那是一种能在心胸深处感受到回声的语言，即便浑然不懂字面的含义，那语言的节奏和韵律依然敲击心扉，悠远、广阔、寂静、哀伤。

如今科克还有极少的用盖尔语写作的诗人，此外能读写盖尔语的就是专门研究这类语言的大学教授了。记得那次诗歌聚会，特意请了一位著名的盖尔语诗人，诗人则带来了他的老朋友，科克大学的盖尔语教授。诗人方脸宽肩，忧郁寡言。教授个子矮小，面色绯红，孩童一般笑闹不息。聚会结束之后他们两个招呼大家去另一个酒馆继续喝，教授手舞足蹈地唱起了盖尔语的民谣。所有人围绕他时而击掌举杯，时而敛息静听。之后的月余，还常有人提起那个珍贵的夜晚。

确实，这样的机会是弥足珍贵的，即便是在科克。我曾在一场葬礼上巴巴地等候凯尔特民谣和音乐，直至午夜也未能等到。我也曾在当年《科克文萃》的新书发布会上再次有幸聆听了 4 个妇女的演唱，可惜没有乐器的伴奏。所以怀着一丝怅惘，我只能时常流连于当地的美术馆，在百多年前的油画前，凝视炉火边正欢乐聚会，演奏竖琴、提琴、风笛和手风琴的乐手们，还有在古韵中文思翩跹的吟游诗人。

毋庸置疑，科克人爱他们古老的语言。如果有谁能讲爱尔兰盖尔语，或者用盖尔语唱一首歌，那是足以令人们每次见到他都交口赞叹的。可是怎么说呢，这时常令我隐隐感到一种难言的悲凉。

从 12 世纪初开始，英格兰入侵爱尔兰，爱尔兰抵抗运动长达 800 年。随着英格兰人一次次镇压爱尔兰人的起义，瓦解爱尔兰贵族力量，英语逐渐取代爱尔兰盖尔语的地位。至 19 世纪初，英语已经成为不折不扣的强势语言。之后，19 世纪 30 年代，英国统治者在爱尔兰实行国民教育体系，禁止孩子们使用爱尔兰盖尔语。19 世纪 40 年代，爱尔兰经历了长达 4 年的大饥荒，依然使用爱尔兰盖尔语的贫困地区人口大幅度减少。同时，这次饥荒也从心理上击溃了他们对母语的信心，逐渐将英语视作进步的象征。

爱尔兰人讨厌英国人。在我走过的每一寸土地，历经的每一次闲聊中，这个主题反复出现。在科克附近的大小城镇，时常能看见矗立于公园、海边的铜像，看底座上的刻字，又是某个好人，鞋匠、银匠或者教书匠无辜被英国人吊死。或是某条好端端的渔船被英国人击沉，不幸殒命的渔夫们成为这个小镇凝固的叹息。

那几百年来抵抗运动的牺牲者们，他们有限的物品、信件和记录都在博物馆里，幸运的话，他们死去时的面容会被面部塑像保留下来。我看着那一张张脸平放在玻璃橱窗里，合着双目，神情死寂，就像是从地底下浮起来的面孔。

科克的姓氏只有那么一些，每个人几乎都能说出家族里参加过抵抗运动的英雄们。他们会指着那些碧绿的山岗告诉我，聪明的祖先在天气的掩护下出没于丛林和雾霭中，躲避英国人的追捕，再趁着夜色归来，出其不意地打跑敌人。我平日所见的科克人散漫、好酒、享受生活，很难想象他们风餐露宿、奔走于枪林弹雨间，冒着随时殒命的危险，我想那些英雄行为只出于一个不可通融的理由，就是维护主权与尊严的信念。

可是语言，就像是俗世间最爱恶作剧的精灵。爱尔兰人经历了几个世纪的抵抗，在此过程中，竟渐渐成了英语使用者。

他们对于盖尔语的缅怀，仿佛是瞭望星空中一个从未改变的坐标，仿佛是缅怀少艾时初恋的爱人——明明知道那是真爱，只是如今身边陪着另一个人。而惯用的语言就像是俗世中最难弃的生活本身，警醒着人们生之庸常，有如明明知道那是杀父仇人的子嗣，可是就因为他日日陪伴着，亲狎着，不知不觉由柴米油盐成为血肉相连的一部分。竟然只能远离了初恋情人，把这尘土里的日子委屈延续下去。

19世纪后期，爱尔兰中产阶级子弟中的民族主义者和艺术家们发起了爱尔兰盖尔语的复兴运动，史称"爱尔兰文艺复兴运动"。到20世纪初，爱尔兰盖尔语成为中小学必修课程。出现盖尔语短篇小说的写作，盖尔语的期刊也开始推广。尤其是著名的都柏林阿贝剧院，当时汇聚了一批优秀的爱尔兰盖尔语的戏剧家和作家。我时常浏览阿贝剧院的网站，它依然在都柏林的某处，曾有许多路过科克的艺术家跟我提起那里，可是我始终没能得空去到那个城市。

世人因叶芝等著名爱尔兰作家记住了阿贝剧院——据说已成为都柏林的景点之一。然而世人了解爱尔兰作家，却是经由他们的英语或法语作品。从18世纪开始，用英语写作在爱尔兰作家中盛行。斯威夫特的政治讽刺作品《格列佛游记》，王尔德和萧伯纳的戏剧，叶芝的诗篇，乔伊斯的小说，还有和乔伊斯一起流亡巴黎的贝克特的法语戏剧《等待戈多》。

如今在爱尔兰，依然有一些地区在使用爱尔兰盖尔语，并且以此教授中小学课程，是第一官方语言，使用人口有二三十万。我也读到过，在语言学学者关于母语运动的讨论中，引用最多的是希伯来语和爱尔兰盖尔语。前者被认为是少数成功的例证，后者则归入失败的一类。我明白这不是一个偶然的错过，而是经由无数交叠的生命，在几百年中演变的结局。尽管如此，我还是忍不住为一种古老语言的衰弱而伤感。

直到有一天，我在一部爱尔兰小说里读到了一句话：

Sometimes de need ta die is stronger dan de will ta live, he said.

这句话里有 3 个不同单词是非正常拼写的，但是我没有任何障碍地看明白了。爱尔兰的英语口音，th 的发音是 d，to 的发音是 ta。我一怔之后就明白了，而且不由得会心一笑。这是一个爱尔兰人在说话呢。这部小说是科克作家康纳的《激情戏剧》，写的是一个爱尔兰男子的故事。

我在科克短篇小说节还遇到了利默里克的作家帕特·奥康纳。利默里克是爱尔兰中西部的一个小城，在香农河畔。他在今年的小说节上获得了肖恩·奥弗兰短篇小说奖。在奖项宣布前，我曾有幸读到他用电子邮件发给我的那篇获奖短篇《乡野村夫》。因为他说，未，如果明天中午你来听我朗读，可能你会不容易听懂呢，因为小说是用第一人称写的，那个讲故事的主人公，我故意让他口齿不清。所以，我晚上先把文稿发给你。

那又是另一种说话的方式，很多单词丢失了最后一个字母。我想起我用英语写作的时候，总是刻意把每个单词拼写正确。我喜欢他们的方式，聪明、生动，莞尔间，我责怪自己，语言难道不是一种本来就烟火气十足的工具吗？它的存在只是为了不同人的表达。

王尔德说过，我们都在泥水沟里，不过其中一些人正仰望星空。

重要的从来不是说哪一种语言，如何说话，而是哪一个灵魂在说话。

继续讲爱尔兰人和英语。

我还记得那一天，我遇见科克地区抵抗组织的首领，在他们的小镇参加葬礼。小镇上集中住着抵抗组织所有的家族成员，他们依然生活在自己的时代中，缅怀战友，打理武器，随时准备再战。交谈中，那位首领跟我说起，他们这里每年都有很多学生来学英语，他太太时常教他们。

爱尔兰人以聊天为生命的最大消遣，口若悬河者受人欢迎，对答巧妙成为一门艺术。爱尔兰英语幽默灵巧、清晰、节奏明快、旋律感十足，这也难怪在一些人为古老语言的没落伤感的同时，另一些英语求学者却把爱尔兰英语视为最纯正的英语，这已成为欧洲各国学生学习英语心向往之的地方。

是啊，谁能像王尔德那般机智地使用英语？谁又能像叶芝那样，将英语变作凯尔特的一场梦境？恐怕只有那些刻在时间中的名字，那些诺贝尔文学奖获得者，以及那些比获奖者更深入人心的写作者。

至于盖尔语的歌曲，可能世界各地的很多人没有听过原始的爱尔兰民谣，可是谁不知道奥康纳和恩雅的歌呢？特别是从20世纪60年代开始，凯尔特音乐元素几乎影响了每一种音乐形式，从重金属、摇滚、电子乐、嘻哈、朋克，甚至到雷鬼音乐。

一个季节之后，我到达纽约，在爱尔兰之外，听到爱尔兰文化对英语地区的巨大影响。在纽约人的心目中，爱尔兰仿佛是艺术和时尚的一个代名词。这种感觉，真不知道是英语征服了爱尔兰，还是爱尔兰通过英语征服了那些使用英语的地区。

回想那个迷失在山中的夜晚，我对着那块路牌发呆。我曾许多次疑惑，既然绝大多数科克人并不懂盖尔语，为什么还要使用这些路牌？他们何以对这些陌生的字母组合泰然处之，他们不会迷路吗？

如今我终于明白，那些语言是一直存在的，存在于他们的世界中，比语言更深入的那个世界里。他们始终认得那些路牌，也认得他们的路。正如乔伊斯，几乎流亡了一生，他小说中的坐标却始终是都柏林。

在葬礼上认识了全城的人

　　下午冒着雨出门，康纳约了我喝咖啡。我们在酒馆门前见面。康纳是一个热情幽默的爱尔兰小说家，他穿着黑色大衣，用他粗短的手臂和胖乎乎的身子紧紧拥抱了我，带着雨点的胡茬扎着我的脸，然后他放开我，蓝色的圆眼睛淘气地微笑着，用带点夸张的语调问候我，未，你好吗？

　　热腾腾的咖啡和加冰的气泡水刚刚端上来，康纳已经把今天科克城里的新闻说了七七八八，包括一个正在举行的葬礼。康纳抓起咖啡杯喝了一口，忽然对我说，嘿，为什么我们不去参加那个葬礼呢？说着，拉起我就往外面走。气泡水狐疑地冒着泡泡，被留在吵嚷的酒馆里。我已经坐上了康纳的车，他娴熟地穿过大街小巷，一个拐弯就驶出了这个小城。

　　爱尔兰的秋天天黑得依然很迟，即便是在一个漫长的雨天里。我们足足开了一个多小时，先是郊区的大道，然后是田野里的蜿蜒小路，草木绿得让人惊讶，水沟里时而传来鱼儿跳跃的动静。我不知道自己应不应该为了这次郊游而后悔。我犹豫了半天对康纳说，我最好还是不要去参加葬礼了吧。我指了指我的外套，那是一件大红色的冲锋衣，挡雨还行，参加葬礼恐怕就不合适了。

康纳兴致勃勃地说，大红的外套很好啊，高兴点，你会有一个很愉快的夜晚的。

在别人的葬礼上过一个愉快的夜晚？我心里嘀咕着，康纳，真有你的。

当我们来到山间的一个小教堂前，人群已经陆续走出来了。康纳说，哎呀，果然来晚了，葬礼已经结束了。他领着我匆匆走进教堂，与迎面见到的每一个人欢快地打招呼，顺便一个一个地引见给我，仿佛这里是一个酒馆。

我看见棺材就停在耶稣像的下方，死去的中年女人应该就躺在里面，烛光还未熄灭。神父在跟她的丈夫说话。其余的地方，人们已经开始相互热烈地交谈，譬如他们正在跟我握手，纷纷说，很高兴认识你！我嘴里咕哝了一下，没好意思把"高兴"这个词的音发出来，但是也不好贸贸然说我很难过。

最后是死者的丈夫，也被介绍给我认识，他的脸色蜡黄，手指冰凉。当他热情欢迎我的时候，我是真正觉得尴尬极了，我不认识他们家的任何一个人，居然在葬礼的这一天来了。正想着，我们已经随着人群走出教堂，冒雨向山谷里走去。

我如蒙大赦，赶紧问康纳，我们这就回去了吧？

康纳说，还没开始呢，今晚会很长。

雨天非常有葬礼的意味，尤其是在这样幽静的山谷里。人们仿佛在故意彼此说话，一路上边聊边走。康纳告诉我，刚才我见到的乔，就是这里解放运动地下抵抗组织的首领。我想起来，那是一对非常引人注目的老夫妇。乔个子不高，但是身材强壮，眼神锐利，握手拥抱的动作非常有控制力。他太太则是一位非常娇小娴静的白发妇人。

仗不是早打完了吗？我问康纳。英国人被赶出爱尔兰已经有些年头了。

康纳耸耸肩，回答说，他们认为仗还没打完，所以还保持着这个武装组织，连政府也觉得很头疼呢。不过，他们高兴就好。

尾随参加葬礼的人流走进一幢房子，门廊里都是武装组织成员们年轻时的照片，拿着枪的，在战场上的，自然还有很多牺牲者的纪念照片和说明文字。主人显然是抵抗组织的一员。他们的房子都建造在这个山谷里，形成了一个隐秘的村落。

房子很大，里外好多间，客厅极为宽敞，长桌前已经排开了诸多座椅，房子的女主人们开始往桌上摆食物。一位老妇人伛偻着端来了餐盘，一大盘三明治，一大盘苹果塔，又一大盘是皇后蛋糕。一位年轻的妇女拿着铝壶装的爱尔兰传统红茶来待客，杯子里斟上三分之二，客人自己加奶。她们眼睛还红红的，可是这么一忙之后，已经顾不上难过了。

乔坐在桌子中央，像男主人一样帮忙招呼每个客人，因为真正的男主人有些懵懂地在屋子里转来转去。那个脸色蜡黄的丈夫神态木讷，与人对答时常常走神，仿佛在聆听房子里他妻子熟悉的脚步。可是这脚步声现在已经被无数人在每间房间里走来走去的敲击声淹没。人们走到桌子前拿了食物，坐下的已经在热闹聊天，大部分坐不下的继续走开去，有的走去另一间屋子，找谁聊天过后再走回来，端着茶杯和酒杯，有可能还叼着一个苹果塔，彼此肩膀与手臂相碰，有的就站在屋子中间聊开了，这里那里站得满满当当。孩子们在楼梯上跑来跑去。

乔拉着我在客厅里聊了一会儿。我们的话题比较严肃，他问我人活着最不能失去的是什么，我认为是自由、尊严和爱，他对前两项非常认同。他又问我有没有想过要嫁到爱尔兰来。我说我没想过在爱尔兰结婚，却很想要一个这样的葬礼。

确实，我似乎爱上这个葬礼了。康纳拉着我在客厅转了一圈，至少和 20 个人聊了天。然后他又带我去了另外 3 个房间，又认识了不下 30 个人。我们和一个女银行家聊了欧债危机，和一个当地著名男明星聊了上周的歌剧，和一个英国市场的女店主聊了皇后蛋糕加奶油有多好吃，甚至和一个做网络规划的生意人聊了上海陆家嘴的交通问题——因为这个爱尔兰人在陆家嘴有一家分公司。最后康纳带我走下台阶，来到房子后面的凉台上，已经 8 点半了，夜色刚刚落下来，眼前是整片山谷的辽阔，一轮蓝色的圆月低低地悬挂在夜空中。透过玻璃门，我看见房子里灯火辉煌，人们酒酣耳热，男主人也和大家在聊天了，脸色比下午好了些，他打了个哈欠，可是葬礼还远远没有结束呢。

康纳带我离开这栋房子的时候，已经将近午夜，还不断有人循着我们的去路陆续走来，去到房子里。康纳告诉我，今晚聚集在这里的将不下 100 个人，每晚如此，要持续一个星期。待会儿过了午夜，他们就要开始唱爱尔兰民歌了，刚才那个女店主就唱得非常好，康纳一边开车一边神往地说，当然，那个演员和他的弟弟也唱得很棒。

车在浓黑的夜里行驶，山路弯弯曲曲。死去的女人在教堂安睡，为生者而举行的葬礼依然在热气腾腾地继续着，远不需要死者的担心。我遥望那山谷里的亮光渐渐消失在视野中。

第二天下午，我到英国市场买菜，忽然有人拍我的肩。一个火红头发的年轻人在对我笑，嘿，我们昨天在葬礼上见过，你还记得吗？我叫埃尔！接下来的一个月里，我不断在城里的每条街上遇见不同的人跟我打招呼，嘿，我们曾经在葬礼上见过，你最近好吗？

噢，我很好，很好。我讪讪地，因为想不起对方的名字。

我开始相信全城的人都出席过那个葬礼了。

科克历史的一隅

　　托马斯先生不常出门。因为他的房子在更宽敞的市郊；因为他每天要和很多书打交道，工作时间和业余时间都是如此；因为他已经是个老人了，性情逐年平和，竟然在爱尔兰人特有的健谈爱热闹之外，有了一两分好静的趋势。

　　所以在科克这样一个小城里，我每天出门散步，一周之内遇见同一个人三四次是常事，却从未以这种方式与托马斯先生对面相逢。久未见面，托马斯先生给我写邮件，约我周一上午 11 点，在克劳福德美术馆的咖啡厅见面。我傻乎乎地问他，是不是紧挨着特斯克大超市的那幢红砖房子？

　　特斯克大超市是本城最实惠的卖场，终日人流不息。克劳福德美术馆 90 度角侧身挨着超市，恬静自在地在俗世边打着盹。我走进去的时候，托马斯先生正戴着花镜看报纸，餐盘刚刚收走，咖啡正端来。他以极其灿烂的笑容迎接我，斜跨一步从椅子上站起来，柔弱的小手握着我的手，用他小小的个头吃力地拥抱了我。

托马斯先生每周一都在这儿吃早餐，喝咖啡，这是几十年雷打不动的习惯。喝完咖啡，他照例要拜访他最爱的朋友们，那几个挂在墙上和站在底座上的朋友。

你一定要和我一起去看看他们！他忽闪着欢乐的眼神，压低的嗓音里满是兴奋。

一幅母亲与孩子温存嬉戏的油画，就挂在咖啡厅出门拐角的走廊上，位置很随意，像是挂一幅装饰画，一看年代，竟是19世纪的。托马斯先生交叉着双手，退后几步，凝神了半晌，脸上露出温柔的笑容，忽然觉察到他挡住了正要走进咖啡厅的一对情侣已有一会儿，于是又慌忙退身让开。

走廊里毫不工整地挂满了各种人像和风景画，我们一路走过，视线和呼吸所及，都是至少有百岁高龄的作品，其中不乏名家手笔，就这样像是习作一样参差排列着，又像是家庭相册般凌乱中透着刻意安排的快乐。我心道，这些宝贝就这么当街挂着，就不怕大盗上门吗？

登上楼梯，托马斯先生又在木扶手的拐角慢下脚步，仰头望着楼梯上方众多油画中一幅女画家的自画像发呆。巨幅油画上，那个中年女人盘腿坐在床褥上，脊背挺直，目光自信慑人，皱纹如刻，穿着中世纪带系带的胸衣，露出肌肉紧致的健美身材。托马斯先生仰着头，眼神中尽是爱慕。每周一，可爱的托马斯先生都会来看她，他就这么望了她几十年。

走进第一间展厅，托马斯先生又带我走向另一个女人。《红玫瑰》，这画的是20世纪初一个著名的交际花，应该是在又一场

克劳福德美术馆

　　克劳福德美术馆没有什么大人物的画像，也没有《蒙娜丽莎》之类必须让全世界人都看见的作品。画上大多数是生活在科克这个小城的凡人，农民的妻子和孩子，猎人的家庭，壁炉的火光里一起晚餐的人们，会弹竖琴的女人和镇上的乐队。

欢宴过后，她还没卸妆，斜倚在靠椅上，鬓发松散，神态慵懒地望着一个世纪后的我们。这一回，托马斯先生的神态只是欣赏，欣赏一个美人而已，也邀我一同欣赏。

这是拉夫里的作品，他以画人像见长。另一小尺幅的作品是《市长出殡前》，市长的尸体斜躺在房间的地上，衣裤被褪了一半，出殡的衣裳还没拿来给他换上。

克劳福德美术馆没有什么大人物的画像，也没有《蒙娜丽莎》之类必须让全世界人都看见的作品。画上大多数是生活在科克这个小城的凡人，农民的妻子和孩子，猎人的家庭，壁炉的火光里一起晚餐的人们，会弹竖琴的女人和镇上的乐队。我熟悉那房子里的布局，壁炉的温度，传统手工面包和人们的言谈笑容，百多年前的人们过着和今人并无大异的生活。画中的风景也是城内城外一带，起风的天空，有云的天空，春天的河流和山脉，冬天的海与房子，我甚至能从平时散步的经验中找到画家支起画板的位置。

托马斯先生笑眯眯地把我带到另一幅大幅油画前。他是我中学同学的祖父，他指着画里的人郑重地告诉我。

画的名字叫作《南方的人》，基廷的作品，绘于 1921 年。这是科克附近山林中的一角，一群解放组织成员正隐蔽在此小憩，他们身着军装，头戴军帽，手持长枪，像是刚刚经历了与英国人的一场胜仗，脸上露出欢悦。油画中间的男子坐在众人间，脸庞棱角分明，手指放在枪械的扳机上，目光坚毅，望着山的那边。站在油画的这一侧，我几乎能听见他沉着的呼吸声。

就是他。托马斯先生中学同学的祖父。他依然年轻，健壮，英气逼人，甚至比托马斯先生还年轻得多，永无迟暮之日。

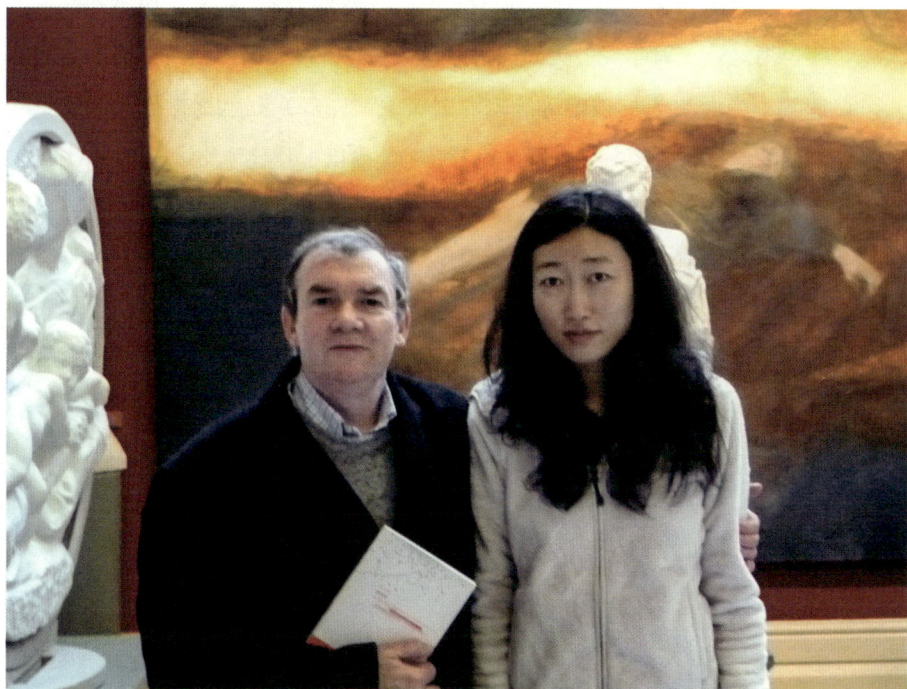

一张破例的合影

　　这家美术馆当时是规定不许拍照的，所有展品都没有留下照片，和我一同去参观的托马斯先生请工作人员破例给我们俩拍了一张合影。

那么画家在哪里呢？我问托马斯先生。我很难想象画家跟着游击队到丛林中写生。

他确实和他们在一起。托马斯先生认真地回答说，他是解放运动的支持者。

基廷擅长画社会现实，还有一幅《经济压力》，完成于1936年，海边，一对年轻的夫妇拥抱惜别，偷渡去往美国的船只将要起锚。当时男人们被迫远渡重洋去谋生，许多家庭就这样被分开。托马斯先生望着这幅画，蹙着眉毛，露出了几分钟的忧伤。

拜访完这些老朋友，托马斯先生照例要回到100年后的现实生活中来。他说下午还得去图书馆。托马斯先生是个图书管理员，可是不仅如此。

托马斯先生其实是小城非常受尊敬的诗人，诗作被翻译成各国语言，每年都会受邀参加欧洲和美国的各种会议。我们初遇于2010年的科克短篇小说节，他代表科克发言欢迎来自各国的作家。他年轻的时候写长诗，触及政治时弊，那时候的他披着长围巾，牵着狗在丛林中散步，浓密的卷发下眼睛闪闪发光。我在文学中心看见过他的画像，几乎没能认出来。现在他的诗非常短，写生活极简的片段，一个路口，一道阳光，一片云，类似俳句。

不论他写什么，诗歌是没法糊口的，所以他几十年来一直做着小城的图书管理员。

离开科克之后的第一个圣诞节前夕，托马斯先生在邮件里附加了一张油画的图片，是爱尔兰的风景，海和山，亨瑞的作品。托马斯先生说希望我能由此回忆起科克这个小地方。我回信说，怎么会忘记呢，我一定会在记忆变老之前先老死的。

南半球的
猫先生

传说中薛定谔的猫

　　房子的花园里养着一只猫，据说这只猫曾经有个日本名字，但这个日本名字谁也记不住，连跟我同住的本地老教授也记不住，尽管他学过日语，是个日本文化爱好者，说起日本作家的名字来如数家珍，我们经常逗趣地用日语来问安、告别与道谢。

　　主要是因为这只猫和日本一毛钱关系都没有。

　　我们住的这座房子位于南半球，新西兰，奥克兰市北岸最高的火山——维多利亚山的山坡上，"最高"的概念也只是87米，跟我上半年住的阿尔卑斯山相比，只能算是个地表上小小的凸起，几乎被掩埋在下半年南半球春天盛放的杂花丛中。

　　这猫是一只橘猫。这是老教授告诉我的。

　　在很长一段时间里，我一直没能见到这只猫，"房子的花园里养着一只猫"就跟"这房子闹鬼"一样，是个传说。房子前后两扇大门，前门通往眺望太平洋的下山小路，后门通往传说有猫的花园。花园里植物寂静，浅粉色的玫瑰和天竺葵、紫色的薰衣草、白色的野雏菊和梅子树的花朵正在绽放，回廊的木地板上摆着猫的食盆和水碗，总是空的，而且空得干干净净，像是刚从洗碗机里拿出来的一样。猫也是毫无痕迹的，连遗落的猫毛都没见过一根。

老教授坚持这只猫是存在的，他说他每天一清早喂猫，这只猫还会跟他说一会儿话。老教授是苏格兰后裔，灰白的长发在脑后束成一束，长脸，轻声细语且非常耐心。他是个诗人，这个身份让我对他关于猫的描述存疑，不过他也是一名严谨的学术研究者，应该还是比较靠谱的吧？

厨房里有两层壁橱是专门存放猫粮的，有普通的大包装猫饼干，有特殊营养餐，还有金枪鱼的小包装速食软罐头。壁橱底下摆着一个透明食品罐，半罐猫饼干，一个量勺，一张喂猫的"工作表"和一支圆珠笔。"工作表"上已经逝去的日期都打了钩，未来的日期在期待着圆珠笔的勾画。这一切痕迹都显示着房子里确实养着一只猫。

食品罐、量勺和"工作表"之类的一看就知道是文学中心主任布置的。主任是个胖妇人，从来不笑，除了礼貌地假装把嘴角往上扯一扯，一双眼睛看人很锋利，跟小学低年级班主任一样。但凡我在厨房里摆上茶壶，放进茶包，就是在等煮开一壶水的时候，必须补充一下，两分钟就能煮开的电水壶而已，我一转身，茶壶就没了。"艾莉森，不好意思，请问看见我的茶壶了吗？"我怯生生地问。她打开壁橱，从深处掏出我刚才摆在桌上的茶壶。"谢谢。请问我放在茶壶里的茶包呢?"我打开茶壶盖,满心疑惑。茶壶居然洗得白白的擦干了。"噢?"艾莉森瞥了一眼垃圾桶。我想我不用再问了。

艾莉森命令我们,每天谁起床早谁喂猫,只能喂它一平勺,不能多不能少。我问,一天几餐?艾莉森很惊讶地瞪了我一眼,按捺着不耐烦跟我解释道,当然是一天一餐,只有早饭!我几乎是微弱地惨叫了一声:"猫不会饿出病来吗?"

艾莉森已经懒得跟我费口舌了,老教授连忙帮着她向我解释,这一平勺是经过科学论证的,这一平勺的蛋白质和各种营养元素足够任何成年猫每天所需了。再说了,猫这种动物的生活习性一大半还属于野生动物,猫比狗归化得晚得多,这猫吃完早饭以后就一整天野在外面,捕捉的小鸟啊老鼠啊,都是食物。

说什么猫是野生动物,如果房子里真的养着猫,这只猫一定会听得落泪的。明明是养猫,设备一应俱全还有矫情的"工作表",结果不把人家定义成"家猫"反而定义成"野猫",这摆明了就是骗人同居不给名分,关键还不给人家吃饱。

老教授说,这样养猫才是科学的。房子里的老鼠得到消灭,猫也能获得足够的运动量,并且始终保持着独立生活和捕食的能力。

这是什么意思嘛?一只猫最多活个 20 年上下,这点时间都不能承诺为它遮风避雨,打算随时抛弃它不成?要是一直养着它,保持不保持独立捕食的能力有什么要紧的?

老教授说,其实我们人也是一样。远古时期,我们人类在丛林里奔跑捕猎谋生，长时间的饥饿激发了我们求生的体力与技能，但凡那时候存活下来繁衍到今天的基因，都是特别耐饿的，这对我们的身体健康有好处，对我们的灵魂更有好处，符合我们的基因特性。

那我一定是基因突变了，我必须不停地吃。

真应该让他们看看上海和北京我那些身为"猫奴"的朋友，养宠物，顾名思义就是不停地喂，它不停嘴我不停手，还亲自下厨做猫食，变着口味喂，我朋友家哪只猫不是饮食过度，连花园和社区里的野猫都每天有人喂几顿。我们家小区门卫传颂的传奇是，有一个"业主阿姨"每天喂野猫，还专门喂进口的高级猫罐头，一个月开销6000多，已经坚持了10年，没有中断过。

我想说，此文的主旨应该是要讲文化差异的。人家奥克兰戴文波特小镇的养猫文化就是和我们上海、北京的不一样。

我为猫先生感到悲愤

　　大约是我住下两个星期后，有一天午后老教授在客厅里向我使劲招手，来来，跟猫打个招呼。

　　我脑门一个激灵，立刻从手提电脑前跳起来，以蹑手蹑脚的姿态飞快地向后门飘去。

　　果然，猫就站在门口，歪着脑袋朝里面看。和它还有十几米的距离，它就警觉地往后退，我连忙停步，它犹犹豫豫地还在后退，我只能蹲下，这让它平静多了，我四肢着地往前爬了几步，它好像对我这个体位比较接受，站在原地等我靠近，接着在我们距离只剩 5 米的时候，它作势要离开，我只能停下来。

　　我想我得跟它说说话，我问教授，这猫是男孩女孩？

　　老教授说，橘猫通常都是男性的。

　　"嗨帅哥，"我对猫说，"我是女孩纸呀，你喜欢女孩纸吗？"

　　看起来它不喜欢。

它是非常温暖的橘黄色，漂亮的虎斑纹路，"M"字花纹的额头底下是一张沮丧的脸，非常神经质的眼神让我想起了约翰尼·戴普，左边的耳朵缺了一小块。

"嘿帅哥，你喜欢饼干吗？"

它眼神疑惑地看着我。

我爬到厨房去拿猫饼干，因为我发现只要我试图站起来，它就受惊跑开，我蹲下，它才又慢慢走回来。在我蹲着的时候，它可能在想："嗯哼，这也是只猫，就是个头比我大点，可以尝试交流嘛。"看到我站起来，它肯定吓了一跳："这只猫忽然变成人类了，这是怎么回事？"所以我还是在它面前保持四肢着地的姿势比较好。

我抓了一小把猫饼干，放在手心里，招呼它过来。它怯生生地往我这边一步一步挪，用胡子碰着我托着饼干的手掌。我伸出另一只手去抚摸它，还没碰到它半根毛呢，它就像火箭一样躲开了，这是有多嫌弃我？后来我才知道，这只猫从来不让人碰，更不要说抚摸它了，而平日里我在上海街头遇到一只野猫都能抱着抚弄半天，猫很喜欢这种"按摩服务"。可是这只猫不一样，从来没有人用手指触碰到它漂亮的皮毛。

我只能很耐心地托着饼干诱惑它再次走过来，它在我手边转来转去，闻到了香味，就是不吃。我的脚都蹲麻了，它才壮起胆子走近了一步，张嘴……它咬了一口我的手指。咬得不疼，它就是试试我的手指是不是猫饼干。

我对老教授断言，如果按照人类心理学来分析，这位猫先生

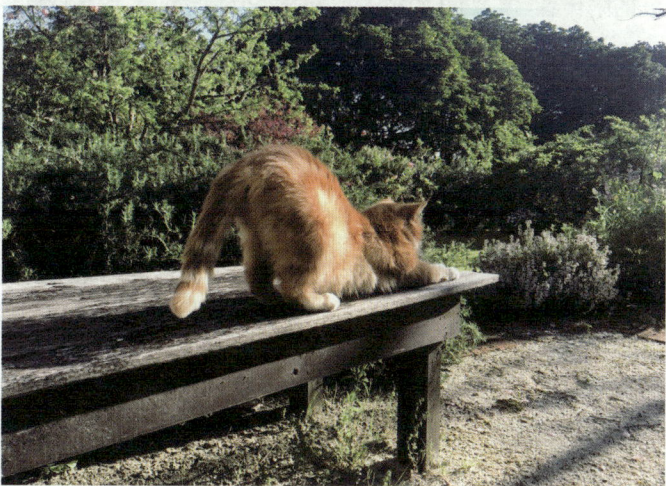

"奥斯卡·王尔德"

　　我好想念它啊，希望它继续有人疼，有人喂，多晒太阳，勤练瑜伽。话说我在世界各地的写作营里对猫猫狗狗们欠下的情债太多了，承诺会一直喂它们，最后都薄情地离开了。如今思念奥斯卡的时候，我就煮一大锅它最喜欢吃的鸡腿，遥致祝福，然后自己孤独地吃完。

肯定有亲密关系障碍，它肯定从没亲近过任何人类，它连手指都没认出来。

老教授说，猫本来就和人不亲，猫比狗的野生程度高多了。你看在各种语言中，狗这个名词的差别非常大，因为狗早在几百年前就归化了，而猫这个名词大同小异，因为猫就是在一百多年前才来到人类城市中的，它们可能先是在垃圾桶里找到了一些食物，决定在城市中安顿下来，然后有一只猫悄悄来到人类的房门前往里窥探，发现那里面暖和并且有更多食物。于是第一只猫靠撒娇卖萌接近了人类，你看我的皮毛多好看，你看我是一个多么可爱的陪伴者，它们开始被人类收养，但是它们不是真心想要归顺人类的，它们的灵魂绝大部分依然属于它们自己，保持着野生的秉性。再说了，这是新西兰呀，新西兰什么都比较野生。

嗯，我觉得最后一句话最有道理。南半球的猫果然不一样，有个性。

我不知道猫先生是怎么忍受这么孤单的生活的，从来没有抱抱，在自然界与人类世界的边缘独来独往，勉强求生。不过猫先生从此算是把我当成"熟人"了，每天早上我打开通往花园的后门，它总站在那里等我，距离门槛 7 步之远，用神经质的眼神一脸忧郁地凝视着我。我立刻识相地蹲下，一路爬到厨房去拿猫饼干，一平勺，再爬到门口，伸长手臂把饼干倒进它的御膳盆子里。看到我伸手，它必定会一惊一乍地跳开去，逃出几步远，再回头看我。我放下饼干就收回手，自觉爬着倒退 3 步，恭恭敬敬地说"您请慢用"，就轻轻关上门，给它一个安心宁静的用餐环境。

我们就这样相敬如宾地相处了好些日子，直到有一天我发觉我们的距离不知不觉靠近了。它看见我开门，竟然会磨磨蹭蹭地走到门边，一脸羞涩。但是无论我怎么用食物勾引它，它最多走到门口就停住了，说什么也不进门槛。老教授说，艾莉森从来不让猫进屋，就怕谁把猫锁在房子里了。

噢噢，那也有道理，被锁在房子里出不去，猫应该是挺害怕的吧。

老教授说，艾莉森可不是担心猫会害怕，艾莉森担心它把房子翻乱了，没准还能找到猫粮仓库一举歼灭，还担心哪个作家对猫毛过敏，她还得陪着作家去看医生。

我听得忧伤地眨巴着眼睛，这边养宠物一切都是从人类的需求出发，一点都不从猫的角度考虑问题，更不用说有半点对待"宠物"的"宠"了。妻子骂丈夫的经典台词之一是："你把家当成旅馆了吧？"我们这房子所谓的"养猫"压根没给猫一个家，连B&B（住宿加早餐旅馆）都不能算，人家提供早餐和一张床，我们只提供早餐，连一个屋檐都没有给猫先生。

你要知道新西兰的天气有多古怪，5分钟烈日暴晒，5分钟狂风暴雨，24小时轮流着来，平日里出门有两件东西必带，太阳眼镜和雨伞，不过就算带了也来不及切换，手忙脚乱，有时候我就是戴着太阳眼镜撑着伞茫然地站在大街上。雨伞的用处并不大，等同于降落伞，能把人带着飞到天上去。我觉得在新西兰的风中，猪也能飞上天。而我们可怜的猫先生就在这种险恶的自然环境中度过每一天、每一夜，名义上是我们房子养的猫，却连房子都不让进。猫先生肯定是悲愤的心情难以言表。

一天之内，我开始越来越频繁地想着我们的猫先生。想它的时候，我会停止敲击键盘，穿过走廊，打开后门。有时候猫先生就蹲在那里看着我，有如心有灵犀。也有一天里连续好几回，花园里空空荡荡，只有响亮的风声。

渐渐的，我琢磨出了规律，猫先生站在门前，是因为它饿了，那多半是午餐时间，晚餐时间，或者我正在煎鱼、炖鸡汤什么的，香味四溢的时候。我想给猫先生加点餐，趁着艾莉森不在这儿的时候，但是老教授一整天都在这儿。我于是劝说他，就算是人吧，现在的健康原则，也是要少吃多餐的，这点早餐就算是够猫一天的营养所需，猫也没法少吃多餐不是——只要艾莉森在，我们吃到一半放下的早餐、午餐，哪一次不是被她闪电般收走，转眼盘子都擦干摆进壁橱了。无论如何，猫总需要在这么长的一天一夜里再吃一丢丢点心吧，否则对胃也不好啊。

老教授说，给猫适量喂食确实是为了它好，人无远虑，必有近忧，猫也是一样，此刻你对它好，每天多喂它几次，它习惯了温饱，你有没有想过你走以后它怎么办？它依然是一只新西兰的猫呀。

我觉得老教授是有点害怕艾莉森，他说完之后就借口要打个盹，收拾东西钻到他的小房间里去了，意思是把这空间和决定权让给我了，他不参与也不反对。我立刻开始为猫下厨，金枪鱼、鸡腿、牛肉块都是猫先生的最爱。我换着花样给它做，鼓励它尽快吃干净，如果它吃得太饱没能舔干净的话，我再把猫食盆赶紧洗干净了，毁尸灭迹，免得艾莉森突然出现，被她发现。关于"你走以后它怎么办？"这句话，我在等着鸡腿煮熟的时候偶尔会想起，有点伤感不是吗？不过我认为：人有远虑，必少快乐。猫也是一样，要是今晚它冻饿致死，那还不如等我走了以后它再开始挨饿呢。生命都是短暂的呀，想这么久远做什么？

猫先生对于突然出现的食物很热切，不过吃起来总是很谨慎，有时候我蹲得离它近一点，它吃得再投入也会连忙后退，我安慰它说："我是爱你的呀，你乖乖的不要怕，好好吃，我来保护你不让别人欺负。"它抬头看我的眼睛，琢磨了一会儿我的话，然后凑过来接着吃，这一回是把食物一块一块叼出来放到距离我远一些的地方才开始吃。我很想在它吃的时候摸摸它的脑袋，可这根本不可能，它依然受惊地跳开。老教授说，它应该是以前有过什么心灵创伤吧。我觉得有道理，也许就是以前受到过人类的虐待，所以它耳朵缺了一块，可怜的孩子。

你觉得它这个样子会有女朋友吗？我问老教授，有个女朋友可能会让它身心放松一点，可是它这么孤僻神经质，能接受一个猫女孩吗？

老教授说，你就别操这个心了，它肯定没有女朋友，以后也不会有，它早就被阉割了。

我惊呼，谁干的？

老教授说，这是为了它好，男性的野猫如果不阉割，它们就会打架，相互抓挠得鲜血淋漓，感染细菌，很早就会死去，一般活不过 4 岁，你看这只猫都已经 9 岁了，不阉割它活不到今天。

可是你们谁都没有征求过它的同意呀！我再次为猫先生感到悲愤，你们怎么知道它愿意这么孤单地活到十几岁，没准它更愿意开心地恋爱，活短点也无所谓呢？最讨厌你们这些会讲道理的人了，口口声声为了它好，它又饿又没有避雨的地方，还不快乐！

我和猫先生是怎样双双坠入爱河的

　　一天早晨，这是一个神奇的早晨，外面下着细雨，偶有狂风，当猫先生吃完了第一勺饼干，眼神幽怨地看着我，我对它说："进来躲躲雨吧，猫先生。"它的耳朵动了动，居然好像听懂了我的话，踌躇着一步一步走近前来，迈起小小的腿，跨过了门槛，再一步一步地走上温暖的地毯走廊，脑袋几乎拱到了我的膝盖。我受宠若惊，这是我们认识以来距离最近的一刻了。

　　刚好手边还摆着猫饼干罐头，我抓了一把递给它。它的鼻子犹犹豫豫地向我的手掌靠近，我以为它又要咬我的手指头，试一试是不是手指形状的猫饼干呢，没想到它把鼻子准确地扣进了我的手掌里。我的手掌感觉到一阵温暖奇妙的触觉，它正在用舌头舔我的手掌，叼起一颗颗饼干用牙齿咔嚓咔嚓咬得脆响，我的手掌还能感觉到它的下颌随着牙齿振动。

　　我试着伸出另一只手接近它的背脊，它做了个要跳开的姿势但是很快又埋头到我的手掌里，我用另一只手触摸到了它背上的皮毛，毛躁柔软。我几乎是悬空地抚摸它的背脊，它的脖颈，它的后脑勺，它瘦得脊背上的骨头都露出来了，它带着温度的长毛从我手掌拂过，温柔得像一个梦境。

和一只新西兰的猫发生亲密接触真不是件容易的事情呀，我逢人就激动地吹嘘，今天一早猫先生舔了我的手掌，它还让我摸了它的脑袋呢，我怎么居然觉得有点害羞呢，感觉自己就像一个老男人费尽心机终于引诱到了一个小女孩。

老教授说，猫先生委身于你不过是为了一撮猫饼干。

他可真不会聊天。

房子里新来的一个女作家，活力十足的小个子中年女子，走路带风，关门像地震，说话非常有趣。她说，没准是猫先生故意采用了高冷路线，费尽心机地在诱惑你，这一次终于被它得手了呢。

女作家过了些天还私下跟我说，你在偷偷喂猫是吧？我说，你会帮我保密的吧？

她深深地看了我一眼，几乎生气地说，当然！意为，你还没发现我是站在你一边的吗？她也是见到猫就走不动路的那种人，别看她摔门摔锅摔碗那种重手重脚的风格，她是对小动物爱心爆棚的那一类。她说，我觉得这只猫变得健康多了，胖了很多，毛发也光亮了，心情也开朗了，比我刚来的时候状态好多了。"可是你来了才两个星期呀。"这么短的时间，她真的能看出猫先生有什么变化吗？女作家对着我意味深长地笑，欣赏地看着我说：

"我不知道你对这只猫干了什么，但是变化就是这么大。这只猫一定爱死你了，它以后会想你的。"

能让你越来越胖，越来越快乐，就是我最大的愿望呀，我默默对着空荡荡的花园——不知躲在哪里的猫先生说，心里满满的，特别高兴。

总的来说，我和猫先生之间不算达到什么默契，顶多是我看懂了它站在门口的姿态，就是它想让我做点吃的给它。午餐和晚餐的时候，它经常还是会缺席，我特地多做的食物也不知道该怎么办，因为不知道它下一餐会不会来。它有自己的生活吧，有我们人类所不知的庞大的野生世界的喜怒哀乐、爱恨情仇。想到这里的时候，我会觉得有点失落，也许老教授说得对，它真的只是为了猫饼干而来。在猫先生的感情世界中会不会也有我的一席之地呢？会不会想到有个人在惦记它，就算抓到了老鼠和小鸟这样的生鲜，肚子不饿的时候也会想到来看看我，站在门边对着我发个呆呢？

我站在长长的走廊这头，眺望紧闭的通往花园的后门，猜想着猫先生是不是已经站在那里了。

有时候猫先生胃口好像特别好，一天出现五六次。每个作家都只分配到了小小的冰箱隔断，我储存的食物被它一天之内全部清空。到了夜里，经历了大体力长时间的写作后，我摸到厨房做夜宵吃，煮着鸡腿饿得眼冒金星。我也不知道自己为什么犯贱——我又打开后门看了一眼，猫先生蹲在那里巴巴地看着我，我咬了一口鸡腿，它哀怨地凝视着我，我长叹一声，把鸡腿撕成碎片全给它了，自己饿着肚子回房间睡觉。临睡前，看着它把碗舔得干干净净，虽然我觉得血糖有点低，内心还是很满足的。

第二天清早，我第一时间下山去超市买了两大包鸡腿，煮了一锅。我等了一整天，又一天，第三天晚上，考虑到鸡腿再放下去就不新鲜了，我只能加了点盐和迷迭香，连夜自己吃掉。理论上来说，我居然吃了一只猫的剩饭剩菜。

特别糟糕的天气里，我会特别担心猫先生，在那种天气，最胖的人也不敢出门，走在路上有种腾云驾雾轻飘飘的感觉，好像轻轻一跃就能跟着风飞走似的，雨没有雨点的概念，像是有人将一桶桶水直接泼在你身上。猫先生没有出现，我的内心空空荡荡。

大风大雨持续了5天，它消失了5天，它会不会躲在哪里不敢出来，活活饿着，或者……已经被风吹到了天上，或者被海浪卷走了呢？没有猫先生，我居然没了做饭的动力，不思饮食起来。直到有一天深夜，我打开后门，惊讶地看见猫先生好端端地蹲在那里，就跟从来没有离开过那样。这可真让人又生气又高兴得想哭！

可是我没有吃的，没有胃口好多天，冰箱也几乎空了，酸奶和牛油果显然猫是不会想吃的。猫先生认真地凝视着我，两只耳朵的绒毛上还挂着晶莹的雨珠。

"快进来暖和一下吧，坐在暖气边上。"我对猫先生说，把它的猫食盆和水碗也拿进来。

至少我们还有壁橱里的猫粮仓库。我打开壁橱，里面整齐得像部队里的军火库一样，还有标注的表格，显然所有猫粮都是点过数的。我硬着头皮从数量最多的金枪鱼软罐头里拿了两个，这么多罐头应该没人天天去数吧，等艾莉森发现，我应该已经结束项目离开了。我再把剩下的罐头堆堆齐，关妥壁橱门，就开始伺候猫大人用膳。

看到它投入地嚼嚼嚼，我连抚摸它一下占个便宜的心思都忘记了。只要你幸福就好，我心里说。

不幸的是，偷拿猫罐头的罪行一清早就被艾莉森发现了。

如我所料，她总算没有追求卓越到每天为罐头点数的地步。但是，她换垃圾袋的时候顺便查看了一下昨天的垃圾，发现了空罐头。"昨天猫居然吃了两个罐头吗？"她问我们。

我的内心瞬间经历了激烈的天人交战，如果不承认是我喂的，那么另外的住客就要背黑锅，如果我承认喂了猫，那么猫昨天已经吃得超量意味着它今天可能会没有早饭。我果断回答："不是猫吃的，是我！"

艾莉森当时脸上的表情很难形容。

老教授评价说，这没什么，猫和人是平等的。就像是种族歧视，实际上是完全不必要的，根据我们基因的变化，我第 4 代的侄子侄女那一旁系和我的基因差距，不会比非洲来的任何一个人与我的基因差距更小，由此推算，7 代之外，任何动物物种和人的差距不会比人和人的基因差距更大。

老教授说得很坚定，不过我听着怎么觉得有点邪门。

老教授又说，前一阵我去牙医那里拔牙，牙齿拔掉以后，牙医在剩下的牙床骨上装上了猪骨头。医生说，等猪骨头和我的人骨头长在一起的时候，大概需要半年吧，就可以装金属钉子在上面做假牙了。这么一来，我不就有了猪的基因了吗？所以啊，我一直跟我的小孙女说，在最近这半年里，你爷爷就会开始变成猪了，先是口腔的一部分变成猪，接着可能会发出猪的叫声，呼噜噜，呼噜噜，还会像猪一样流口水和磨牙齿，没准以后整个脑袋都变成了猪，就说不出人话，只会想猪平时想的事情，也不能教书了。

和我住在一起的老爷爷变成了猪，还可能被风吹上天。对这种魔幻的想象，我不做评价。

还是说回我们的猫先生，我在自己狭小的冰箱领地中特地留出了一块固定的空间，留给它，囤着它喜欢的食物，以防它养成了不定期吃夜宵的习惯。食物不充足的时候，我就算自己半夜饿了也忍着不吃，宁愿到花园里摘点欧芹和薄荷叶什么的配着方便面凑合，时间一长，花园的香草被我吃得日渐稀少。

某个晴朗的月夜，猫先生又出现了，它站在后门的石头台阶上，月光勾勒出它毛茸茸的线条和半张深思的面孔，不知道是因为这明亮的月夜，还是当天已经吃过了四餐，它的眼睛比往日明亮。

我乐了："又饿了呀？我去给你做饭，等着不要走呀。"它果然不走，走进房子，站在厨房门口，靠在门框上看着我煮鱼块。煮完，我给它放进猫食盆里，摆在门外，满满两大盆。

它溜达到猫食盆边上，看着美食，不吃。

我以为它要我回避，就轻轻合上门，过一会儿再从门缝里看，它还是蹲在两盆金枪鱼边上，盆子满满的，一口也没动过。我以为太烫，爬过去用手指摸了摸，还好呀。也许是鱼块切得太大了，我回到厨房拿了餐刀和餐叉，蹲在猫食盆边上为我的猫主子切鱼块，把大块切成整整齐齐的小块，猫主子依然不为所动。这就奇怪了，我想，我就差自己尝一块试试味道有没有差池了。

　　猫先生和鱼块对峙了几个小时，我打开后门无数次，观察那奇异而静默的景象，月光落在花园草坪上闪闪发亮。

　　如果不喜欢吃，猫先生大可以一走了之呀，它平时从来不在花园里流连，一般都是吃完了就走人。噢对了，它是还饿着呢，我又拿出它平时吃惯的猫饼干放在鱼块上面，它还是不吃，但是它蹲在门口的决定好像更坚定了，完全没有离开的意思。这种状况困扰着我，直到听到前门一阵炸裂般的巨响，宛如恐怖分子手持铁锹破门而入，随后走廊里一阵惊天动地，是我们房子里的小个子女作家回来了。

　　这是猫在看守它的食物呢，她告诉我，猫先生太饱了吃不下，它又不想这些美食被收走，或被别的动物吃掉，所以它就在食物边上守着，守到它饿了再吃。

　　她指着月光下猫先生的身影哈哈大笑："你看你看，猫和人一样，一旦有了点财富就开始有了恐惧和忧虑，这么满满两大盆金枪鱼啊，你怎么忍心把这么沉重的忧虑放在它柔弱的肩上呢？原来它是一个多么自由自在的灵魂啊，现在可好，你看它那个患得患失的样子，你会害它在这么冷的夜里站一个通宵的。"

是的，我觉得挺内疚的，看着猫先生眼睛里沉重的忧虑和背脊紧张的姿势，我又乐不可支。我也有沉重的忧虑，艾莉森明天一早就会来上班的，要是那时候猫先生还没能把金枪鱼吃完，那么我们就都完蛋了！这么说来，我是不是要陪着猫先生站一个通宵呢？

幸好那位女作家比较仗义，她说她习惯起床早，在艾莉森上班之前，她可以帮我看一下那两个猫食盆，如果还有剩下的，她就帮我销赃灭迹。

结局是，她告诉我，第二天清早她看到其中一个猫食盆干干净净就跟洗碗机洗过一样，猫先生也消失不见了，她收起了另一个猫食盆。而那天的早饭自然是无猫光顾的，艾莉森诧异地发现，直到中午，猫食盆里的饼干还原封不动，看着邋遢，收掉又太过浪费，估计她难受了一整天，一直忍到下班。

过后回想猫先生来找我的那个月夜，我忽然意识到，我错误领会了猫先生一开始的心意，它并不是因为饿了才来找我的呀。它的目光曾经在月光中那么澄澈闪亮，想到这里，我的内心分外甜蜜。

猫先生不想要天长地久

　　此后南半球渐渐进入初夏，一只黑色的小蜘蛛在我书房的桌上安了家，随后有更多的蜘蛛和蚊子搬进了我的房间。曾经有一只蚊子硕大无朋，我默默给它喂食，起了好些淡红色的小肿块，有一天早上看到房间角落的蜘蛛网上，它正在挣扎，再之后就变成了小小风干的一团。我目睹蜘蛛与蚊子两个物种的博弈，而我只是它们食物链最底端的一环，我的写作能力在食物链上毫无用途，我毫无还手之力，听天由命。

　　此后南半球进入了夏令，9月30日的凌晨1点59分过后，时间自动进入凌晨两点，尽管钟表是人类自说自话定义的概念，时间本身并不受钟表的影响，但是我与祖国的时差从5个小时延长到6个小时，彼此之间睡与醒的时间差别变大，朋友圈点赞的人渐渐稀少，我感觉自己正在与那一个熟悉的世界渐行渐远。

　　我在朋友圈发了猫先生的照片，有一天，两年前住在这座房子里参加同一个项目的作家朋友评论道："奥斯卡还在啊！"噢，原来猫先生还有过另一个名字，叫作奥斯卡，而这个名字肯定不是这位朋友起的，她会给猫先生一个中文名字，如果她想这么做的话。

我猜想，其实猫先生应该有过很多名字。这里的作家来来往往，少不得有人漠视它，有人讨厌它，有人喜欢它，有人好事给它起个名字。他们以各自的喜好为它取了名字，呼唤它，让它熟悉了新名字，再离开它，项目时间有多长，那些人就住多久，不会有人为猫先生多留下一天。其实所有喜欢过它、偷偷喂养它、试图亲近它以及声称为它付出的人，这些人的总和对猫先生而言是一种更糟糕的模式，他们把它想象和塑造成自己想要喂养的那只猫，而猫先生被喂养它的人不断诱惑与改变。

没有人关心过猫先生究竟真正在想些什么吧？

在夏令，我继续偷偷地吃着花园里的各种植物，蚊子也继续把我当作自助餐。我多年未见的中学同学接我去他们家的大房子玩，在南半球用上海小笼包和北京烤鸭饱饱地喂了我。餐厅的老板是我这位老同学的好友，赠我一大罐手工制作的成都辣酱。老教授要死要活地让我留一瓶辣酱带给他，他已经飞去惠灵顿张罗舞台剧工作室了。我也分了一份辣酱给小个子女作家，她同样爱吃辣，爱吃辣真是全球性的共同语言啊。在这个英语国家里多年经营中文书店的某位大哥带我去吃了兰州拉面；前些年在上海认识的新西兰作家海蒂也来找我，我们去百合花餐厅吃了羽衣甘蓝沙拉，味道一言难尽。

我被朋友们喂养着，我喂养着自己，偶尔喂养别人。也许正如老教授说的那样，猫和人是平等的，7代之外，人和万物的基因没有多大差别。

　　小个子女作家对我说，不如我们也给猫先生起个名字吧。我不想这么做，而且我发现我居然是从一开始就故意不这么做的，每次呼唤它的时候，我都觉得没有一个名字很不方便，只能叫它："猫啊猫……喵呜……"我比那些给它起了名字再离开它，听任这些名字被时间忘记的人还糟糕，我从一开始就避免对猫先生负责任，就像那些经验老到的花花公子一样，我避免使用"名字"这种带有永恒含义的道具。

　　在我的前半生，我辜负过无数只猫，我爱抚它们，喂养它们，溺爱它们，暂时地在别人的房子里逗弄它们，享受它们的陪伴，听任它们熟悉我，依赖我，几个月之后，我离开它们，从来没有想过把它们带回家，一生一世照顾它们——这该是多重的责任啊，一个生命对另一个生命负全责。

　　然而我们还是给猫先生起了个名字。

　　那位女作家说，总体来说，猫先生算是一只野猫，那么我们就叫它"奥斯卡·王尔德"吧。"王尔德"和"野生的"发音相同。

　　那恰好又是一个月夜。我打开后门，猫先生乖巧地蹲在门口。生平第一次，我对一只猫说："我带你回家好不好？以后就让我来照顾你吧。"尽管我根本还没想过应该怎么跟航空公司交涉，登机之前要办哪些证明。"好吗？"我问它。

　　猫先生用它忧伤的眼神注视了我一会儿，然后一言不发，转身消失在黑夜中。

它听懂了，它拒绝了我。

我有些迷惑，我猜想我应该是犯了一个更大的错误。我小看了猫先生。我对于猫先生的了解就和蚊子对我的了解一样。我觉得蚊子应该是小看了我，它们觉得我就是一只不会反抗的沉默的饮料袋。而我认为猫先生就是一只前来为觅食而撒娇的宠物。猫先生很可能有着比人类更广博的精神世界，更有趣的品味，不可思议的浩大生活。

只是不知道为什么它被困在这座房子周围了，走不出那堵无形的环形墙壁，至少每天早饭时间都会不由自主地走回这里，在猫食盆边上忍受人类居高临下的施舍和难测的情绪。我们都相信有人曾经用暴力虐待过它，有人对它咨啬刻薄，大部分人把它当作乞丐，小部分人把它当作玩物，也有人虚伪地喜欢过它，曾经认真地居高临下地考虑过对它负责任的问题，令它尊严尽失。

那么这只猫当初是怎么来到这座房子，变成一只"家猫"的呢？我们问艾莉森。

是有一个作家开始喂它，然后，渐渐地，它就上了瘾，就再也离不开这座房子了。

这是一个悲伤的故事。

进化论

投奔世外桃源中的世外桃源

出于对博物馆的酷爱，刚飞到奥克兰一星期，还没分出东南西北，我就订了来回票先飞去惠灵顿参观南半球最著名的博物馆之一，蒂帕帕国家博物馆。不从藏品的角度来看，蒂帕帕国家博物馆是我到过的博物馆中参观体验和互动设计做得最好的。

还记得在博物馆的动物标本区域中读到过一句话：在这个远离陆地的孤立岛屿上，所有生物都会越长越巨大，越长越古怪。这边鸟类的标本让我认识到，鸟类是可以轻而易举长得比篮球队员还高的，将近一半的鸟类是根本不会飞只会步行的，爬虫也是可以长到大闸蟹的尺寸的。

嗯哼，我觉得我来新西兰是来对地方了，我原本已经够巨大和古怪了，来到这个岛屿上，假以时日，不知道我还会变成什么样子。

我在奥克兰的住处是在岛屿的火山上。戴文普特，一个与奥

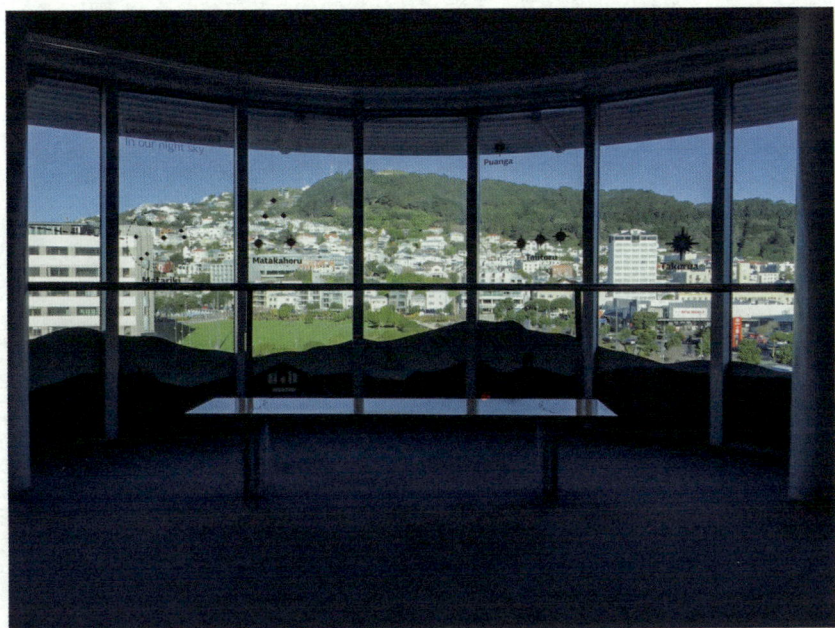

蒂帕帕国家博物馆

　　我是一只"博物馆动物"。我几乎住遍了全世界，但是我并没有环游世界，因为我到了一个地方总是宅在房子里不爱出门。别说景点了，连出门去超市我都要下很大决心。唯独博物馆和美术馆，是我不惜"飞天遁地"也要抵达的地方，非去不可，绝不错过，我的漫游史的另一半就是环游了世界各处的博物馆和美术馆。

克兰闹市相隔 15 分钟轮渡的小岛，岛上有几座小火山，文学中心所在的房子就坐落于维多利亚火山的半山腰上。我清晨起床后，喜欢穿过花园小径，攀上山顶，大约才 5 分钟的步行，我就站在这小小的山丘上眺望奥克兰这片岛屿，360 度的俯瞰视野。

我抵达奥克兰是 9 月，上海是依然炎热的初秋天气，俗称"秋老虎"，新西兰由于在南半球，气候正好相反，是初春天气，尽管春花已经开始盛放，由于是岛屿气候，总是冷得让人猝不及防。

此时的山顶上，茂盛的青草上铺满了玉白色的碎花，我看到太阳正从东面的海平面上升起，火山与平原是冰雪的灰白透着新绿，广阔的海，广阔的天，人类的居住痕迹是这样微不足道。即便望向最繁华的奥克兰市中心，电视塔和高楼勾勒出来的城市轮廓远远望去像极了 20 世纪 80 年代的上海浦西，那时我还是个孩子，我记得从黄浦江的轮渡上眺望浦西，就是差不多的景象。后来我在此地偶遇了不少上海人，他们都说，早就觉得越看越像了，记得那时的上海电视台有很长一段时间都用这个眺望外滩的画面做各种节目的片头片尾，那个年代的每个上海人都记得。

到奥克兰第二天，文学中心的主任就带我去办银行卡，我说这不可能吧，我在十几个国家小住过，有的住的时间还真不短，可是从来就没能办出过一张银行卡啊。银行卡至少都得有长期居住证才能办，靠一张文化或者商务签证是搞不定的。像是瑞典这样的国家，早已经没有现金这个概念的，作家们的伙食津贴必须打到银行卡，那就根本是个死局，只能靠各位好心的主任折合成土豆和鲱鱼发给大家。

这位新西兰文学中心的主任是位利落强悍的女士，她耸耸肩，懒得跟我解释，意思是我接待过这么多作家，我还能弄错？到地方你就相信了。

果不其然，到银行刚坐下来报完姓名，银行经理就问我，要办普通卡还是 visa 卡？光办新西兰元的账户，还是同时需要其他币种的账户？我受宠若惊，真的。我那天连护照都忘了带，就靠一张嘴，办出了银行卡。听说这银行卡还能用来贷款，这银行心真够大的。

银行经理来自中国，我们从英语转中文，聊了没几句发现还是"邻居"，她是个杭州姑娘，在新西兰念完大学就顺便留下了，转眼十几年过去了，已在这边结婚生子。她告诉我，现在银行还算是政策收紧了，要问你一个地址什么的，以前中国游客来新西兰才玩几天，就能到银行办卡，办完卡随随便便存了 1000 万，后来估计是给忘了，银行看好些年这个账户都没有存款和消费的操作，就让客户经理问一下情况，电话打过去没人接，又没地址，人就这么找不到了，好嘛，1000 万呢，搁在那里没人要。

我擦了把冷汗，尴笑着说，我没这么有钱，就算 1000 元我也不会忘记的，我这就把地址写给您。

我从杭州姑娘这里听到了各种八卦，例如早年中国游客到新西兰，旅游着就顺便买了房子，这边的房产公司不问你是哪国人，付钱就能买。最神奇的是，银行还给贷款，利息很低，贷款期限很长，您尽管慢慢还，哪国人他们也不问。这就等于只要付一两成的首期，房子就成交了，客户直接把房子租出去，用租金交贷款也成。这种好事现在是没有了。

那时候新西兰这个岛屿上根本没多少人，但凡有人来，来者不拒。那时候几乎所有的大学毕业生都能留下来，只要你愿意。不在新西兰念大学的，技术移民，只要提交个学历证明就行。据说还有青年签证这一项，只要够年轻，就能直接办出一个几年的签证，先入境住下，再慢慢找工作。至于生活呢，两个字，简单。没有繁文缛节，没有人际关系学，有什么话直接说，有什么事情直接办。

与上海相比，杭州算是个世外桃源了，生活闲适，自然风景环绕。但是和新西兰比，杭州姑娘说，她前些年回杭州，简直受不了这么多的人，这么吵闹，这么多的新建筑，真的认不出来了，也回不去了，没法适应了。

办完银行卡，我去海边散了会儿步，发现这边的鸽子和海鸥就跟母鸡那么大，我跟欧洲的朋友说，他们不信，拍照发过去才让他们大吃一惊。这边的鸟儿也不怕人，随便拍照，有的特地站在那里摆个姿势让你拍，有的还一个劲儿地朝着我冲过来，这意思是打算把我吓跑。

由于新西兰早年移民政策宽松，加上自然环境好，好多喜欢田园牧歌生活的中国人都来了这里。我坐公交车往来机场的时候，差点以为自己已经回国了，公交车报站，一上来先说中文，然后说英语，最后说毛利语。这顺序让我琢磨了很久，百思不得其解，最后我觉得有一种历史顺序也许可以解释这种报站的语种顺序：1000多年前，新西兰岛上最先到来的一批是毛利语居民，

19 世纪初第二批到来占领这个岛屿的是英语居民，最后到来的是中文居民——估计这顺序是优先照顾新来的。

一般来说，去其他国家的文学中心居住，我遇到的基本都是本地人，因为文学中心一般都选址在比较偏远的地方，周围没有中国游客，移民的华人也不会选择这种非常本地化的区域居住。唯独新西兰是个例外，没住多久，我的中文口语水准就提高了，连上海话口语都有所提高，我觉得再住久一点，其他外语都说不溜了，华人太多了！

坐着公交车在城里转，我发现到处都是中文店招。去任何地方办事，人家看到我皮肤和眼睛的颜色，都会先问，我给您找个会说中文的为您服务好吗？转眼就有华人笑盈盈地出现，开始跟我唠家常了。

话说新西兰的华人喜欢把本地的英国后裔叫作"洋人"，"洋人"则喜欢把自己叫作"几维"，"几维"是新西兰的国鸟——也不会飞，"几维"是猕猴桃，"几维"也是新西兰人的代称。我还会经常遇见洋人直接说一口流利的普通话，听得我感觉有如看到了 20 世纪 80 年代的中文配音译制片，有种声画错位的恍惚。

奥克兰有个中文书店，开书店的方哥经常召集华人聚会，带我们去吃饭，吃得最多的是兰州拉面，他是兰州人，在广州长大，早年技术移民来了新西兰。到了地方，左顾右盼，我发现这个餐馆林立的区域基本什么中国食物都能找到，从小笼包到夫妻肺片，从火锅到港式茶餐厅。在国外，我所知的有这么多中国菜品种，而且都能做得这么地道的，除了这里，就只剩一个洛杉矶了。

我每次在国外，最头疼的莫过于无法安抚我的中国胃，自己做吧，手笨，找中餐馆吧，都是神奇的肯德基炸鸡块似的咕咾肉、番茄酱拌蛋炒饭、甜酱油炒面，等等，把我对中国食物的美好回忆都破坏了，还不如在家里冥想各式菜肴。新西兰的中餐大多不是服务洋人的口味，而是做给华人吃的。有人开玩笑说：新西兰的华人都已经能整编成中国的一个省了，怎么能没有像样的中国菜呢？

　　方哥开这个中文书店亏损了很多年，毕竟奥克兰的中文人口密度没有国内大，但是书店一直坚持开着。他开车带我去吃饭的途中，顺便给附近的学校送去他们订购的笔墨纸砚，还有字帖。学校有华人老师，洋人孩子喜欢学习中国书法。

　　新西兰的洋人们非常骄傲，喜欢互相瞧不起，就像爱尔兰的都柏林人和科克人互相瞧不起一样，新西兰的惠灵顿人和奥克兰人互相瞧不起。惠灵顿人说：奥克兰和酸奶的差别只在于奥克兰没有 Culture，Culture 的一种含义是文化，另一种含义是酸奶的乳酸菌培养。但是对于中国文化，貌似新西兰人一致表示喜欢。

　　我遇到一个在照相馆工作的大叔，他会讲中文，曾经在四川成都住过两年，在学校教英语。他说此生最热爱的地方就是成都，他喜欢川菜——虽然我很怀疑他能不能真的顿顿吃得那么麻辣，他喜欢成都的人们，闲适、热心、缓慢。他回到新西兰已经有好些年，天天刷微信，天天惦记着要回到成都——请注意他的用词，是"回到"成都。他正在筹备一点小生意，打算用于办理商务签证，去成都做个小老板，最好是能留在成都度完余生。

和我住在同一栋房子里的奥克兰大学教授经常问我关于中国的问题，他有个也是教授的儿子，是名汉学家，经常翻译中国诗歌。教授也是个诗人，还曾经到中国参加过诗歌节。

新西兰－中国友好协会的主席戴夫大叔每年都在中国住几个月，这个城市住一阵，那个城市住一阵。他说他上辈子肯定是个中国人，到了中国他有回家的感觉。我在新西兰住得不短，但是没能和他在新西兰见面，那一阵他在中国住着呢，感觉这真是个交换项目，我和他换了个地方。这让我深深感到，所谓的理想都是"围城"，都是那一句："你看，别人家的孩子……"

不知道是因为新西兰的华人实在太多了，还是巧合，我觉得新西兰的洋人们的行事风格和中国人很相像，喜欢小圈子，喜欢请客吃饭，经常谈论房价贵贱和买房子那回事，喜欢装修，愿意精打细算，例如今年如果有一个月是要旅行度假的，他们的汽车保险费就按月交，度假那个月可以停交，省钱。赶上中国国庆，他们也凑在电视前面看阅兵。

洋人喜欢和中国人做生意，他们觉得中国有钱，新西兰这些年经济不太好，老板们生意不好做，做雇员的工资也低，工作不容易找，失业率在升高，各行各业都指望中国人来投资、花钱，他们来跑腿办事，赚点小钱。

华人也喜欢做洋人的生意。我新结识的一位朋友是开中餐馆的，四川姑娘，特别能干，一个人开了两家餐馆，一家在洋人多的风景区，做洋人的生意，一家在华人多的美食街，做华人生意。华人讲实惠，华人区的菜肴量大便宜，她觉得利润不高。洋人区的菜肴也不贵，但是量可以少，最要紧是洋人吃饭喜欢点红酒，餐厅环境装点得考究，植物花卉、古董、油画加灯光，在这样的环境里三杯两盏聊天说话，利润都在酒上。

不过华人不喜欢用洋人雇员，这个难管理啊，华人老板们都这么说。新西兰的各种法律规定都保护雇员，比如说一年有几次请病假不需要医生证明。洋人厨师或者服务员一早8点50分打个电话给华人老板，说身体不舒服今天不来上班了，华人老板顿时就抓瞎了，9点整店就要开门了怎么办？老板只能亲力亲为，搬货上架，下厨房，炒菜，洗碗碟，接待顾客，一个月这么顶几次班，心脏病都要累出来了。

而且洋人雇员说辞职就辞职，很少做得很久的，做到某一天忽然说想去旅行，想休息一阵子，想去做摄影师什么的，随心所欲，随时随地炒掉老板。还有厨房里的主厨带上几个厨子威胁老板，分分钟跟老板谈条件，明天不加工资，就要集体跳槽去别家新店拿高薪，明天厨房就空了，老板您自己上吧！

华人老板喜欢华人雇员，工资不高，愿意吃苦，懂得珍惜，负责任，跟着一个老板可以跟很久，有的几十年在一家小店里做同一份工作，半辈子就这么过来了。但是视生意而论，有的咖啡馆做洋人生意，总要请个把洋人服务员做点单工作，他们和洋人顾客更容易交流。

消亡的和幸存的

　　地球真小，我在奥克兰发呆的时候，几十年没见的中学同班同学在微信上找到了我，我居然住得离她不远！很多年前，当我还在书房里发呆的时候，她就带着新婚的老公从北半球搬家到了南半球，决定在新西兰安家落户，他们刚开始盘下一个小咖啡馆，做出客流和品牌之后卖掉了咖啡馆，又开始做亚洲食品超市。我听他们讲如何从零开始琢磨咖啡餐饮业，如何跟洋人厨师长和服务员斗智斗勇、收服他们，如何在顾客爆满的周末亲自领位。

　　现在他们开着一家巨大的超市，同学带我去玩过两次，满架子的商品看得我眼晕，还有要每天进货的新鲜水果蔬菜，居然还有各种活着的水产，送货上架和点货记账什么的各种烦琐的工作更让我眼晕，不知道他们是怎么搞定的。

　　工作间隙，同学招待我去隔壁咖啡馆喝下午茶，咖啡馆还供餐，硕大无朋，至少能摆下 40 张饭桌，紧接着我就被告知，这就是我同学曾经盘下的那家"小咖啡馆",当年她和老公一起经营这家咖啡馆的时候,周末的晚上总是40桌爆满,还会在门前加桌子,现在冷冷清清,我们去的时候就我们这一桌。

再说开了两家中餐馆的四川姑娘,餐馆里有的是人手,她偏偏喜欢每天自己去当班,从下午忙到半夜。难得说要偷闲一两个晚上,和我出去逛街吃冰激凌的时候,眼睛离不开手机,那手机缴了最贵的无限量流量,装了软件24小时多角度切分画面监控她的两个餐馆,她分分钟看着两个餐馆的角角落落。监看到什么不对劲的情况,她立刻电话打过去,要不然就是店里的伙计电话打进来,说是有顾客找麻烦,不知道如何应对。

我和她逛街就像是工作考察,看见别家餐馆,选址特别的,设计有趣的,定位类似的,她都要进去看一遍,问价格,看菜单。没多久又一个自己店里的电话打进来,她对着电话一阵吩咐,那边没搞定又打过来,她跺跺脚,干脆赶回去上班了。最拼命的员工永远是老板自己。

离开奥克兰前,我又遇到了不同班的一位中学同学,他原来工作过的东方电视台,与我工作过的上海电视台是兄弟电视台,相当于一对双胞胎。当我在后期剪辑室里发呆的时候,他带着老婆技术移民来了新西兰,先是在奥克兰的华人报社和网站工作,最近到了华人电视台工作。

他请我去他们电视台录了一期访谈节目。车开进电视台大门,入目都是平房,他寒暄道,哎呀呀,我们这电视台的条件不能和现在国内的电视台比啊。我看着这些平房和院子觉得眼熟,

蒂帕帕国家博物馆一角

　　如果不是人类这个物种过分自恋的话，其实他们应该承认，新西兰是属于鸟类的。鸟类才是这个岛屿上的原住民呢，它们原本的日子过得好好的，翅膀也不怎么用得上，要不是人类的到来，它们只需要从一棵树勉强扑腾到另一棵树，就能赢得同类们的热烈掌声："嘿，哥们，你飞得真棒！"

20 世纪 90 年代初的时候，上海电视台也就这么个院子，我们部门也都在平房里工作，一清早还能在院子里看见黄鼠狼。我看奥克兰的这个院子也有狐仙出没的气氛，空气倒是很好的。

演播室背景是一块蓝底板，做抠像用，背后的高楼大厦，日升日落，山川大海，和高科技大楼里的电视台相比，节目合成以后效果是一样的。主持人也是美女，上妆也是用心，节目录完看起来也是一样的有趣，没有大把银子铺路，也不见得差在哪里，真的。

我觉得洋人也许可以学到华人的一点小聪明，但是华人的勤奋，他们学不了，也不可能理解，这种勤奋可以在一片荒芜的土地上起高楼，可以一点一滴一刻不停水滴石穿，洋人就算是看在眼里，也做不到。至于是否需要这么勤奋，视各人的价值观而定，自己觉得有意义的人生就是对的吧。

关于新西兰神奇的鸟类，在最早的一批毛利人到来之时，这里生活着一种特别高大的恐鸟，有 3 米多高，不会飞，成天在岛上慢吞吞地步行。还有 1 米高的赫拉克勒斯鹦鹉，有五六岁的孩子那么高。还有一米六高的企鹅，与矮小的人类差不多身高了。鸟类为什么会在新西兰这片岛屿上变得这么硕大无朋呢？据说这是一种叫作"岛屿巨人症"的现象，因为这里没有大型食肉动物，连猫、狗和老鼠都是后来随人类一起到来的，所以最初鸟类完全不用担心被捕食，自己获得食物也特别容易，它们在这片外星球般的岛屿上养尊处优，清闲自在，占据了大型食肉动物的生态位，逐渐体型长得越来越大，并且飞行能力也退化了，因为根本不需要飞行和快跑来逃避捕杀或者觅食嘛。

等人类到来的时候，它们再想要进化出反捕猎的能力就已经太晚了。请想象一下，3 米高的恐鸟是当时毛利人最主要的食物……我端详着博物馆里的复原形象，一条腿大约有一米八，这恐怕是人类曾经吃过的最大的"鸡腿"了吧。科学家推测，在 18世纪，人类吃掉了最后一只恐鸟，这种鸟类彻底从我们这个星球上消失了。

就在我离开新西兰一个月后，与我居住的火山同在北岛的怀特岛火山爆发，导致 16 人遇难，两人失踪。回想我以及其他作家曾经住在火山上，每天在没有点火的烤架上熟睡，心中不由有点后怕。

我与此时居住在新西兰的华人朋友与洋人朋友们互相问候，互道平安，为死伤者难过，也庆幸我所认识的朋友们并无伤亡。大自然每时每刻都在呼吸，在一寸一寸地斗转星移、沧海桑田，灾难、死亡、丧失与出生每分每秒都在发生，弱肉强食，适者生存。此时此刻，星空之下，在新西兰这片遥远岛屿的密林中，各种奇异的生物依然在不断进化与长大的过程中，生活在那里的人类也是如此。

一次病痛

偶染微恙

　　全年在欧洲走来走去，看病吃药是难免的，毕竟我也并不能把该生的病都留在上海。在欧洲，我去过的每个国家的医疗都给过我独特的印象，但是迄今为止，没有一个国家像德国这样有暗黑气息。

　　从新西兰的盛夏直接去到德国的冬季，只用了37个小时。估计是水土不服，一周之后，我的右眼眶肿了起来，随后半张脸都肿了，第一天像河马，第二天像熊猫。还没来得及在当地找一位值得信赖的家庭医生问药请方，主任先生说，他虽然是本地人，但是不住在城里，他住在桃花源般的乡村，1小时火车可达，他的家庭医生在那个村里。可是，光路上花的时间就不合适啊。

　　几天时间，主任先生帮着我谷歌出了几家紧邻我住处的家庭诊所，各种电话预约，有的诊所已经被预约到明年4月，好不容易得到了一个几天后的预订，真是比约米其林三星餐厅还难。那时候我的下眼睑就像半个红色的救生圈，半张脸肿得做不出表情，笑起来要多萌有多萌。

被招呼到一间房间里，才发现医生并不是我们预约的那位。这位叫冯阿芬的医生虎背熊腰，梳着马尾，说话打字有如一阵飓风，压根不听我们讲什么，也不看一眼我们带去的文件，一派相信只要勇往直前就能攻克病魔的气势，看上去更像一个运动员。后来我们熟悉了，她聊起她酷爱打篮球，这是题外话。

她不假思索就给我打印了一份处方，一种眼药水加眼药膏的组合。多亏了我们主任细心又有经验，拖住冯阿芬，温柔而执着地恳求到一张粉红色的转诊单，如果我们需要看眼科专科医生，没有转诊单可无法直接去。还是他有先见之明。

认真用药 3 天后，我的眼睛果然肿得找不到眼缝了，更糟糕的是，扒开眼缝我也看不清屏幕上的字，整个眼球都红了，圣诞节还没到呢，眼球就这么有节日气氛，挂在圣诞树上一定不错！我发现我没法读我们主任的短信了，更没法打字回复，只能用语音信息呼唤他来救救我。

主任也吓坏了，不是只有眼皮发炎吗，怎么就忽然瞎了呢？！

我说咱们还是直接去眼科专科吧，这么严重了，家庭医生也扛不住啊，她连个眼科裂隙灯和眼压测量仪都没有，打算靠气功治疗吗？主任赶紧帮我谷歌眼科医生，约到个急诊，但也要等 3天，我每天靠摸来摸去生活，超市里的牛奶和酸奶都分不清。手机的使用返璞归真，就是用来通话的，屏幕完全没用，别给我发文字信息。

最糟糕的是，每天特别担心一旦失明，终身眼瞎。

"嗯嗯，眼睛是很重要的，你是作家，你需要它们读书写字的呀。"文学中心里的德国工作人员们都通情达理地表示重视。

就算我将来决定不读书写字，眼睛也很重要的好吧。

眼科医生尼康是个胖大叔，戴着副小小的花镜，不爱多说话，挺酷。他说，你没问题啊，就是前一种眼药水让你过敏了，你还用着吗？

我当然用着啦，这么多天又没人管我，就这么一种医生给的药，眼睛越来越瞎，我敢不用吗？心说，难怪越用越瞎。

他说，嗯，那你现在停了吧，好多人对这眼药水过敏，我换一种给你。

我求他看一眼我下眼睑底下挂着的"红色轮胎"。

他真的只看了一小眼，都没透过花镜的镜片，直接从眼镜上边看过来的。然后告诉我，用我给你的眼药水和眼药膏，一星期估计就好了，一星期后再复诊吧，到前台预约去。

不到两天，眼球果然不红了，我又能给主任发文字信息了。上网查了下新眼药，是激素，难怪这么神速。"红色轮胎"逐渐消失，最后开花结果，变成了一枚硕大无朋的"红樱桃"挂在我右眼底下，我看着镜子里的自己，嘿，这毛病我知道，不就是普通至极的"偷针眼"吗？一个简单的麦粒肿闹得声势这么大，估计是德国版的。

按照医嘱，我一天用 5 次眼药水，按照主任建议的严谨的德国方式，开手机闹钟提醒，每两个小时铃响提醒一次，加上白天把眼药膏涂在眼皮外，临睡前把眼药膏涂在眼皮内。眼看着"樱桃"渐渐稳定下来，紧接着又开始第二次发育，慢慢长大，往水蜜桃的尺寸挺进。

一星期之后总算到了预约的复诊时间，我向尼康大叔展示我眼皮底下的"水果"：这是怎么回事呢，这是打算长成西瓜以后论斤卖吗？

尼康大叔乐呵呵地从他的花镜上面瞟了一眼这个红色的大圆球，自言自语且自得其乐地叨叨说：嗯哼，这是里面的脓肿没能自己跑出来啊，天知道现在该怎么办呢，干脆动手术吧！

手术？怎么说得这么正式呢。我记得好多年前在上海得过一次"偷针眼"，也是没能顺利自行排脓，眼科医生就是把我带到隔壁房间，在眼皮底下弄了一下，半分钟的事情，我的眼睛就恢复正常了，这么点小操作也叫"手术"？

我哆哆嗦嗦地问，不做手术行吗？尼康大叔说，嗯哼，那看你咯，我不能勉强的，你留着它半年一年也成，反正不是癌症。

欸，那您还是赶紧给我做手术吧。

我以为尼康大叔这就要动手了，没想到他又让我去预约，说是尽快给我安排，争取一星期以后就给我插队做手术，毕竟是姑娘嘛，脸上挂着这么大一个颜色喜庆的玩意儿过圣诞节不太好。

又是一星期吗？我简直不敢相信自己的耳朵，这个球球每天都在长大，没准一星期以后就不是这个球球挂在我的脑袋上，而是我的脑袋挂在这个球球上了。尼康大叔嘱咐我，这一星期内坚持用眼药，不要停！

我问他，您确定这不是施肥？

主任陪着我在诊所走廊里等了两个小时，总算轮到我们预约，护士们让我签了一大堆的文件，详细到让我填写了祖宗 8 代得过的任何疾病，简直是一部医疗版的自传，还有各种同意书，同时一大堆告知和医嘱，我算是明白为什么看病两分钟，预约要等两小时了，这可真够没事找事的。我听得昏昏欲睡，忽然间其中一段提示引起了我的警觉。

"切勿在手术前 6 小时进食，包括不能在手术前 6 小时饮水。"这是什么鬼？

因为手术要做麻醉啊，护士们告诉我。"偷针眼"根本和麻醉没有一毛钱关系啊，顶多就是往眼睛里滴两滴止疼的眼药水而已，这个也需要我提前 6 小时不喝一口水吗？

我们做的是全身麻醉噢，她们眨巴着蓝眼睛真诚地解释给我听，仿佛我是从外星球来的一样。我脸上惊讶到震撼的表情估计让她们也特别惊讶，我有很长一段时间彻底无语，她们不得不安慰我道，就是让你睡一觉，你醒过来之后什么都不会记得的。

一个"偷针眼"至于吗？全麻？

主任是一位特别耐心的老好人，他絮絮叨叨跟我说，欧洲吧，都是这样，医生比较注重病人的感受，他们欧洲人氏吧，也是特别怕疼，要是做个手术留下痛苦惊悚的回忆，落下个 PTSD（创伤后应激障碍），还得接着去心理医生那边看病，这样一来，德国的医疗保险系统可就要破产了。所以吧，像他们补牙什么的也是麻醉的。总之吧，麻醉其实是有好处的，医生也能放开手脚动刀呀。

　　嗯，最让我惊悚的就是最后一句了。这医生把我放倒了以后到底是想要干什么呀？不知道他们在我眼睛上干啥才是最吓人的，这是高级恐怖片和靠血腥场面吓人的恐怖片的差别。

双份手术

　　我以为一个星期很短，这把年纪了总是感觉眨眼就是又一个新年，然而时间是不公平的，等待手术的这个星期特别漫长。第一天，我就感觉这个"红色樱桃"加速了膨胀，第二天，我可以明显看见这个"樱桃"的表皮闪闪发亮，就像被吹胀的气球一样，很明显我的眼皮为了包裹住这枚"果实"已经伸展到了极限，有个奇怪的念头缠住了我：我靠，等手术以后这个圆滚滚的球球瘪下去了，我的下眼皮该不会留下"妊娠纹"吧？

　　幸好这个念头并没有折磨我很久，因为随着这个"红气球"继续膨胀逐渐变得透明，我吃惊地看见，有一个神秘汹涌的小白点正在慢慢凸起，宛如火山口，仿佛下一分钟就会爆破而出似的。我终于意识到了这才是一个事关生死存亡的最严峻的问题。

　　尼康大叔建议手术的时候，我问过一个最严峻的问题，那就是要拿掉"偷针眼"里面的脓肿，这刀口是从眼睑里面打开，还是从下眼皮外面打开？要是这刀口在脸上，那就尴尬了，因为"偷针眼"在脸上留个疤，这是个悲惨的笑话。我严肃提醒过尼康大叔，从国际审美的眼光来评估，我是一个外形特别好看的人，你要是在我脸上留疤了，你不但损害了全球景观，而且会和我结下深仇大恨。

此刻这个"红气球"正要向外爆破，那"火山口"就在我下眼皮以下 5 毫米左右的位置。这边的眼科诊所可没有急诊，不预约的病人不接待，预约吧，再早也约不到 5 天之内的手术。

逼得我把谷歌当医生，谷歌完了更害怕，听说从外面爆破的麦粒肿后续不会自己痊愈，不但会留疤，还会落下眼睑畸形的毛病，整形也弄不好。而且这么爆破以后还会引起更严重的感染。于是在这第三天的夜里，我心急火燎地发信息向主任求救，有个"小炸弹"挂在我脸上，可能睡到半夜里就炸了，还有没有可能找到拆弹小组在爆炸前救我一命？要不然炸了以后咱们也是一样要去看急诊的。

正好是周六，主任坐火车到科隆逍遥去了，欧洲人民真是闲的，但凡有半天一天的假期都会出溜到外地去旅行，正常的工作日也经常动不动休假一两周，还是为了去旅行，好比我们住在上海，每周五等着一下班就坐火车到杭州去住酒店，周日半夜再赶回来，一年去 52 次，就为了一个纯粹的"我要旅行"的行为艺术，好玩吗，累不累，在家歇着不好吗？有这么充沛的精力用不掉的话，多给几个预约，提高点效率，让大家都能早点看病也是好的呀！

我们主任还是很负责任的，周日大半夜一坐上回家的火车就给我回信息了，电话也打来了，让我别怕，他正在火车上，还有两小时到家，他现在就打电话问一下亲朋好友谁得过这个毛病，以便给我提供一点经验。明天一早他可以先陪我去家庭医生那边死等，只要我们去得足够早，比如早上七八点这样，家庭诊所没准能给我们安排一个空档，在中午或者下午随机安排一个医生先给我看看。

两小时后，估计是火车到站了，主任又给我打了个电话，大意是根据他亲朋好友的经验，"炸弹"很可能就是今晚爆破，请我自行准备一块毛巾放在枕头边上，擦擦，无论爆破成什么样，都得擦擦干不是？呃，放诸四海而皆准的真理哎，这建议真是真知灼见啊。

我这个"偷针眼"还真是扛得住，眼看它像个气球似的越来越大，包裹它的下眼皮薄得吹弹可破，都可以给无锡小笼包做广告了，它就是忍着没有爆破，那个身为"火山口"的小白点更神奇，都凸起得快跟我鼻子一样高了。总而言之，现阶段我已经低头看不见我的右胸了，视线被这个"红气球"和顶上的"白色巨塔"给挡住了。

家庭诊所管登记的前台阿姨看见我脸上这个大玩意儿，惊讶得都快笑出来了，嘴里嘟哝着"怎么会发展到这个地步呢"，一边噼噼啪啪在电脑上查今天的预约名单。

两小时后，得到急诊待遇的我被一个同样长得和运动员一样的女医生给带去了诊室，我心说，这个家庭诊所是篮球队开的吧？我还没闹明白她的名字，她就把我放倒在床上，让护士按住我的手臂，她拿出一根针，直接插进了我的眼皮下边，然后挤挤挤，我疼得哇哇大叫，主任在门口吓得面无血色。两分钟后，我满脸是血地被送出诊所，拿着处方到药店买了那种她让我一天擦三次的药膏，打开一看，这明明是治疗青春痘的啊！敢情她是把麦粒肿的外面半边当成大型的眼部青春痘来治疗了，挤破以后擦消炎药膏，嗯，没毛病。

主任说，哎哎，这样把脓排出来了就好啦，咱们三天以后不用去做手术了，这就已经做完了，多利索，都不用麻醉了。

我也是盼着如此呀。

那一天为了庆祝我们得到了不用预约的急诊待遇——据说这是很幸运以及罕见的事——主任决定带我去森林散步，他带着满脸是血的我在森林里足足走了3个小时，这个小城在汉堡附近，有森林在城市中央东西贯穿，我们从城市的西边走到东边，再坐车回到原地，听着冬季小鸟们冷得哆嗦的嘶哑鸣叫，我暂时忘记了被一根大铁针刺进眼皮里的恐怖遭遇。

我真的以为这样就算是完事了，因为当天夜里"气球"就瘪了，被刺破的地方开始结痂，第二天早上看上去已经近乎痊愈，宛如一个瓜熟蒂落的青春痘。不妙的是，当天下午，我就发现这并不是故事的结局，恰恰相反，后面还有大反转，反派大佬并没有被击毙，是诈死。我下眼皮挂着的这颗"红樱桃"渐渐复活，到了夜里已经重新变得圆润，甚至在结痂的坟墓底下重新鼓出了一个小白点。我给主任发信息，告诉他明天还得照常手术，全麻

森林散步

　　德国到处都是巨大的乌鸦，据说它们特别聪明，我也经常亲眼看到它们聚在一起严肃地"讨论问题"。它们飞得不太熟练，也不怎么喜欢飞，反而喜欢慢吞吞地在人行道上踱步，每次提着重得要命的食物从超市出来，如果遇到一只穿着漆黑燕尾服的大乌鸦走在我前方，姿态傲慢，一点没有让路的样子，我也只能礼貌地跟在它身后慢慢地走。

需要有家属陪伴，请他冒充下帮个忙吧，万一我醒不过来，记得找块好看点的石头刻上我的名字，把姓刻在前面，别弄反了让我在天上看着别扭。

当然手术单上写着的名字必须是反的，不然不符合德国烦琐的规矩，我最恨德国的这些规定了好不好，效率真低。又签署了一大堆文件之后，我要求跟尼康大叔谈一谈。我担心现在这个"偷针眼"已经被家庭医生从外面打开过了，脓点又在外面，咱们做手术还有没有可能从里面切开？要是我不能跟他谈一谈，没准尼康大叔根本忘记了我一周前的要求，或者觉得有难度，顺手就从外面切开了，然后就在我脸上留下一个刀口，弄得我以后过万圣节都不用化妆了。

估计我当时的表现非常紧张焦虑，所以护士立刻跑过来跟我说，瞧瞧吧，你还说不用全麻呢，就你这情绪，现在就该把你放倒了。

过了一会儿，果然有位蒙着脸的白大褂医生过来跟我谈话，我看着这娇小的身躯和口罩帽子中间露出的大眼睛，怎么看都不像是尼康大叔呀。原来我的手术医生并不是尼康大叔，是个年轻的漂亮姑娘。这样也好，尼康大叔这个年纪和视力也不太让我放心，再说姑娘还更能理解在脸上留疤兹事体大。

这姑娘捏了捏我脸上的"小气球"说，我可以从里面打开，但是我不能保证不会在手术的过程中，直接捅破外面的皮肤噢，现在外面的皮肤太薄了，要不你回家去等一阵，等到外面的皮肤长得结实一点再来开刀吧。

我问她，这"等一阵"是等多久呢？

她说，半年。

我说别别别，和这个邪恶多变的"小圆球"再一起生活半年，我精神上受不了，您现在就动手吧，尽量小心就好。

仰面朝天躺在金属的手术床上，一大群白衣白帽的医生护士围上来把我簇拥在中间，麻醉师是位看上去有七八十岁的老奶奶，看上去特别慈祥，手掌碰到我手臂时那种皱皱的松弛干燥的触觉让我想起去世已久的外婆，一名护士轻轻捉住我的肩膀，另一名扶住我的脑袋，麻醉师老奶奶开始往我的手臂上系带子，这架势就好像我得了脑癌似的。

我感觉到冰冷的液体注入我的静脉，手术间顶上的灯光晃动起来，渐渐灯火变得越来越柔和。我感觉有什么凉飕飕的东西在我眼窝里掏来掏去的。一瞬间我就醒过来了，睁开眼睛，准确地说，睁开左眼，我发现我已经被推到了外面房间，依然四仰八叉地躺在金属床上，身边一个人都没有，手臂上还插着麻醉针管。

第一件事情，就是赶紧伸手摸摸我的右眼还在不在。

我没摸到我的右眼，摸到一个冰凉的塑料大圆球和一大坨纱布，原来右眼那部分已经被一个塑料眼罩包扎起来了，估计是手术已经做完了。我赶紧呼救：医生啊，有没有人啊，你们把针管忘记在我手臂上了，谁能帮我拔掉吗？

说真的，做完手术的眼睛一直藏在眼罩底下是一件挺有悬念的事情，不是有趣的那种悬念，是心里觉得很悬的"悬"，天知道他们有没有把我的眼睛彻底挖掉！天知道他们有没有给我开了个双眼皮！

我想再跟医生聊聊，问下手术进行得顺利不顺利。护士说，医生去休息啦，手术都做完了，你也可以回家休息啦，你还要问啥？我说好吧，那可以帮我把眼罩摘掉了吗？护士说那可不行，眼罩要在手术24小时后才能摘掉。我问，那我明天几点来诊所拆纱布？她说，你自己拆下来就可以了。好吧，那我哪一天再来复诊，现在帮我做个预约好吗？免得我又要打电话来约时间，电话老打不通。

护士惊讶地眨眨眼睛：手术都做完了，还复诊个啥？

我也惊讶地眨了眨左眼：手术做完就好了？医生不用再看一下手术效果怎么样？

护士递给我一管眼药膏说，差点忘了，这是医生让我给你的，一天三次用在眼睛里，连续用7天，然后没事就不用再来诊所了。我问，我怎么知道有事没事呢，我又不是医生。护士答，到时候你会知道的。非常有玄机的一句话。

我手捧眼药膏跌跌撞撞独自走出诊所。主任先回家了。早知道只剩一只眼睛看街道，我应该请他等等我一起走的。偏偏我晚上还要去大教堂听音乐会，票是一个月前买的，本来想退掉，朋友说，你是眼睛动手术，又不是耳朵，一起来吧。夜幕降临，路更加难认了，我这才理解为什么人必须有两只眼睛，我在街道上像一条热带鱼那样横着走路，感觉四周万物的距离都像鱼缸玻璃一样难以估计。

这是一场巴赫的音乐会，大教堂和合唱散发着悲天悯人的温柔。我向我的朋友哭诉，用一只眼睛流泪哭诉，为了"偷针眼"这么简单的小病，我居然一周内做了两次手术，要不是德国慢吞吞的预约节奏，要不是活活等了这么一个星期，我不但可以少受一次手术的惊吓，而且这会儿眼睛多半已经好了，可以自在地享受这场音乐会，不用半瞎地在黑暗里摸来摸去。

我问了她一个到德国后憋了很久的问题：德国人工作这么努力，一天8小时不够，还要加班，午间休息只有30分钟，成天把工作放在第一位，以工作为骄傲，每个人都为工作累得要命，而且德国人的脑袋也非常好使，又注重动手能力，为什么在这种条件下，德国所有的事情还都进行得这么慢，看上去效率这么低，还会经常出错？

朋友乐得咯咯笑，作为德国人，她深受其害，但是早就学会不抱怨了，大家都一样等，都习惯了，你跟谁抱怨去？她告诉我，今天的音乐会她本来买了两张票，是约了另一个姑娘一起来的，结果不凑巧，那姑娘骑车摔了一跤，手臂骨折了，她就只能带着自己老妈来听音乐会了。那姑娘骨折得挺严重，预约骨科医生，还是加急预约，但只预约到下周的今天，没办法，据说排队的病人太多了，现在她只能在家干等，家庭医生给开了点止疼片。

骨折等一星期才处理，这不会残疾吗？

朋友说，家庭医生给简单地先处理了一下，应该没有什么大问题吧。

我觉得问题挺大的，这下我走路一定要小心了，千万别跌倒。

瞧瞧人家，骨折也要等一星期，再看自己，我这"偷针眼"手术也只等了一星期，看来已经算是尼康医生特别开恩了，估计是把姑娘想要漂漂亮亮过圣诞节的因素也考虑进去了，再这么想一想，我不但想通了，而且还觉得挺暖心。

　　第二天我早醒，一心想着把眼罩摘掉，看看手术到底做得怎么样，我一夜没睡好。默默等待时钟走完第 24 小时的最后 1 分钟，我对着浴室的镜子咬咬牙，自己动手把脸上的胶布给撕开，眼罩取下来后，我大吃一惊，一个"偷针眼"的小手术居然流了这么多血吗，纱布上的血迹就像杀了一只母鸡！再看我的右眼，真的是被开了"双眼皮"，在右眼下眼睑里面开的，医生挺守信用的，说不从外面划开，人家就把里面整个儿划开了，眼睑有多长，人家就划开多大，就是一个"偷针眼"而已啊，至于用这么大的牛刀来杀鸡吗？这右眼是没法看了，原本只是挂着一颗"红樱桃"，现在半张脸都是淤血，整个下眼睑就像是一个紫红色的飞机护颈枕，还是充饱了气的。

　　现在我算是明白全麻的意义了，要是我醒着，感觉到医生划开了这么大一个口子，就为弄掉一个小小的麦粒肿，我肯定得当场坐起来跟她理论啊。

母鸡的烟熏妆

　　德国医生总让我感觉到有一种把人当机器来维修的感觉，前阵子去补牙，一个很表面的龋齿，我说不用打麻醉，蛀得又不深，牙医一脸郑重地坚持给打了3针麻药，顿时我的半张脸就不是我的了，摸上去就跟摸一只皮球似的。牙医还让我把嘴张大，尽量张到最大，说实话我都不知道怎么张嘴了，麻药打得太多了，嘴都不听话了，要用手来帮忙，打开，合上，再打开。

　　半小时之后，我就明白打麻醉的重大意义了，一颗最简单的龋齿，牙医足足给补了半小时还没完工，这里打磨一下，那里打磨一下，嘴张了足足半小时都没让我合上一会儿，虽然我的脸没感觉，但我的下巴能感觉到酸。我以为终于能大功告成了，没想到忽然间感觉情况不妙，牙医已经不是在打磨牙齿了，他正在把已经补上的材料重新钻孔拆开。我问，这是怎么回事呀？——实际上我也没法问，嘴还张着呢，我只能用惊恐的眼神和喉咙里含混不清的啊啊声来表达。

牙医是一名青年才俊，金发碧眼，脸上的表情就跟他正在驾驶宇宙飞船穿越黑洞似的。他告诉我，他不满意，不够好，所以，重新来过。

那一天我足足张嘴张了一个半小时没合上过，他重新补了3回。最后他跟我说，时间不够了，后面一位预约的病人正在等候，所以请我明天再来一次，他要再重新补一次。我连忙摆手说，不用了不用了，现在真的已经很完美了。他说不行，这颗牙齿和下面那颗牙齿的接触点还不够好，所以必须再来一次。他会打电话到楼下，让服务台小姐为我预约一个明天的时间。

我最讨厌嘴里打麻醉了，接下来简直是口眼歪斜大半天，话都说不清楚，还必须时不时掏出一块小手帕擦掉嘴角流下来的口水。就为了补一颗龋齿，我连续两天打麻醉，足足补了5次才算是达到了牙医心目中的完美标准，我感觉接下来的一星期说话都不太利落，深深怀疑是嘴神经受了太大打击，这么久了都缓不过神来。

在德国验血是我最怕的事情，偏偏德国的繁文缛节体现在医疗中就是频繁验血，做CT之前要先提供两周内的验血报告，每次换常用药之后一周和一个月都要验血，像是这次做眼科手术前也是要求提供家庭医生的验血报告。

家庭医生冯阿芬那边的护士小姐姐也是运动员似的体型，胳膊伸出来比我腿还粗，她每次在我手臂上系带子的时候，我都觉得她要把我整条手臂勒断，她把针插进我血管的时候，我觉得她几乎要把我的手肘对穿，这个疼，每次都疼两个小时手臂才能活动如常。

每次撕下纱布和胶带，上面的血不像是国内验血的那一个小红点，这边纱布上的血就跟拔了一颗牙齿一样，我看这边的病人都习以为常，验血嘛，肯定要出点血的，他们这么对我说。我心说，这是你们没见识过中国护士的技术。哎，德国姐姐，我这是人类的手臂，不是机床，您能轻手轻脚一点吗？说起来都是泪。

再说回我那可怜的眼睛，按照医嘱，一天三次眼药膏涂在眼睛内，我眼前一片模糊，什么都靠左眼在看，这跟戴着眼罩也差不了多少，我还是在街道上横着走路，估计距离还是要靠手摸。我后悔当时太紧张了，忘记问一下护士是不是传错了话，应该晚上才涂在眼睛里，白天是涂在眼皮外面的吧？别的眼药膏都是这么用的，有谁大白天满眼油膏出门的呀。我打诊所电话，那电话永远占线，估计是预约太忙了，看病非要预约，预约还不是照样排队，还排两次队，预约排一次队，到诊所再排一次队，繁文缛节真可怕。

护士小姐姐信誓旦旦地说7天之后保管没事，我当真了，答应了朋友的两场朗读会，坐着火车去了意大利北部。随着时间的推移，淤血渐渐在皮肤底下散开，幻化出赤橙黄绿青蓝紫各种层次的颜色，在我整张右脸上形成各种不规则的图案。右眼的下眼圈看上去像是熊猫，左眼还是人类。

朋友们为我担心：这个样子怎么上台朗读呢？我说没事，我有办法，给我找点颜料，我可以把左脸画得和右脸一样对称，右眼也好对付，干脆画个烟熏妆。最后没找到颜料，主办方不得不把舞台灯光调暗，黑乎乎地就把两场朗读会做完了。其实这样挺好，来朗读会是听故事的，管作者长成什么样子做什么？要是大家总有这种需求，以后卖鸡蛋的都要为母鸡画眼影上胭脂了，大家都不容易啊。

朗读会一切顺利，唯一不妙的是，到了手术后第 7 天，也就是医嘱用眼药膏的最后一天早上，我右眼的半个眼球红了。这原本是眼皮外面的事情，怎么忽然变成眼睛里面的问题了呢，要知道眼皮出问题也就是丑点，眼睛出问题可是会瞎的。

我顿时担心得要命，国际长途打诊所电话依然是打不通，眼药膏用了 7 天，到底要不要停呢？不敢停，还是继续用吧，撑到回德国再说。到了第 9 天，我右眼的整个眼球都红了，情况是越来越糟。

第 11 天，我总算是回到了德国小城，我不管不顾就去了诊所，恳求护士无论如何给我安排一个医生看一眼，马上就要过圣诞节了，我的眼睛再等一星期就真的要瞎了。护士看到我火红的眼球也挺害怕的，我坐着等了几小时，总算在他们下班前等到了一个医生姑娘。那个医生姑娘用裂隙灯看了看我的眼睛，又在电脑里找出我的病历看了一遍，然后说，你没事，只要把那眼药膏停了就行。

我问，这眼睛红成这样，为什么呀？

医生姑娘轻轻巧巧地回答道，噢，就是这眼药膏让你过敏了呗。你不是以前对一种眼药水过敏吗？这眼药膏是一样的成分。

我想不通了，我说你们都知道我对那一种眼药水过敏呀，这是我第一次来你们诊所的时候你们告诉我的呀，怎么两个星期之后，你们又给了我一样的眼药膏呢？

医生姑娘说，我看病历上写了，给你动手术的医生不是给你看病的那个，她估计是忘记看一眼你的病历了。

欸，我顿时觉得我还是幸运的，动手术不看病历，她倒是没把"偷针眼"手术弄错成眼球摘除手术，只是没有给对眼药膏而已。

弗兰肯斯坦如是说

　　圣诞节就在这样的一片混乱中到来了。朋友们轮流邀请我去他们家参加圣诞家宴，考究的人家都买回了圣诞树摆在房间里，早早亲手挂上了各种漂亮的装饰品。我们坐在圣诞树和壁炉边喝红酒聊天，壁炉的火光映着我一红一白两只眼球，和圣诞树上红白相间的装饰品相映成趣，平添了一种恶魔在人间的恐怖气氛。

　　酒过三巡，我去了一次洗手间，无意中看见镜子，刚刚忘却的郁闷再上心头，回到壁炉边，我就再次开始抱怨德国的医疗。席间有位新朋友是植物学家，在大学教书，他表达了强烈的反对意见。

　　他约莫 60 岁，快退休的年纪，看上去身材完美，精神矍铄，他声称他身体这么好主要有两个原因：一、他是素食主义者；二、德国的医疗真是太好了。而且第二点才是最重要的。就在他 20 出头攻读硕士学位的第二年，他被查出患了胃癌，被查出来的时候都转移了，特别严重，同学、导师、父母都觉得他可能救不回来了，可是德国的医生们为他制订了庞大的治疗计划，光完成这个计划就得好多年，一种治疗方案疗效不好，医生就制订下一个方案，他每天赶着预约各个诊所，排队，以及奔赴每个预约，忙得都忘记了癌症是会死人的这回事，不知不觉很多年过去了，他还活着。要我说，这就是德国的福利好，要是其他地方，谁能免费为你治疗这么多年呀？

为了证明此言非虚，他解开衬衣给我们看开刀留下的疤痕，这一看把我们都吓了一跳，他整个前胸和腹部趴着一道弯弯曲曲的巨大疤痕，那长度赶上解剖尸体的刀口长度了，从锁骨一直到小腹，缝得歪歪斜斜的巨大针脚像蜈蚣似的，非常显眼，这让植物学教授先生乍一看之下，俨然就是弗兰肯斯坦从小说里跑出来了。

我问他，这是动了几次手术呀？

他说，就一次。

我感觉我这问题是问错了，精确的问题应该是：这是麻醉了几次呀？至于全麻之后，医生在他身上动手术的次数，他是不会知道的。

我又问他，这是哪一年动的手术呀？

他说，就是 20 岁出头那时候。

这么多年了，疤痕还这么明显，真不知道当时医生是怎么把他当成机器大卸八块的。哎，心疼 10 秒钟。

心疼他过后，我觉得我不心疼自己了，真的。我觉得我的眼科手术做得很成功，至少等淤血散尽，红肿消退之后，我的刀疤在里面，别人看不见，照照镜子，我的脸还是完整一块，真不容易啊。

圣诞假期结束后，我又预约了一次眼科医生，主要是我的眼睛还红着呢。尼康大叔从花镜上瞟了一眼我的右眼，麻木不仁地说，没问题呀，你的眼睛是好的，过敏也好了。

我指着右眼，把眼珠子左右转了一圈给他看，您看这么红，整个眼睛都布满了红血丝，自从过敏开始就这样了，过敏好了也没退下去。他说，哎呀，红血丝是挺多的。我问，这可怎么办呢？

他回答了一句特别经典的话，他说："我可不是美容整形医生哟。"

我想起了弗兰肯斯坦。我深深点头，表示这话我理解，我太理解了。

话说我一向觉得中国人是特别有悟性的，其中数中国的医生最有悟性。

"我最近觉得膝盖疼得比去年厉害了哎，您给根治一下？"

"最近每天睡 6 小时就醒了，睡眠时间明显比以前短了，您给做个全面检查？"

"最近眼睛特别酸痛，看屏幕才一会儿就头昏眼花，我是不是得了眼癌？？"

我可以想象中国医生于那些时刻的表情：微笑不语。

有一位医生朋友回答过我类似的问题，他温柔地扬起嘴角，双手插在白大褂的口袋里，笃悠悠地对我说了四个字："生、老、病、死。"

医生不是神仙，我们凭什么要求他们能让人返老还童起死回生？但是德国的医生真的相信他们能治疗一切疾病，不管尝试多少次，用多少方法，只要病人还有心跳，就有再拆卸的可能性，就能把病给治好。

所以某种程度而言，身在德国的病人最有悟性，他们能不看病就不看病，因为看病带来的痛苦可能比不看病更大。他们做手术能全麻就不半麻，医生爱干吗干吗？他们不仅认识到自然环境、自身基因和年龄决定了生老病死，他们把医生的医疗水准也看作了生老病死的一部分，不论靠谱与否，反正是交给你了。

写作此文之时，我已经养成了每天户外运动的习惯，多运动，少生病。刚从户外跑步归来，初春天气，阴晴不定，下了一路的雪，我在自己的呼吸和步伐声中向前奔跑，听见雪花拍打在我羽绒服的帽子上、肩膀上，发出鼓点般动听的敲打声，树木新绿的枝头在雪中沙沙作响，野鸭翅膀拍打河水发出清脆的水声，啄木鸟神秘的独奏从丛林深处传来，雪扑面而来，在我的脸颊上轻轻融化，我的呼吸在淡绿的空气中化作雾气。

此刻，我在想，生病也并不是什么坏事，生病让我感觉到我还活着，活在一呼一吸间，生病就像是雨雪风霜，春夏秋冬，是时间与生命的一部分，读书、旅行、交朋友，都是了解世界与自己的路径，生病也是，这么有趣的经历，太健康的人是没机会感受的。

在一起

死亡游轮

2020 年 3 月，经过两个月的抗疫，新冠病毒肺炎在中国的传播已经逐渐得到了控制，而在欧洲，病毒正要开始全面暴发。被确诊的感染者以及病重不治的死者的统计数字每天呈几何级数上升，病毒已经抵达了任何一个偏僻的角落，每个人都无处可逃，政客们处于手忙脚乱之中，召开各种紧急会议，普罗大众不知道下一个小时会有什么新措施出台，都在等待，都在恐慌中，不知道哪一种方法才能求生。

该月，我正在德国北部小城参加文学项目，不幸因高血压住院，住在一所市郊的乡间医院里。据说前些天我们医院有一名病人开始有新冠肺炎的症状，发烧，呼吸困难，她被立刻转移到隔离病房，没有人能猜到她是谁，医生与护士们三缄其口，接着整个楼层被封锁起来，我与十几名陌生人被隔离在这里，听天由命。

日子过得分外宁静漫长。我们患有严重高血压的都是一些老人家，每天早睡早起，睡眠不长，时间特别多。

德国北部的冬季天气非常折磨人，雨雪不断，少有日光。此时到了3月下旬，总算等到了春天，从清晨开始，窗外就阳光明媚，万物生长，田野里开满了一种星星形状的蓝色野花。上周的时候，我还每天早晚两次到田野里散心，沿着河边长跑，摘点野雏菊和风信子回来养在花瓶里。其他病人则非常喜欢去附近老街道的咖啡馆坐着晒太阳，或者去本地的一个小资超市买点蔬菜沙拉与烟熏三文鱼回来，光靠医院的伙食会饿死人的。

从隔离的那一刻开始，日子瞬间倒转过来，我们不能再外出。除了吸烟的可以走出大门，站在门口抽完一支烟，任何人不得迈出大门。护士长是一名大胡子男士，总是愁眉紧锁的一张脸，这阵子的表情更是忧虑得有点脸色发青。我问他，我现在开始学抽烟还来得及吗？还能把我算进吸烟人口，放我出去在门口站着晒一会儿太阳吗？

我看到其他病人都黑着一张脸，我挺理解他们的心情，前一分钟这里还是医院，他们在医务人员热情的服务中一心盼着更加健康地活着，活得更长远，这一分钟这里就变成了封闭式的死亡抽签站，死亡率还真的说不好，德国的死亡率不高，但是这并不意味着持有德国身份证的就不太容易死呀，看意大利的死亡率，这一阵是治愈和死亡的对半，一比一，一死一活。

我觉得现在这个情形特别像是一些糟糕的商业电影的题材：一艘游轮在公海海域开始了死亡游戏，船上的乘客必须参加，两个人中间一个活着出去，就意味着另一个铁定会死。我从来没有想到过，这种拙劣的电影居然还会有现实版的。生活就是这么永远比虚构的作品更厉害——更动人，更残忍，更荒诞，更沉重，也可能更让人失望，更不值得经历，或者更三俗好笑。不过至少我们不用担心自己能不能被导演选中，我们这些已经莫名其妙出生在这个世界上的人全都在演员名单上，从配角到主角，大家都有轮上的时候，你爱上不上，不上也得上，反正由不得你，这一大把年纪只教会了我一件事，就是永远不要抱怨生活太平淡无聊，这不吉利，因为该精彩的时候你逃也逃不掉，你会宁愿生活越庸常越好，无奈精彩已经来临，就像现在。

据说我们还要隔离两周的时间，这是从和那名疑似新冠肺炎患者接触的时间算起的，两周之内，该发病的就发病了，轻症的运气好，熬过几周没准就能痊愈，但是谁也不知道什么时候轻症会忽然转化成重症，那就是抽签抽中了，这里就是人生终点，别想再走出这扇大门了，有什么没办完的事情也放下吧，等下辈子。

我们病房里的医生瞬间全都消失不见了，大家都害怕感染上新冠病毒，谁都不愿意继续给我们治疗高血压，他们这么决定也是合理的，如果我们都可能因新冠肺炎病发身亡，把高血压治好了又有什么意义呢？不如等一等，看谁能活下来再给谁治，这样使用医疗资源更科学不是吗？

而男女护士们不得不来照顾我们，给我们发药片，送一日三餐，晚上查房看看谁血压又高了，还能顺便给点日常用药对付我们的小病小痛，比如说我肩膀疼，他们给我上点药膏什么的。

我发现护士的排班变了，变得非常奇怪。护士数量从几个减少到一个，这个比较容易理解，人少感染的概率也小嘛。然后除了原本面熟的护士，来了很多陌生的护士，他们每天一个，轮流排班，估计是本着面对危险工作人人平等的原则，让每个病房的护士都轮转照料危险的病房和安全的病房，这样平等了是不错，大家感染上的概率都是均等的，但是，但是，但是这样不是会让更多的护士有可能感染上病毒，让病毒扩散出去了吗？医院这个安排，我真的是很服气的。

　　在我们病房被隔离之前，整个德国对抗新冠病毒的措施还没有全面开始，饭店和咖啡馆还是照常开门，绝大多数人还把新冠肺炎当成普通流感看待，最早街头有警察劝阻大家聚集的时候，有的人还挺不高兴的，在网上发表许多恶搞的牢骚。所以整个病房一分钟内进入恐怖气氛，我们还不太习惯。

　　我照例晚上在走廊里散步，跟护士聊天，我们聊得挺好的时候，护士妹子猛然间满脸惊恐，退后三步，甜甜地说："不好意思哈，保持距离，不然不安全噢。"我说，我只是高血压而已，而且是一个手无缚鸡之力的老太太，没有暴力倾向……

　　欧洲最主流的防止新冠病毒的举措之一就是，保持距离，距离两米，距离两米。每天刷 10 次以上微信朋友圈，连续两个月眼睛红肿地看遍了中国各种新冠疫情消息的每个人都知道，新冠病毒会通过"气溶胶传播"，两米距离就像是扮家家，不戴口罩，这个距离基本就是靠运气了。但是恐慌之下的欧洲，每个人都把"两米"当成金科玉律，"两米"让我们看见病毒变成了肉眼可见的事实，病毒无处不在，恐惧比病毒传播得更快。

本来我以为既然整个病房已经被判了"死缓"，病人彼此之间总不需要相互防备了吧。我们此前在一个客厅里吃饭，一个挨着一个坐着，聊天逗趣，一顿饭能慢吞吞地一起吃上个把小时。我们还坐在阳台上一起喝茶，面对面打牌，玩填字游戏，消磨上大半天。我们每两人一间房，晚上听着彼此的呼噜声入眠。这样还没有相互传染上，新冠病毒都要为自己的孱弱切腹自杀了。不过人类的心态就是这么好笑，没有人相信自己是被传染上的那一个。

在病房的走廊里行走变成了非常困难的一件事，因为走廊大约就是两米这么宽。以前看见有人走过来，侧身让一下是礼貌，即便毫不停留，也还有极大空间让另一个人从容通过，现在所有欧洲人对于距离的概念一下子改变了，好像每个人都忽然胖了300公斤一样，两米的距离意味着，但凡有人需要在走廊里走动，其他所有人都没法走出房门，因为整条走廊只容得下这一个人，要出来的人就打开房门，站在门口等着。要是远远看见一个人出现在走廊尽头，另一个人就会赶紧掉头避让，好像这不是两个人，而是两辆大卡车拐进了同一条小巷。

走廊里还常常出现这样的场景，两个人站在走廊里聊天，彼此相距两米，不久就会有第三个人参加，这第三个人并不参加说话，只是静静站在一边旁听，他站立的位置与这两个人的位置形成一个等边三角形。起先这两个热聊的人会以为第三个人很享受聆听，在聊天的同时经常侧过脸去对他露出友善的微笑，然后这第三个人过长时间的沉默让他们开始感觉有些异样，这时候他们才回过神来，原来这第三个人只是想走过去，但是他们俩这么站着，按照两米距离的标准，他是根本走不过去的，只有无奈地站着等，期待他们两个的聊天尽快结束。

几天后，护士开始推着小车，把药片和三餐都送进我们的房间里，这个意思就是，干脆在决出生死之前，你们都不要再走出房间了，不用到护士办公室领药片，不用到客厅用餐，这样大家彼此都更安全。这让我们感觉我们每个人都像是定时炸弹，尽管不知道谁是哑炮，医院希望把我们固定在各自的床铺上，等我们各自爆炸，这样一个炸响的时候不至于把别的也一起引爆了。

"祝您办事愉快"

　　我的病房有一扇面向花园的老式拱顶窗户，花园里有几株巨大的橡树，树干上盘绕着茂盛的寄生植物，树枝上停着肥胖的乌鸦，花圃间有许多雕塑，在阳光下望过去光影分明，像是群舞的神灵，在月光下望去则分外像是一片墓碑，整个花园像是阴沉的墓地。

　　我每天坐在窗前读里尔克的诗、保罗·策兰的诗和《格林童话》，这是我在新冠疫情暴发前从图书馆借阅的书籍和资料，这些天就要到期了，但是收到邮件，图书馆最近因为新冠疫情闭馆，借阅期限自动顺延，所以不必担心，我本来应该尽快见诸成果的《格林童话》研究也不必再着急，没人在这个时候催我。

　　对我而言，与自己相处的时间总是非常安详与丰富，从不会觉得无聊。大多数人可能并不是这样的，医院里的气氛渐渐变得有些焦躁，走廊里来回走动的脚步声越来越密集，有时候整个夜晚都能听到不同的脚步声，有时候还有人奔跑，有时候听到有人在夜里哭，有时候是忽然的大笑。

与我在同一间病房的是本地的一名中年妇女，有比她大21岁的丈夫和两个儿子，她总是满脸担忧的表情，容易神经紧张，但为人非常和善体贴。她慷慨地把房间里唯一的桌子让给我用，让我用桌子读书、码字、画画，她说反正她不看书，她只看电视，她还主动给我开灯，对她来说灯也没什么用处，她成天躺在床上，灯光只能让她神经紧张，但是有了灯光，我看书画画就更加轻松一点。

自从被隔离之后，大部分时间就是我和她在一个房间里面面相觑。她的逻辑是，但凡和另一个人在一个屋顶下，就是要不停地彼此说话，但是我好静，这个很难跟她解释，我知道大部分人会认为"好静"只是掩饰不友好情绪的一种借口，是冷战的意思，这可太要命了。我这才知道，为什么在欧洲许多国家的禁足令颁布之后，一些家庭原本好好的夫妇关系忽然变得极度紧张继而破裂，两个人近距离在一个空间里长期相处不容易啊，正如维特根斯坦曾经提及，每个人都有自己的语言和表达系统，对于任何人而言，其他人的表达系统都是一门外语。

我愿意跟我和善的室友解释这个问题，只是这样有可能演化成一场哲学的大讨论，在人之将死的时候，这或许非常重要，但对于两个陌生人来说实在太沉重了。所以我找了个借口，我跟她说，让我从早到晚不停地听德语和说德语真的很累，这跟用母语聊天不一样，您是随便聊聊，我这里可是在徒手为货轮搬运集装箱呢。您看，能不能行个方便，我们一天装卸货不超过两小时行不行呢？

她窝在床上，被子盖到胸口，不停地给丈夫和两个儿子轮流打电话，哭泣，间歇的时候下床打开洗脸盆的水龙头，洗脸，手里捏着毛巾重新坐回床边，表情呆滞，红肿着一张粉红色的脸，眼睛直愣愣地看着我，声音颤抖地说："我好害怕啊，我好害怕。这可怎么办呢？"

她非常不理解我坐在那里一看书就能看几小时，她觉得我的精神状态一定是糟透了，没准已经被新冠病毒洗脑了。我也非常不解她为什么要这么早就开始哀悼自己。到时候要是没死，这些伤心都是白费的，要是死了，等死了以后再让全家为她哭泣也来得及。这样哭两个星期，没准比病毒对人体的伤害还要大。

难得她状态好一点，我就劝她去看电视，休闲活动室里有台大电视，她最喜欢抱着枕头和毯子坐在大沙发里看彩色屏幕，屏幕能让她暂时忘记一切烦恼，广告、电视剧、体育比赛，她完全不挑，什么都看，房间就留给了我一个人，阿弥陀佛。

隔壁房间的老爷爷凑巧落单，一个人一间房，他大约是无聊得快疯了，只要听见我开门的声音，他就立刻开门出来跟我说话。"您去哪儿呢？干什么去呀？"他问。我尴尬地琢磨应该怎么回答。他又热情地追问："您这是去遛弯吗？我们现在都不可以出去啦。您是打算去大门口看看花园呢，还是打算去客厅沏一杯茶呀？……"我觉得有必要阻止他不停地继续问下去，就无奈地说了实话："我去洗手间。"他非常高兴地回应道："很好很好，祝您办事愉快。"非常正式的问候与祝福语，真的无可挑剔，好吧，我说，谢谢您哈。

等我从洗手间出来，看见他还站在那里呢，他和蔼地再次正式问候我："一切都进行得愉快吗？诸事如意吧？"是的，上厕所挺顺利的，我只能再次回答道："谢谢您哈，确实进行得挺愉快的。""那您现在这是去哪里呢？去看电视还是出去遛弯呢？"他再次热情地问。我说我就是回房间。"回房间干什么呀？又看书吗？还是画画呢？还是用电脑码字呢？您那个电脑是苹果的吧？我见过，苹果电脑比安卓的系统强吧？"我说嗯呐，两种系统都挺好的，主要看哪种用着习惯吧。关键是，老爷爷的这些问题是每天重复问的，我回答多少遍都没用，他下一次还是问一样的问题，仿佛这是世界上从没有被彻底解答的问题一样。

"那祝您码字愉快。"老爷爷说。我正要关上门，他又走近一步问："您这是打算进房间做些什么呢？看书还是画画呢？还是用你的电脑码字呢？苹果电脑的系统不错是吧？"我说嗯呐，两种系统都不错，我打算先画一会儿画。

其实这一阵子，我走出房门的唯一目的就是去洗手间或者淋浴，一天五六次，老爷爷耐心沉稳，不以物喜不以己悲，每次他都出现，每次都这么问候我一遍，有如禅问，我觉得他这性格其实真不应该得高血压。

"第三次世界大战"期间的通信热浪

　　自从我们的病房被隔离之后，欧洲大部分国家主要的城市、州，甚至整个国家都开始陆续全面封锁，边境不允许出入，除重要理由的出差外，所有人的旅行一律取消，刚旅行归来的人都要自我隔离 14 天才可以出门，去超市。公共场所几乎全部关闭，包括电影院、歌剧院、教堂、商场、咖啡馆、餐厅，等等，只剩超市。所有国际研讨会推迟、所有文学朗读会推迟，所有学校提早放假一直到复活节之后，那是整整一个月，复活节之后则考虑以网络授课代替学生在课堂的大规模会面。不允许探亲访友，不允许社交活动以及各种会面，许多国家除了医生等不得不外出上班的职业，其他一律改作网上作业。德国这个把工作看作人生唯一意义的国家有所不同，该上班的还得上班，除了上班，一律不得外出和与其他人会面，这可真是拼了命在工作啊，有工作的成人们此刻每人都是一肚子辛酸泪。

我看到手机信号上的字母都变了，原本是德国电信公司的名字，现在改成了"在家待着吧！"，我买了两次额外流量之后，电信公司好像意识到了我没有宽带，系统自动提示，鉴于疫情封锁，所以免费送我 5 个 G 的流量，勉励我好好在房间里待着享受网络社交，别因为流量不够太寂寞了就出门给社会添乱。

我觉得新冠疫情蔓延这段时间的某种气氛和西方的圣诞节、中国的春节有所相似，在这段正常生活之外奇怪的间隙里，我们问候遍了平时没空联系的亲朋好友，您好吗？一切平安？您还活着吗？中国今年的春节和新冠疫情重叠了，从某种程度而言倒是二合一了，省下一次全套往复问候的时间。

在这德国市郊我等死的病房里，除了宁静的读书时间，另一部分时间感觉非常诡异。我从来没有这么频繁地收到欧洲各国朋友们的短信和邮件，傍晚时分，我经常戴着耳机和他们轮流通话，交换疫情在各国的新情况，讨论政客们的新观点，手指在手机屏幕上敲打个没完，看信息看得眼睛都快瞎了，这让我的病房感觉上宛如一个"第三次世界大战时期"的电报信息工作站。

欧洲是个人为因素导致通信十分落后的地区，大家都不喜欢对着手机和电脑屏幕，更喜欢去花园里种草、挖泥巴，去森林里采蘑菇什么的，所以有时候一条短信回复都要等十天半个月，相比之下，中国朋友们的彼此通信简直具有金融行业服务热线的精神，这种即时回复，两人凑在各自的手机前用微信聊半小时什么的，在欧洲简直难以想象。但是自从新冠病毒到来之后，欧洲人民的通信工具像中了病毒一样，每天从早到晚短信不断，彼此问候不厌其烦，各种回复迅速，让人怀疑网速升级了一万倍，大家这心态就好像如果不赶紧回复人家，下一分钟那个人就感染病毒被送去重症监护室再也收不到短信了，或者就是自己感染病毒被医院隔离了，病毒不等人啊。

很多朋友每周定时问我一次，你好吗？我感觉这简直就是人际关系最返璞归真的时期了，"你好吗"这个问题确实是需要每周定时问一次的，每周你都可能"好"或者"不好"，对朋友彼此而言，这是最重要的信息，而不是哪年出了一本新书，或者得了一个奖，才等到彼此有必要理由沟通一下信息的时候。

爱尔兰诗人咳嗽发烧了

我在爱尔兰的老朋友帕特对于新冠疫情一直本着极端悲观的态度，他是一个伤感的诗人，他认为不久的将来，欧洲每个人都会得一次新冠肺炎。既然他是这么认为的，可以想见，他是怀着自己也必然要得一次新冠肺炎的悲壮心情在生活着。我们彼此问候了没多久之后，果不其然，他就告诉我，他可能是已经得上新冠肺炎了。他有呼吸道感染的症状，并且低烧，咳嗽，呼吸困难，周身发冷，他说他正等着验血呢。

我说还等什么验血呀，赶紧直接去医院吧，万一忽然变成重症也能及时用上呼吸机呀。他坚持说，他必须等验血，万一不是呢，去医院不是铁定感染上新冠病毒了？我说也好也好，阿弥陀佛，但愿验血结果出来不是新冠肺炎。他立刻回复道，"非也非也，我最大的愿望就是化验出来的结果是新冠肺炎！"我问，这是为什么呀？他说他现在是很轻的症状，咳嗽不严重，发烧也不高，他盼着这就是新冠肺炎，这就意味着他已经过关了，以后再不用担心会得上新冠肺炎，更不用担心会死在新冠病毒感染的这件倒霉事情上了。

新冠疫情就像是一个任性的全民大筛选，不论年龄，不论抵抗力，每个人都有死掉的可能性，如果不是死亡率比较高，全球也不至于会这么恐慌。每年冬天欧洲都有流感横行，都有好些人转成肺炎，都会死一些人，记得小时候学英语学到"死于感冒"这个表达，当时特别不理解，怎么感冒还会死人呢？但是现在的新冠病毒可怕多了。

帕特想要得上新冠肺炎的心情我是理解的，想想如果新冠病毒只传播两个月就能被控制住，大家就能恢复正常生活，那么熬一熬，两个月小心度日也就罢了，要是根本停不下来，半年、一年、两年，那么每天必须提心吊胆地过日子……

不过，得了一次新冠肺炎之后，是不是能保证以后就不会再次被传染上？感染了新冠病毒究竟在治愈后会留有什么后患，比如复发啊，后遗症啊，转化成其他病毒啊，谁也不能保证说他知道。我对帕特说，当然还是化验出来不是新冠肺炎更好啊！

我们的讨论还没有结果，帕特就没消息了。不管怎么给他发短信和邮件，他都没回复，这真的挺吓人的。我不得不发了短信、邮件给所有认识他的人，发动大家一起找他，所有人都告诉我，他没回复。我想这下完了，这位大叔年纪也不小了，估计是忽然转成了重症，一个人躺在家里一口气没能喘上来……爱尔兰吧，农业国家的节奏，也不知道有没有救护车这回事，科克不是都柏林，这么个住满了诗人和小说家的小城，也不知道医院靠谱不靠谱。总而言之，估计帕特已经没救了。

好几天了还是没他的消息，我在病房里分外消沉，连护士都感觉到我的悲伤，主动来问我是不是已经感觉自己发病了，需不需要纸和笔写一点信件留给家人朋友什么的？我说我早就用手机和电脑写好了，借用一下护士办公室的打印机行不行？

我决定为帕特写点什么纪念一下他，回想起许多他最后跟我说的话，深深觉得作为一名诗人，他对于新冠病毒的看法并不天马行空，而是非常务实理性并且有独到的见解，足以与政客对话。他认为，新冠病毒最大的问题就在于死亡率既不是特别高，也不是特别低，这就让欧洲的政客们举棋不定了很久，并且造成了很多决策的失误。

一开始不少国家的政客认为，死亡率不是特别高，意味着如果任由其自然发展，也不过是更糟糕一点的流感，不会对社会民生造成很大影响，如果立刻紧张兮兮地效仿亚洲，采取措施关停一切，反而很可能会对社会民生造成很大的负面影响，严重损害经济发展，造成大规模失业乃至企业破产，付出这么大的代价，只是为了避免一小部分人的死亡，或者说，为了与流感相比而言很小的死亡率差别，政客们担忧，这样的决策可能反而会引起更多人的不满。在欧洲做政客不容易，必须尽量讨好大多数人，动不动就会被人骂，赶明儿人家不高兴不选你了，立刻就彻底下班了。

因此不少国家犹豫了足够久的时间，直到感染人数不断攀升，重症病人过多，医院终于无力容纳这么多病患，从而造成越来越多的重症病人无法得到救治而死亡，死亡人数飞快增加，政客们这才紧张了，然而这个时候再采取措施，丧失了先机，疫情已经很难在短时间内控制了。

帕特认为他们爱尔兰的病毒防御绝对算是做得好的，虽然有不少人感染了，但是死亡率很低。"大英帝国的死亡率是爱尔兰的 10 倍呢！我看他们殡葬行业都忙不过来了。"帕特总是以讥讽的态度评论英国的一切。帕特那时候告诉我，刚开始的时候，英国的首相鲍里斯本来是打算让英国所有人尽快都感染上新冠肺炎，然后就可以比欧洲其他国家更早地度过发病最严重的时期，等所有人都痊愈了，或者没能顺利痊愈的那个比例的人与此同时也都进了棺材，盖上棺材板了，那么也就不会再有新增病例了，英国将成为最早克服新冠病毒的欧洲国家，经济发展就会走在最前面。

但是鲍里斯没有料到新冠病毒比想象中威力大多了，医院根本顶不住，大多数人死于医院人手不够。英国的医疗系统真是糟透了，NHS 不是什么 National Health Service（国民卫生服务体系），那应该是 No Hope Service 的缩写，"看不到希望的服务"，效率低下，医生没经验，就算是没有新冠疫情的时候，病人也都是在医院等死而已。现在死了这么多人，鲍里斯终于没法淡定了吧？德国学着你们中国决定全面封锁关停的这些天，英国跟着也宣布全境封锁、全民禁足了，现在再封锁还有什么用？晚啦，全传播开来了，我看伦敦现在应该是八成以上的人都感染了，他们自己还不知道呢。

我理解帕特这个爱尔兰人骨子里对英国的讨厌，所以他的私房八卦也许并不足为信，不过我觉得这才应该是我记录欧洲疫情实况的正确方式，我没打算翻译这个月以来的每日官方信息，更没打算将这些个人的言论对应新闻进行核实。所谓官方发布的权威消息、知名媒体的新闻头条，那都是为历史书而写的，那是少数大人物的人生与世界，而我们这些作者写的所谓文学，那是沙砾般难以计数的小人物的人生与故事。历史与文学，究竟哪个描摹出来的世界更真实，这还真的不好说。

新西兰作家被困伦敦

　　我有两位来自新西兰奥克兰的朋友此时正在伦敦，她们俩是一对，一个是作家，一个是教师。去年圣诞节前夕，她们合计着腾出了 3 个月的假期，飞去伦敦打算度个长假，那位教师有英国国籍，在伦敦还有些朋友，她们就住在朋友家里，每天去博物馆、音乐会、画展，或者去郊外远足。接着就遇到了新冠疫情暴发，彻底被滞留在伦敦了。

　　她们发短信给我，问我怎么样，德国安全吗？我问她们，伦敦安全吗？

　　英国这些天总是占着欧洲新闻的头条，查尔斯王子的检查结果为阳性，这个新闻不知道为什么让大多数人觉得非常喜感，几乎是当作笑话在谈论，这种气氛真让人觉得有点对不起这位老王子。老王子有轻度呼吸道感染症状，轻度发烧，医院肯定是尽其所能在治疗他，所以看起来不可能有任何危险。

接着鲍里斯也得了新冠肺炎，大家又八卦着议论说，这位嚷嚷着要大家实现"群体免疫"的英国新任首相和保守党领袖终于自食其果，先把自己给"免疫"了。这哥们宣称他也不过是轻度症状，完全不需要担心，照常工作，一点问题都没有，过了些日子，他呼吸困难给送进医院的重症监护室，出来之后他还是各种嘴硬，表示他虽然进了重症监护室，但是并没有吸氧，不需要吸氧，我身体好着呢，新冠病毒不算个啥，俨然新冠病毒代言人似的。

我伦敦的两位朋友说，新冠病毒这会儿在伦敦俨然是个绅士名媛、上流社会的代名词，像她们这样的小老百姓根本连感染上的机会都没有，这病毒基本就在社会名流的社交圈里相互传染着呢，如果你自恃是个知名人士，你要是没得上新冠肺炎，都不好意思上"脸书"发帖子。

所以说嘛，很多小明星都争着在"脸书"上炫耀自己"貌似"有了一些症状，诸如发冷低烧啊，感觉特别疲惫啊，周身无力以及背疼啊，有点咳嗽，有点嗓子疼，还有什么失去了味觉和嗅觉啊，发明出很多新症状，接着就可以顺便加一句，都是前一阵在伦敦会见朋友的时候不太注意，虽然勤快洗手了，可是老朋友见面，戴口罩总是不合适吧，又是一下子见了这么多朋友，这言下之意就是，人家成天活动在英国皇室和名流政要的圈子里，而且和他们的关系都亲热着呢。

至于这些小明星究竟是不是真的得上了新冠肺炎呢，大多数人自然表示自己没有去医院检查，检查反而增加了感染的风

手工口罩

　　欧洲好些人并不讲求口罩的专业性（医院医生佩戴的口罩除外），老百姓们偏爱手工口罩。一方面是疫情初期市场上并没有现成的专业口罩出售，另一方面是手工口罩看上去比专业口罩美好，更像是日常生活的一部分。

险，所以就在自己的乡间别墅休养咯，必须有公德心，自我隔离 14 天以上，不把可能的风险传递给别人。这么一来，格调又上升了。

放眼望去，这一阵子大部分国家的名流政要之中，不幸中招的还真不少，比如加拿大的总理夫人和西班牙的首相夫人，伊朗政界是个重灾区，死亡率高得吓人，意大利和西班牙作为被新冠病毒彻底攻陷的两个欧洲国家，他们的政客高层得上新冠肺炎的都可以列出一张长名单，还有新西兰的国会议员，澳大利亚的内政部长，波兰武装部队总司令，瑞典央行副行长，法国文化部长以及多名政要，美国影星汤姆·汉克斯和他的夫人，NBA 也多人中招，到后来这些都轮不到上新闻了，太多了。

别看那两位身陷伦敦的朋友拿这些情况当八卦讲，其实她们也是紧张得不得了，一次旅行凑巧遇上伦敦封城，英国全国封锁，她们想回新西兰也回不了，航班都被取消了，再说坐飞机也有风险不是。她们就只能窝在朋友家里，不出门不见人，大气也不敢出，每天只能上网刷刷"脸书"，静候危险过去。

虽然她们中间有一个在英国有健康保险，然而，她们担心在用上健康保险之前，可能英国的医疗保险系统早就彻底崩溃了，非但没有足够资金，连活着的医生也不多了。哎，还真不能多想"然而"，没法推测的事情还是不要去推测，少思考多吃饭，听天由命吧。

我听着她们的抱怨无奈地笑，回想一两周前，也许她们想要逃回新西兰还有机会，那时候好多中国留学生都赶着飞回去了，现在中国已经是相比之下最安全的地方了，所有外国朋友都在问我，中国现在是真的把新冠疫情给控制住了吗？真的有这个可能吗？是怎么控制住的？大概用了多久呀？中国的现状成了他们美好的憧憬和唯一可以看见的有希望的前景。

谁此时单身，就永远单身

　　早在两周前，我在新西兰的朋友给我发微信，问我要不要返回新西兰躲一躲。去年秋天我是在新西兰参加完文学项目才来到德国的。新西兰在两周前还没有新冠肺炎病例，转眼间，就在几天前，新西兰也宣布全面封锁，百业暂停。

　　我问新西兰的朋友，你们那边怎么样了？新西兰的华人正如世界各地的华人一样，一贯比较爱惜生命，谨慎小心，不像外国人那样不爱戴口罩，他们总是不顾旁人的眼光坚持戴口罩，所以目前并没有人得上新冠肺炎，经济损失是没有办法的，好在华人也都不像外国人那么想得开，这个月上班赚的钱都是为了这个月花的，华人都特别爱存钱，有的甚至都存钱存得足够活几辈子了，所以他们在家里蹲着，日子也过得好好的，除了心疼钱，其实也没什么可担忧的。

　　我在奥克兰的当地朋友并不戴口罩，他们只是严格遵守规定，保持与别人两米以上的距离，除了去超市和户外运动，不再出门，不会见任何朋友以及不住在一起的家人。新西兰目前是1000个确诊病例，但是我理解新西兰人的心态，他们认为新西兰这个地方是地球上最后一片净土，很多世界地图都会一不小心忘记把新西兰给画上，所以有时候新西兰人很郁闷，觉得自己被世界遗忘了，连英国也遗忘了他们，有时候他们则觉得自己根本不是地球人，这片土地也不属于地球，所以他们对于地球上各种病毒、细菌和有害动植物以及种子等都神经敏感得不得了，新冠肺炎确诊患者才几百的时候，人家就十分警觉，一上来就把整个国家给封锁了。

此前新西兰流行着麻疹，但凡查询新西兰新闻和旅游信息，都立刻显示新西兰正在流行着在很多地方绝迹已久的麻疹，得了会死人的，所以请大家打完疫苗再来新西兰，以免中招哦。新西兰人也对麻疹紧张得不得了，人人可以获得免费打疫苗的服务。我的朋友，奥克兰大学的教授大叔有个波兰女朋友，他还特地送女朋友去验血，检查是否有麻疹抗体，他们都是经过了这个程序之后才决定打不打疫苗的，试想这套程序面向全体国民以及外国访客，这该是医疗系统多大的一笔开销呀。直到我离开时，他们才告诉我，其实麻疹患者在整个国家不过700多例，能遇上也算是抽中彩票了。

奥克兰大学的教授大叔正和女朋友在家闭关，他说这是写作的好时候呀，两耳不闻窗外事，就当没这回事呗。话是这么说，他也觉得如果疫情总没有一个消停的时候，再持续一段时间恐怕各行各业都会开始出问题。

他还顺便发了一份狗粮，他说在这个波兰女朋友搬进他的房子前，他可是离婚单身了很长的一段时间，要说这个时候有两个人吧，就当度蜜月好了，要是还是单身就惨了，一个人非闷出病来不可。要是年轻的单身者就更惨了，那可是要冒着生命危险出去恋爱了。如果能在新冠疫情期间陷入爱河的，那铁定是真爱了。

我曾经在新西兰文学中心住的那栋房子里现在住着个英国作家，来自伦敦。中心主任告诉我，她现在每天还必须得上班，因为文学中心这栋房子还是开着的，开着的原因是房子里住着的英国作家项目日程已结束，但是这姑娘回不了家了，只能继续住下去，也不知道要住到哪一天才算完。

我问，这是为什么呀？伦敦疫情严重，新西兰几乎是没有什么问题，从疫情轻的地方回到重的地方还不行吗？主任说，倒不是不行，就是压根没航班，新西兰没有飞机愿意飞去伦敦，我们要怎么办？买船票让这姑娘坐船回去吗，还是坐火车，坐汽车？从南半球到北半球……

这特别像一场全球的全民游戏：大家正在照常走来走去，忽然听到一声哨音，每个人立刻停步，停在原地，然后没有人知道下一次哨声什么时候会响起，大家都被卡在这个临时落脚的地方，就像我，陷落在这个死亡病房里，和一名不理解为什么房间里需要一张桌子的德国妇女住在一起，不知道这究竟会是我生命的尽头，还是另一个起点——引领我通往外面整个欧洲更荒诞的生活中。

那些天传来消息，意大利的感染人数都超过十万了，意大利整个国家才几千万人口，请粗略想象一下，在这样的数量中有十几万的感染者是什么规模？而死亡人数已经超过了一万，有一天，单日死亡人数就超过了一千。

我在意大利有不少朋友，而且大部分都住在意大利北部，该国新冠疫情最严重的地区附近。我问他们，你们都还活着吗？他们都飞快地回复了我的问候，活着，但是跟死了也差不多，成天只能猫在家里，连出门散步都不敢，更别提运动了，肚腩都大了，跟老鼠一样躲在洞里求活命。成天就靠趴在网络上得到一些消息，跟朋友聊聊天，运动不够晚上睡不着，基本就是 24 小时在线，回复能不快吗？

那么外面现在是什么样子呢？作家姑娘们胆小，她们很久没出门了，根本不知道外面是什么样子。有个画家大叔年纪挺大了，估计是不那么怕死吧，他说他刚去超市采购了一次蔬菜，外面总的来说，就是所有活着的人也都跟死了差不多，恐慌，恐慌控制了所有人的表情和动作，远远看去都好像丧尸一样，现在不戴口罩和手套都不让踏进超市，没有戴，就请打道回府，全副武装进超市，还是见了人就躲得远远的，都不敢寒暄……

大叔正抱怨着，我打断了他，我惊讶地问，欧洲人民不是从来不愿意戴口罩的吗？现在你们居然全民戴口罩、手套了吗？我简直无法想象那个画面，意大利的街道上人人都戴上了口罩。我所认识的每个人此前都用极为讥诮的言语谈论戴口罩这个行为，比如：哎呀，我只在亚洲旅行的时候看到过有人走在街上戴口罩，真的非常有异国风情噢！似乎戴口罩这种行为就是亚洲人在烈日下打伞一样，是一种他们无法理解的文化。可是到了想要活命的时候，别说戴口罩了，我觉得如果告诉他们，出太阳打伞可以防新冠病毒，他们一定也会照办的。

我对画家大叔说，意大利这么多朋友，我觉得您心态最好了，照样经常出门买蔬菜吃，美食当前，对病毒泰然自若，视死如归。大叔说，我觉得我身体这么好，跟那些体弱多病的不一样，我就算得上新冠肺炎也没事，不吃蔬菜反而影响抵抗力不是吗？嗯哼，原来是觉得病死这回事轮不到自己呀。大叔今年70多了，我觉得他这么自信真难得，我都替他捏把汗。

帮我做德语翻译的朋友在慕尼黑大学工作，家在意大利北部小城，先前意大利全国封锁的时候，她刚好在慕尼黑，就回不去了。她的父母还在那个小城里。我问她那个小城有没有新冠肺炎病例，她说当然有啦，现在哪里没有新冠病毒呢？只是比米兰那边要好多了。

就在她父母住着的那栋楼里，有一家人的检查结果呈阳性，那家人马上被带走隔离了，整栋楼人人自危，但是目前还好，没有更多人发烧。新冠病毒距离自己这么近，想想都吓人。她在慕尼黑，她的两个小孩在慕尼黑靠她照料，她的男朋友也被困在了慕尼黑，他爸是澳大利亚人，他本来最近要回澳大利亚处理一些事情，现在走不了了。我说那挺好的啊，非常时期，孩子没法上学，他可以帮你带孩子。

她的回复气呼呼的：他呀！他说他是澳大利亚籍的，他不知道他的身份在这里能不能享受医疗保险，所以每次该去超市采购的时候，他都让我一个人去，因为我有医疗保险，他就把得新冠肺炎的机会留给我了！

真是新冠疫情时期见人心。我说咱们不急，先留着他在家打打杂，等新冠疫情一过去，咱们就让他滚蛋，最好是暴打一顿再扔出去。

又是眨眼的工夫，意大利感染的人数就超过了 12 万，死亡人数超过 1.5 万，治愈两万。西班牙的形势已经比意大利更严峻，感染人数超过 13 万，死亡人数 1.2 万。死亡比例高的主要原因是医疗资源不够。这个话题在每日新闻中展开了各种讨论，各种专家发表见解，医生与政客们都充满了担忧。

最后一块巧克力

我觉得德国的医生和政客们是悲观主义的，他们认为德国即将面临相同的状况，届时该如何抉择？他们不但需要给医护人员做好心理建设，更重要的是在这种状况发生前，尽快制定出一个决策机制，例如由几名权威医生共同决定以保证最公允客观。德国是一个信奉各种规定流程与手续的国家，著名的官僚主义，有时候有点像卡夫卡的小说，有时候挺烦人，但是大部分时候居然还挺靠谱管用，除了效率真的有点低。

德国医院一方面在琢磨着怎么制定一个最靠谱的制度来面对这种伦理困境，另一方面又接收了来自意大利、法国的一批批重危新冠肺炎病人，在自己这边还没忙过来之前，先帮着别家救命。

想当年欧洲接收难民造成严重的难民问题，很多欧洲国家都不干了，德国总理默克尔那时候也是相当头疼，但是她说："我们能搞定的。"这句话后来总是被我的德国朋友们用来鼓励人。别看他们大多数人从头到脚都严肃无趣，心地还是相当好的，没得说。

我觉得德国当初是行动得有点慢，一开始只有七八个确诊病例，都在慕尼黑那边隔离着，大家都觉得已经是铜墙铁壁，没事了。如果那时候就足够谨慎，取消了嘉年华的庆祝活动，没准整个德国至今依然固若金汤，但是几天里数个城市的嘉年华庆祝活动让新冠疫情忽然就蔓延开来，每天的新增病例在短短一周内从几十、几百瞬间上升到数千，这下就再也挡不住了。

但是政客们也很为难，如果那时候真的取消了嘉年华的庆祝活动，老百姓们怨声载道，正如有的国家如果提早关闭公众场所，造成各种经济损失，没有人知道如果不采取这些措施会造成什么样的后果，肯定会有很多人质疑就算是不行动，病毒也未必会传播开来，那么谁来为这些怨言和损失负责？

关于德国死亡率低的情况，也有很多相关的调查声称，这并不只是医疗的成果，意大利的感染者以老年人为主，而德国的传入病例是来自奥地利地区滑雪场的壮年运动者，德国是小家庭模式，年轻人结婚之后一般不和父母住在一起，和意大利的大家庭模式不同，所以新冠肺炎在壮年运动者的社交圈里传播，并没有传染给年龄大的人群，这才是德国新冠肺炎感染者死亡率低的主要原因。

接着传来消息，就在距离我们医院不远的地方，有一家养老院，新冠病毒不知从什么途径在那家养老院蔓延开来了。养老院里，老人们的起居都在一起，这就意味着几乎将会是全员感染，这是非常可怕的，当地正在调查这次病毒的传播途径，将会给出一个报告。专家们认为，这么一来，德国新冠肺炎的死亡率数据就不可能再保持得这么低了。

至于德国的医疗究竟是不是靠谱，我初来乍到，还没有太多发言权。自从我们病房被隔离的消息公布之后，我并没有告诉家人和朋友，所以也只有本地的朋友才知道，他们有的感慨我运气真坏，为我难过，有的却认为这未尝不是最好的情形，不久的将来德国肯定会面临医疗资源紧缺的状况，那时候就算有了新冠肺炎症状也未必能轮到检测，现在我恰巧住在医院里，如果真的得上了新冠肺炎，无论症状多轻，我都会得到最及时的检测，无论症状多重，随时就有医疗人员和设备救治，就这么把新冠病毒这一关给过了，无疑是最好的安排。这话就跟当年我妈对我说的，你早点把孩子给生了，早晚都得过这一关，越年轻越好。

我还记得我高血压入院的前两周，短短 14 天，护士就给我发药发错了 5 回，有时候是在医生根本没有换药的情况下，我每天吃药都不得不戴上花镜，仔细观察药片的颜色和形状，每次我坚持表示不对劲，他们才回到护士办公室翻开本子查，一查查半天，然后发现是真的错了，再给换回来。话说我只希望如果我得了新冠肺炎，不管发烧发得多高，我的眼睛和大脑都必须争气地保持清晰和清醒，这样才能知道他们有没有给错药。我就这么点卑微的要求，既来之则安之，我也不在乎其医疗水平的优劣高低了，真的。

病房的隔离已经进入了第 10 天，所有人都怀着一种将要病发身亡的心情，用当时一名值班护士的话来说就是，你们千万别没事琢磨自己的身体感觉怎么样，无论谁要是这么使劲琢磨，从头到脚都会有很多感觉不对劲的地方。

说实话，我真的感觉到鼻塞、头疼，这可能是感染新冠肺炎的先兆，当然也可能是病房的暖气导致空气过于干燥，我有点鼻炎的症状。我是打算去让护士写个报告给医生的，不过当我看到大家都史无前例地站在护士办公室门口排队的时候，我觉得这可能就是神经过敏而已。

隔离最大的问题有两个：一个是不能迈出大门，这就得不到足够的运动量，从而导致情绪低落；第二个问题更实际，不能出门，就意味着不能去超市和熟食店买吃的，医院的伙食实在是令人发指，晚餐和早餐一个样，冷餐——几片面包、几块黄油和一条酸黄瓜，午餐总算是热的，但是肉肠出现的比例实在太高，让人头疼，每到周六还经常用烟熏肉肠煮汤，那味道真是一言难尽，很难确定是不是烧煳的铁锅暴晒一周之后的刷锅水，连德国人都表示他们不认识这道餐点是什么玩意儿。

肚子饿是个大问题，血糖低了血压也未必会低不是吗？真不知道食堂是怎么个思路。我们病房有个年轻姑娘，还在念大学，不知怎么的居然高血压了，估计是遗传，她这个年纪比我们这些老人家更需要食物，这个我们都可以理解，但是她有个奇怪的习惯，每到用餐的时间，写着每个人名字的餐盘都摆出来的时候，她会在所有的桌子之间走来走去，打开每个餐盘的盖子看一看，用叉子或调羹吃两口再盖上。

并不是每个人都及时在用餐时间出来吃饭的，有的人会迟10分钟到半小时，而第一时间等着开饭的人就会看见这姑娘的"习惯"，这姑娘也完全不避人，从从容容地把迟到者的餐盘都看个遍，也吃个遍，最后才坐到自己的座位上吃自己的那一份。

我们看到的人都觉得挺尴尬的，应不应该提醒那些晚到的人下次早点出来吃饭呢？尤其是在新冠疫情抵达欧洲之后，应不应该告诉护士，这其实是个挺危险的行为呢？现在所有人都被隔离了，应不应该告诉大家，其实就别在乎距离两米那回事了，就这姑娘每天在每个人的盘子里吃几口，该传染的病毒早就负责地进入每个人的身体了。

这天下午，当所有人都站在护士办公室门口排队的时候，我看见这姑娘去了厨房，翻腾了大半天的冰箱，一无所获，她一脸绝望地贴着墙根走回来，声音虚弱地问我说，你还有巧克力吗？我叹息说，我也是昨天晚上刚吃完最后一块，就在你去厨房前，我刚去冰箱里找果酱块来着，我也觉得血糖太低了。

我觉得走廊里此刻所有站着的人应该都和我们一样血糖偏低，我们的对话引起了一阵嘟嘟囔囔的小声抱怨。总在房间门口向我问好的老爷爷忽然间离开了排队的长龙，一声不吭地走回他自己的房间，过了一小会儿，他攥着一块巧克力出来了，对我们说，这是我最后一块巧克力了，给你们吃。

我接过巧克力给了这姑娘，说，你饿你吃了吧。这姑娘捏着巧克力，看看我，又看看老爷爷，最后说，我们一起吃吧。她撕开糖纸，眼神留恋地瞪着巧克力，但还是掰开成3份，递给我们，我把我的那份又掰开了，分给走廊里的其他人。我觉得当时的场面极其悲壮，每个人都一声不吭地接过小份巧克力，放进嘴里，表情肃穆，这或许就是我们大多数人生命中最后一口巧克力了？

到了晚餐时候，在极其令人失望的面包食谱撤下去之后，又有人拿出了自己的最后一块巧克力，掰成小块分给我们。我们坐在夕阳西下的阳台上，花园里的雕塑在越来越长的日影之上再次变得宛如林立的墓碑，最后一点巧克力在舌头上化开来，那种甜转瞬即逝，有如这种并不怎么了不起的新冠病毒的威胁下更脆弱的人类生命。然后大家该给家人打电话的打电话，该查阅新冠疫情最新消息的看手机，我们就这么无声地在落日余晖中散开去。

病房之外的德国，默克尔宣布，这是第二次世界大战以来德国面临的最大挑战。这句话说出口没多久，她就被怀疑感染了新冠肺炎，自我隔离两周，并且接受了新冠病毒检测。起因据说是她去找医生打疫苗——不是新冠疫苗，新冠疫苗还没研发出来呢，她是去打流感疫苗，估计是琢磨着只要不感冒咳嗽，新冠病毒就比较不容易上身吧。没想到不久后，这名医生的新冠病毒检测呈阳性，这相当于默克尔也有很大可能性已经感染。

此后的几周时间里，默克尔总共做了3次新冠病毒检测，3次都显示阴性，她这才算是彻底放心了，解除自我隔离。在此期间，德国各州陆续颁布了最严格的社交禁令，像是北威州政府还制定了罚款标准，诸如：非家庭成员2人以上在公共场所聚集，每人罚款200欧元；一起野餐，每人250欧；组织集体的体育活动，罚款1000欧；可以去餐厅叫外卖，但是如果拿了外卖之后在距离餐厅不到50米的地方开吃，罚款200欧。这还都是针对个人的，对于企业罚款更重，偷偷开业什么的，罚款5000欧到25000欧。

"后新冠时代"会面临文明的倒退吗？

　　欧洲大多数国家此时也都颁布了禁足令。挪威的朋友发来一个奥斯陆的短纪录片，说的是两名书店的经营者在禁足时期给大家送书的事情。

　　因为书店和图书馆也都关闭了，很多人觉得这不合理，为什么超市和日用品商店还是开着的，为什么护手霜、洁面乳、面霜可以算作是生活必需品保证供应，书却不能算是必需品呢？大多数人都是每天不一定用护手霜，但是每天必须看一会儿书的呀。再说现在大家都闲在家里，不能串门，不能上街会朋友，看书难道不是最迫切的需求吗？难道要强迫所有人每天都看某些足以降低智商的电视节目来浪费生命吗？

　　屏幕上，这两名书店老板戴上了口罩和防毒面罩，穿上了防护服，弄得跟运送生化武器一样，开着一辆面包车，挨家挨户敲门，把书运送给他们。收到的人们都很惊喜，在门口快乐地翻阅

世界尽头的彩虹

　　因为新冠疫情的暴发，欧洲颁布了最高级别的禁足令，唯有去野外散步是允许的，那段日子，由于不想闷在房间里，又无处可去，只能长时间在野外走来走去，我们拍摄了无数的彩虹，这是北欧的朋友拍摄的，她告诉我，一切都会变好的。

新到的书籍，远远地向这两名太空人打扮的志愿者道谢。

但是我知道，朋友发给我这个视频的意图并不是让我看好人好事，这个纪录片展现了奥斯陆的大部分主要街道，让我觉得最触目惊心的是这些街道全部空无一人，我在奥斯陆待过一阵，那原本是多么繁华喧闹的城市，忽然让我完全认不出来了，在此之前，没有人能想象到这个城市会变成这个样子，除非是中了核武器的攻击。

这种触目惊心的感觉就跟我第一次看到春节期间上海的视频一样，是我妈发给我的，真难想象有这么一天，摩肩接踵的上海会变成这个样子，街道这么空空荡荡，毫无生命存在的迹象。

即便在没有禁足令的瑞典，大多数城市，包括斯德哥尔摩，主要街道也都空了。大多数人爱惜生命，全都陷入了对病毒的惊惧和恐慌中，就算可以自由上街，他们也不敢。

但是也有不同的声音。有些城市就有人上街抗议，质疑为什么要让大家禁足，我们爱去哪里去哪里，爱跟谁见面就见谁，你管得着吗？这些小小的抗议并没有持续多久就消失了，总的来说，遇上性命攸关的事情，大家都知道什么最重要，也知道这不仅是拿自己的健康开玩笑，也是在拿别人的生命开玩笑，尽管闭门在家是一件不太愉快的事情。

我觉得欧洲人民的内心是特别敏感细腻的，有时候让我挺羡慕，我只有细腻敏感的病，没有细腻敏感的命。大约禁足令颁布不到一星期的时候，各个媒体的主要讨论方向已经集中在"禁足造成的心理问题"上了，各种研究领域的心理学专家被请来发表意见，关于夫妻和情侣在一个封闭空间里长时间相处造成关系紧张乃至破裂怎么办，关于长时间在网络上与世界取得联系丧失了真实的人际关系造成抑郁焦虑怎么办，关于禁足将会造成多么严重的心理问题，关于禁足之后疫情缓解了但是心理问题爆发会造成什么严重的社会问题，关于禁足缓解了医院对新冠肺炎病人的容纳压力然而禁足造成的心理问题引起了医院新的容纳压力该怎么办，关于"后禁足时期"潜在的社会心理问题爆发会引起怎样的危机，关于禁足实行多久会造成心理问题，由此推断禁足政策最长能够维持多久。嗯哼，最多两星期吧，也许一个月吧，那时候禁足造成心理问题引发的危害将大于新冠病毒造成的危害，所以心理学家权衡之下表示，一个月之后就应该以公众的心理健康为重，重新开放正常的社交生活云云。

这些文章都快把我看哭了。我觉得人要是病死了，心理再健康也没用了，在这种殡仪馆繁忙的情形下，你们能不能别这么娇气呀？

然而思考永远是人类所必要的，尽管这不一定让所有人都感觉愉快，不同的思考是珍贵的，这能让我们看见每个人都有各自在意以及珍视的东西，活着的意义并没有标准。人类胆怯，人类渺小无力，正因如此，我们更需要选择的权利和能力，这才能让我们脆弱而短暂的生命显得有些许存在的理由。

欧洲人也讨论新冠疫情对经济发展的重创，他们讨论的不是经济本身，而是应不应该为了大多数人的利益而牺牲少数人的生命。看起来因为新冠病毒丧生的只是一个小比例的人群，假设是百分之十，而且多数是老年人，为了新冠疫情施行的封锁与禁足政策必定会造成经济衰退，承担这个后果的则是大多数人，雇员大批失业并且难以找到新工作，小企业主破产，个体劳动者失去生计，加上各国都投入了天文数字的金钱展开救助计划，这些债务将来会造成长期的隐患，甚至也许会动摇一个国家富裕稳定的基础，那么为了少数人的生命支付这么高的代价值得吗？不少个人自信他们的身体素质足以应对新冠肺炎的传染，要求社会运转恢复正常，一些政客也显然更关心经济发展给他们带来的声望与权柄。

所有的讨论都认为，每个个体的生命都是最重要的，是毫无疑问的选择，不能用年龄和所谓社会价值去衡量任何生命的珍贵与否，为了一些人牺牲另一些人，无论谁是多数谁是少数，都是不可接受的文明的倒退。

继而大多数讨论开始针对新冠疫情可能造成的全球一体化的倒退，各国纷纷关闭边境，有专家认为这也许会让全球化的努力就此倒退一个时代，欧洲人尤其关心的是他们对于建立欧盟付出的努力与欧盟原本的脆弱性，疫情时期，人们曾经致力使其最小化的实际边境与隔阂一夜之间理所当然地再次强化。有的国家依然慷慨地援助大家庭中的其他成员，也有的曾经接受过大量帮助的国家此时并无严重疫情却不愿伸出援手。边境的封锁政策使得此前欧盟成员国公民可以自由通行的政策暂时化为乌有，诸如在瑞典、挪威、丹麦、芬兰、德国、瑞士等国工作的东欧国家公民，那些来自塞尔维亚、保加利亚、罗马尼亚等国的打工者不得不纷纷返回自己的国家，但回到自己的国家他们依然没有工作。各国对于新冠疫情不同的政策也造成了现实的分歧，而各国的老百姓其实只能在自己的国家里获得选择。

讨论也涉及了大量的难民问题。一些国家的难民居住区被视为新冠肺炎最可能大肆流行的地区，因为住房条件紧张，大家庭的许多人居住在一起，一旦有病毒开始传染，将会对这些难民形成无法控制的健康危险与死亡威胁。

原本在欧洲许多国家的沿海港口，有人们自发组织的救助团体和救助船，专门搜寻偷渡而来的船只和难民，帮助他们上岸并安顿下来，获得生活援助以及申请难民身份。新冠疫情暴发之后，意大利和马耳他以防止新冠病毒传播为理由，禁止救助船去大海中救助难民，这将造成大量的难民死于海中，这一政策引起了许多媒体与专家的批评和抗议。

另一大部分媒体关注新冠疫情政策对于个人电子移动设备信息隐私的巨大影响。德国最近有专家想要推行病毒追踪系统，也就是在禁足令施行后的某个时期，每日新增感染人数如果能够下降到一个比较低的数字，专家们就希望能从降低传播速度的第一个目标迈向第二个目标——全面追踪新冠病毒传播的路径，及时知晓每一个与确诊患者接触过的人，并且对每个有可能感染上新冠肺炎的人施行两周隔离，这样才能真正控制疫情。然而要追踪病毒传播路径，就需要德国的老百姓们通过移动设备自愿共享他们的位置。德国人民一直比较注重个人隐私，从不愿意共享位置，但是这一回倡议发布后，有七成左右的人已经主动报名。

媒体请来的专家对此发表意见，他们忧虑这将是一个丧失个人电子移动设备信息隐私的开端，这是一个非常时期，可以理解，然而没有人知道这个时期将持续多久，在未来新冠疫情结束之后，专家称"后新冠时期"，也许习惯成自然，隐私的共享成为一项惯例，没有人能再回到隐身于共享大数据的时代。

新冠疫情对气候变暖的影响

　　挪威的朋友住在一个小村庄里，这村子都差不多到北极了，整个冬天都没有阳光能照到这片土地上，只有入春才可以看见真正的"天亮"，阳光简直是奢侈品，据说这是挪威房价最低的地区之一，大家都不爱住那里，可是新冠病毒也一点不客气地抵达了，整个村子街头巷尾就这么点人，就已经有 3 名确诊患者。

　　我那朋友给我发来照片，他穿着鲜艳的绿色户外冲锋衣，挎着个小背包，坐在一棵大树底下晒太阳，附注是：假装在春游。他说他其实就在自己房子的后院里，怎么办呢，本来好不容易等到了春天出太阳了，想出门好好享受一下天气的恩惠，结果只能蹲在家里。

　　北欧人民对气候变暖的问题特别在意，挪威的朋友说，他们那边的政客和专家的一个重要的讨论话题就是"新冠病毒对气候变暖的影响"。我说，这是不是说反了，是"气候变暖对新冠病毒的影响"吧？他说，非也非也，大家没琢磨气候变暖对新冠病毒的影响，要等气候变暖到多高温度能杀死新冠病毒，这个话题暂时还没人讨论，要等气候变暖来杀死病毒，那时候肯定是人先被融化的冰川淹死或者直接热死了。他们讨论的正是这次新冠病毒的大肆流行究竟对阻止气候变暖有利还是有害。

新冠病毒引起了全球性的停摆，工厂停工，航班取消，汽车不出门，大部分人在家办公，商店关闭消费锐减，连饭店和咖啡馆都关了，听说有的国家连空气质量都提高了。很多人感慨，孩子们不上学搞抗议，要求政客们采取行动阻止气候变暖，努力了这么些年也没能让他们有什么实际行动，结果新冠病毒一来，没几周工夫他们就慌慌张张把这些导致气候变暖的元凶产业都关停了。有专家称，这么闹一次新冠疫情，气候变暖能至少延缓 10 年。然而现状其实是相反的。

挪威的朋友告诉我，新冠病毒蔓延造成产业大规模关停，造成的经济损失大到难以预估，所以政客们在考虑如何控制病毒传播的同时，考虑得最多的另一个问题是如何弥补经济上的损失，比如说他们村子所在的地区就在讨论是不是要多放开一些名额来开采石油和天然气，原本由于忌惮环境保护者们以气候变暖为理由的抗议，每年政客都在踌躇究竟该给多少开采名额，近年允许开采的数额逐年收紧，但是现在经济不行了，为了挽救国家经济，必定会大量放开开采深海石油的数额。除了挪威，其他国家必定也会做出很多饮鸩止渴的决策，在"后新冠时期"，气候变暖的问题将加速恶化，未来必定会成为比新冠疫情更可怕的全球性灾难。

人类大多数习惯了短视，不愿意对远景负责，且只有7秒钟的记忆，这是我们星球上灾难不断重复上演的原因之一。

挪威也是施行了严格封锁以及禁足政策的国家，但是也有很多声音对此表示质疑，因为邻邦的瑞典基本上没采取什么措施，甚至在英国被前期"群体免疫"政策导致的后果弄得手忙脚乱，心急慌忙地跟上德国步伐开始施行各项严格措施之后，瑞典依然佛系地以逸待劳。在气候、地理环境和人口密度都非常相近的情况下，瑞典的现有感染人数与每天新增确诊人数也没和挪威差多少，有些天甚至还比挪威少，这让挪威的有些声音提出质疑，是否需要继续施行这些政策？这些政策是否对新冠病毒的蔓延并没有实际效果，无谓地造成了巨大的经济损失？

挪威的这位朋友比较严肃，每次跟他聊天，都是这些忧国忧民的话题，总让我感觉人类这德行简直没救了，我们就坐等地球毁灭吧。我在瑞典的朋友则非常有趣可爱，没个正经却是非常聪明的一个人，他发来的短信和邮件总能让我笑个不停。我在此必须再次申明，他的话和官方消息有所不同，我记录的只是他个人对于新冠疫情期间的观感。

瑞典的"群体免疫"与蜘蛛侠

　　新冠疫情暴发时,瑞典大叔恰好没住在斯德哥尔摩的公寓里,那时候他和太太正住在南部港口城市马尔默,这就比斯德哥尔摩强多了,新冠病毒在斯德哥尔摩这个瑞典人口密度最大的城市里传播得挺严重的。于是他们就干脆在马尔默住下去了,反正他太太在网上办公,而他的写作工作本来就不需要出门。

　　他告诉我,瑞典没有什么禁足令,饭店和咖啡馆照常营业,电影院和音乐厅也依然正常运行,仅仅要求大家保持距离。上星期天气特别好,长冬之后总算出了太阳,年轻人们都在大街上晒太阳吃冰激凌,聚在一起打网球或者踢足球。不过大多数人还是比较怕死,街上的人比以前少多了,在公共场所,大家行动诡异,见人就躲,都跟蜘蛛侠一样神出鬼没。

　　真有这么可怕吗?他抱怨道,每天看见路人和邻居那臭德行,他简直受不了,没被病毒吓死,先被这些人鬼鬼祟祟的走路姿势给吓死了，整个瑞典的气氛真是又滑稽又恐怖又无聊。他的观点是，瑞典采取的政策无疑是最合理的，群体免疫，采取最少的措施让病毒扩散得慢一点，等到绝大部分人都感染上了，传播速度自然会逐步降低，到最后瑞典会和意大利一样，死亡率仅在千分之一……

千分之一？！我立刻回信反驳，意大利的死亡率和治愈率此刻正在一比一到一比二之间徘徊，三个中能治愈两个就是进步了，就算以所有感染人数为基数，假设这些感染的人全部能治愈——事实上这是不可能的，在这不可能的前提下，死亡率都超过十分之一了，哪里来的什么千分之一？

他立刻回信分析给我听，他认为此刻意大利和西班牙百分之九十的人口都早已经感染了，只是因为国家没有医疗力量进行全民检测，所以显示的确诊人数不过是症状严重的人数罢了。以百分之九十的人口估算，那就是千分之一死亡率啊。

唉，这是根本没有事实依据的臆测嘛，我问他凭什么这么推断。他说，你知道吧？瑞典都准备要彻底取消新冠病毒检测啦，为什么呢？因为前一阵专家在林雪平医院抽查了50个医务人员，50个医务人员都没有任何症状，但是其实有25个检测出来是阳性。所以检测还有什么意义呢？我们全体大概已经有一半感染了，大家何必再神经兮兮地躲来躲去，成天防备周边的人呢，没准自己早感染了，大家干脆就正常生活，反正再过一阵就功德圆满，实现群体免疫了，你看像是比利时、荷兰、意大利、西班牙、法国和其他不少国家都封锁和禁足了，但是他们的情况比我们差多了。

他做了一个计算，按照千分之一的死亡率，如果是全球实现群体免疫，那就是总共死亡 700 万人口，然后这场灾难就结束了。他说，你等着瞧吧，再过一阵等医学专家发现其实大多数人都已经感染并且免疫了，欧洲各个国家就会取消封锁和禁足，一切都会回到正轨了，那时候他们就会后悔现在采取的措施是多么愚蠢。

说真的，我也希望他的推测是可靠的，那么我们这一整个医院可能只会因为新冠病毒死一个人，或者全部逃生成功，千分之一的比例和二分之一的比例真是天壤之别。

我对他说，你这么想真的挺好的，至少心理健康不会受影响，不容易得高血压。我建议他，反正你们也没什么硬性规定，要不干脆你就每天出门吃饭、泡吧、看电影，没准你早就感染了新冠病毒并且免疫了呢，就算没感染，反正也是早晚的事情。

他回信说，我才没那么傻呢，万一我没感染呢，万一我感染了熬不过去成为千分之一中的一员呢？我在家待着挺好的，真的。

说回瑞典。其实瑞典并不完全如我的朋友所言，至少政客们从来没有一致决定过让病毒自由传播，他们一直在讨论。在绝大部分国家都采取了措施之后，瑞典的孩子们依然照常上学，滑雪场依然开放，娱乐场所继续营业，因为政府只有"建议"没有"规定"，建议大家尽量在家里待着，提倡企业在家办公，与此同时，他们至少还在讨论。这个国家基本已经成为唯一一个"裸奔"的国家，有媒体评论说，瑞典为其他国家提供了一个不可思议的对照样本——如果我们什么都不干，病毒究竟会蔓延到什么程度，病毒究竟会以多快的速度杀死多少人？其实这个样本数据不尽准确，瑞典地广人稀，在这一点上占了极大优势，要是换作东京的人口密度，那么恐怕早就惨不忍睹了。

政客们不久前讨论出了一点结果，政府正在考虑出台一些强硬的措施，而且可能会扩大对政府的授权，也就是政府在新冠疫情期间可以绕过国会做出决策，这一点很快被否定了，政府被允许直接做出临时决策，但是反对党可以在审议后做出修改或者彻底取消。

这也是欧洲媒体讨论的热门话题，由于新冠疫情期间的紧急状况，政府有了更大的决策权，专家与公众担忧，在新冠疫情结束之后，政府权力过大是否会成为常态，一切是否还能回到从前。

正在瑞典打算采取禁足措施的这一阵，丹麦已开始考虑放松已经执行了好些日子的禁足政策，丹麦早在3月14日出现第一个新冠肺炎患者死亡案例当天就关闭了边境，禁止外国人入境，几天后关闭了酒吧、餐厅和商店等，可谓非常迅速。丹麦政府打算让孩子们在复活节之后回到学校继续上学，幼儿园和小学是4月中旬，初中和高中是5月初，这一打算遭到了众多家长的抗议，他们表示，病毒究竟是否被成功控制还不可知，不能让孩子成为第一批试验品。

与病毒单挑

有的国家原本准备延长封锁与禁足时间，这些日子又开始考虑提早解除禁足，像是奥地利等国家；有的则已经决定延长防护政策一直到 5 月，比如意大利。

一个国家的决定看起来只关乎一个国家的人民的安全与福祉，公众也只关心自己的国家会如何处理这个问题，事实上我很希望更多的人愿意站在更高远的角度看一下我们的星球，地球上的人口是流动的，流动的数量与频率远远超过人们的想象，国界线存在，它很大程度上不是高墙，而是桥梁。

当美国开始采取封锁和禁足措施时，新冠疫情已经难以控制了，有一天美国新增感染人数达到 3 万。就在复活节的前一天，美国新冠肺炎患者单日死亡人数超过两千，成为全球单日死亡人数最高的国家。

就在这样的情况下，有的州还在抗议禁足政策，要求解禁，特朗普居然在社交媒体上公开支持这些抗议者。我个人的观点是，在生命面前，对自己的生命心存爱惜是不够的，更要对别人的生命心存珍爱与敬畏。

在我们被隔离将近两周时，病房里的护士开始全员戴上了口罩，据他们说，为了防控新冠疫情，医院非常频繁地下达新规定，最新规定是所有医护人员在工作期间必须全时长地佩戴口罩。护士换班、护士和护士在房间里说话也要戴着口罩。他们抱怨戴口罩非常难受，脸部肌肤干燥，眼镜总有雾，戴久了喘不过气。我听着觉得挺乐的，可以理解嘛，欧洲和亚洲的习惯不一样，像我这样的，每天看空气质量指数，简直已经成了口罩专家，至于他们，有的恐怕还是人生中第一次戴口罩呢。

我说，你们在病房里戴口罩是必须的，我们大概率都是新冠肺炎准新增患者了嘛，可是我从窗户里经常看到你们在花园里还戴着口罩，不必这么死板吧，花园里的病人都是没问题的。那姑娘说，这不光是为了我们，主要为了你们和他们，万一我们上下班感染上新冠肺炎呢，不能带到医院里传染给你们呀。

我凑巧有个德国的好朋友，就在这家医院工作，我和她一直短信联系着。她在复活节前有一周的休假，当然出门度假是不可能了，只能蹲在家里。她的小女儿恰好在这一周里过生日，她一直当件大事念叨着。我跟她说，蹲在家里不也挺好的，这一周恰巧可以好好和女儿一起庆祝生日了，有足够的时间准备各种好吃的——她的厨艺非凡。

然而她说根本不可能。她的小女儿大学毕业以后就搬出去自己住了，她们不住在一起，按照规定，不住在一起的家人就算是两家人，必须遵守不串门的规定。我说，那你们至少可以在外面见，符合2人以上不在公共场合聚集的规定，只要保证二人之间精确到两米及以上的距离，你做了好吃的，她带上饮品，你俩到森林里边走边聊，边走边吃，这样庆祝生日也不错呀。

　　后来等她休假结束，我问起她，她说她全日蹲在家里了，没有跟女儿约去外面见，两个人在各自家里用视频聊了一会儿天，看着女儿吹灭了蜡烛。那些天她的老母亲有点不舒服，也没上门去看老人家，只是安排母亲和医生通了电话。我说何苦来哉，她说她在医院工作，接触的人多，而且都是病人，感染概率最大，老母亲年纪大了，她上门尽孝万一把病毒传染给老人家，那就严重了。同样的道理，也要防止把病毒传染给女儿，为了安全起见，最好不见面。防护这回事总之是为自己，更为别人，最终为的是我们这个星球上的所有人。

　　再说美国，从新闻和数据看，那边简直就是恐怖电影的场景，我赶紧问候我那些美国的朋友。我在纽约的好朋友有个大家庭，她是个舞蹈家，先生是画家，住在曼哈顿南区，公寓离哈德逊河和百老汇都不远，他们有一对双胞胎儿女加上一个小女儿，还有两只猫。纽约这个地方总是不太平。有一年恐怖分子持枪袭击，我也是赶紧写邮件去问候，还好他们一家人都没事。

　　邮件很快回复了，一切安好，我想那一刻各自在电脑屏幕前的我们都是满脸笑容。她和先生在疫情刚开始的时候就逃到了他们在科德角的一个住处，那原本是她母亲住的地方，美国东北部马萨诸塞州伸入大西洋的一个半岛上，20世纪初美国在这个半岛与大陆的连接处挖了一条运河，使其成了一个岛屿，这地方比起纽约市中心来说真是安全了100倍不止，要知道纽约早就是重灾区了。

这种搬家躲病毒的策略可以算是最高级的了，英国女王就是这么干的，从伦敦的白金汉宫搬迁到英格兰东南部的温莎城堡。我那纽约的朋友和她先生在科德角的世外桃源清静度日，他们的子女虽然在纽约，也都是各自在家闭关，尽量不出门，健康无恙。

我们有好些年没联系了，她跟我说起他们家的变化。大儿子已娶妻生子，她做了外婆；小女儿和她男朋友感情非常稳定，住在一起已经10年，但是他们从来不提结婚这回事；大女儿依然是单身，不过事业相当成功，入选了某画廊艺术家特聘名单，这姑娘一直一个人住，这个时候自然是有点寂寞难过，但是也没办法。还有就是，她先生的母亲前些年去世了，他们家的两只猫也死了。我们这来回的邮件还真像是春节的问候，把平时没有闲工夫聊的闲话都总结起来，几百天的生活用几句话说完。

她给我发来一张全家福，春天的树林前，8个人，身着礼服，笑得灿烂，孙子在儿媳怀里，在照片中央，这也许是孙子生日的时候拍的。她问我这些年怎么样，我说又写了很多故事，出版了不少书，走了许多国家，除此之外生活并无实际的变化，我在现实生活中一直是一种相对静止的状态，站在原地，抬头看云。

我在洛杉矶的朋友也回信了。洛杉矶的各个区域都彼此相隔比较远，不像纽约是一座可以靠双腿和地铁来触摸的城市，在洛杉矶生活必须会开车，也正因如此，洛杉矶的病毒扩散速度没有纽约快。那个朋友也是写小说的，他说他就是每天待在家里不出门，上网订购，超市送货，自己做饭，他的朋友和邻居也都这样做，这应该是保护自己不感染到新冠病毒最靠谱的方法了。

他说幸亏他是写小说的，平时每天的工作就是在家里码字，对他而言，不出门并没有什么难度。对其他人来说恐怕就非常难熬了，他的亲戚朋友都在电话里跟他吐槽，抱怨日子没法过下去了，再不出门，再不见到个把活人说说话，他们很快就要发疯了。

他对我说，你肯定不出门也没有什么问题吧？你写的小说都是长篇，应该比我更坐得住吧？

之前我从来没有想到过，从事写作这个职业还会有这样的额外收获，在家里坐得住，特别习惯不出门，不见人以及不跟人聊天也根本不会觉得无聊，一个人就是一个完整的世界，这些写作导致的职业病，直接成为 21 世纪最重要的生存技能之一。可惜此刻我不是在家里，而是已经成为准新冠肺炎新增患者在医院隔离。

我在美国的这些朋友恰好运气都不错，或者说是足够谨慎，他们此刻的生活并没有被疫情太多地干扰，新冠肺炎还只是一个流传在电视节目里、收音机里和网页上的故事。对此刻世界上一大半的人口而言，无论是躲在家里还是戴着口罩小心翼翼地走在街上，新冠病毒听起来依然像是一只传说中的怪兽。

洛杉矶的朋友说，他从没有亲眼看见过一个新冠肺炎患者，目前还没有熟人感染上新冠肺炎的，身在家里，他觉得新冠病毒离他很远，像是另一个世界的灾难，可是很多时候，他又觉得新冠病毒离他特别近，只有一个喷嚏的距离，也许下一秒，出门丢一袋垃圾的时间，他就感染上这种要命的病毒了。他说，这真是一个恐怖的时期，这种恐怖难以言表。

这朋友原本是支持特朗普的，最近他觉得特朗普在新冠疫情时期的表现特别不靠谱，他已经"粉转黑"（由支持者变成反对者），下次是再也不会选这个家伙了。

我在欧洲的朋友们似乎都不太待见特朗普，我不由得又想到了爱尔兰的帕特，他特别讨厌特朗普。前些年，他在"脸书"上和特朗普互怼，最后他一气之下注销了"脸书"的账号，从此不再上"脸书"，眼不见心不烦，反正除了都是使用英语，彼此再没有一毛钱关系。

他是我欧洲的朋友中第一个感染新冠病毒的，他究竟是否得救，还是真的就此再无回复，无声无息地终止了他在我生命中的记忆呢？我伤感地又发了一堆信息给他，依然泥牛入海，我的心也沉了下去，连着又发了邮件和短信给好几个我们共同的朋友，都说最近完全没他的消息，听我说起他的近况，也都心急火燎地到处找他，有的人连小城医院的电话都打了一遍。

到了夜晚，病房熄灯的时候，我正在手机上搜索朋友名单，准备为他组织一个治丧委员会，这哥们的来信提醒忽然从屏幕上跳出来。

他说他没死，这我相信，他说他前一阵病得挺重的，呼吸道感染的典型症状，咳嗽，呼吸困难，发低烧，他都没力气走路了，可是他也没去医院，就躺在家里自己养病，一天喝两升水，吃水果蔬菜加泡腾片，还有薄荷含片，当然也没有力气看手机和电脑，工作一大堆都耽误了。就这两天，他觉得好点了，走得动路了，就赶紧去文学中心把之前的工作给补上，他正在筹备下一次的诗歌节，无数琐事等着他安排。

　　我说您真是"艺高人胆大"，这是和新冠病毒单挑啊，您怎么就不去医院呢？他说症状不重，万一不是新冠肺炎呢，去医院反而容易感染到，万一是新冠肺炎呢，传染给别人也不好。我说，那您着什么急工作呢？现在不允许组织大规模活动了，这诗歌节肯定会延后的。他说这也不好说啊，现在延长或者解封新冠疫情防控措施的消息都还没出来，万一诗歌节没有被延后呢？

　　我觉得说什么也没法让他改变丁点主意，我就问他最关键的问题，那么您那个验血结果是什么呢，什么时候能出来？他说他还在排队，压根还没排到检测呢，还需要一个多月吧。这速度真是够爱尔兰的，10年前住在科克的时候，我还以为所谓"爱尔兰时间"只是所有活动和会议的开始都会至少迟半个小时。一个多月别说治病了，没准连提供血样的胳膊都已经深埋在棺材里了。

　　翌日是周末，他给我发来照片，沙滩椅、彩色浴巾、墨镜、几本书加一杯白葡萄酒，看上去像是海滩度假，其实就是在他家房子的楼顶平台上。看他的心态，应该是健康无虞，看起来已经大概率战胜新冠病毒了。

拯救地球的重要信息

　　当时新冠肺炎的可怕之处其实是在于没有什么直接有针对性的特效药，也没有疫苗，这多少让经常自以为无所不能的人类有了无助的感觉。自从我们整个病房被隔离以后，病房里大多数人每天主要的事情就是打电话或者上网查询诊断和治疗新冠肺炎的方法，传说很多，有的真不知道是迷信还是幽默。比如说训练特殊的呼吸方法，我觉得只有那种可以不吸入任何空气的呼吸方法才管用；比如熏香解毒；比如防治新冠肺炎的体操；比如多喝水，一天4升；比如鼠尾草泡茶，消息一经传出，病房里的鼠尾草茶包立刻告罄。

　　两周的隔离期限已经到了，所有人的神经也绷紧到了极限。清早，我的室友抱怨说，她又一晚上没睡着，吓得睡不着，她头发凌乱地抓起浴巾去洗澡间，半小时后，我发现她半裸着晕倒在浴室的地砖上，我报告护士后，大楼里立刻响起了尖厉的急救铃声，一大群穿着防护服戴着面罩的医护人员从大门外奔跑进来，向我站着的方向冲来，俨然我就是能毁灭地球的生化武器，他们让我躲开，拿出各种奇怪的设备，跪在地上对我的室友一阵抢救，浴室和我们的房间被彻底封锁，门口还站着几个穿防护服的人把守，我想进去拿我的水杯都不成。

两小时后，她被送走了，我都没能看见她离开时候的样子，没有人可以走近。然后她的床和使用过的家具物品被闪闪发光的设备和呛鼻的药水各种消毒，连毛巾也没放过，虽然我看不见每个人藏在面罩后面的脸，但他们的姿态显示出了极其严肃的态度，那场景看上去就像是外星人在做奇妙的科学实验，我困得要命，不管不顾地就在自己的床上睡了长长的一个午觉，任由所有人进进出出，我梦见我被外星人劫持了，正在太空舱里看外星人解剖我的室友。

晚餐时间我走出房间，来到客厅，所有人都惊恐地躲开，站得远远的。护士说，你们别怕，那个被送走的病人没有发烧，什么症状都没有，就是血压太高晕倒了，估计是太紧张了。你们千万别这么紧张，容易血压高。

病房里有个中年人来自伊拉克，胡子拉碴，经常一个人自言自语，不太跟旁人说话，他在这里住的日子最久，听说已经超过半年了。

医院当然主要是依据医生的意见来决定病人是否住院，住多久，什么时候出院，病人如果坚持要离开，就算从医学上而言不应该离开，也没有医生可以违背他们的意愿，很多病人看这边住院环境不好，没住几天就忍不住出院了，回到门诊去治疗，这种情况很多。但是反过来，在可住可不住的情况下，如果病人要求住久一些，医生也不会反对。

护士跟我聊天的时候说起过，有一些病人其实根本不需要住这么久，他们就是宁愿住在这里，他们的经济条件不好，在家里的住宿环境和伙食反而没医院的好，就医和住院费用都是社会保险支付的，他们不用支付任何费用，也不用上班，雇主还得照样发工资，因为住院是法定病假。听护士说，这个中年人没有家人，经济很拮据，健康状况很差，原本是难民身份，现在有了居留权，也有了工作，但是因为语言问题，孤独，精神状态也一直不好。他在这里住院已经很多次了，每次都住得很久。

自从病房区两周前被隔离，他每天跪在走廊里、门厅里、客厅里，一天祷告无数次，大部分时间，只要我们走出房间，就会遇见他跪在那里，非常虔诚的神情，喃喃自语，对空叩拜。如果不得不经过他跪着的地方，我们总是有点紧张，小心翼翼地从他背后经过，贴着墙根，唯恐惊扰他这么重要的时刻。

就在我室友被送走的第二天早晨，我在厨房里沏茶，准备吃早饭，就看见他在走廊里祷告结束起身，然后朝着我走过来。他的眼睛里布满血丝，眼神非常认真，他对我说话，叽叽咕咕说了一大堆，糟糕的是我一点也没听懂，我很确定那是德语，不是阿拉伯语，但是那口音我实在听不懂，一个词都捉不住。我摊开两只手对他说，对不起，我听不懂，我的德语不够好，要不我找别人来，你跟他们说？他坚决地摇了摇头，又对我说了一遍，我很尴尬，还是没听懂。他又说了一遍，加上许多手势的比画。我的听力考试彻底失败了。

我摇头表示真心听不懂，我怕他也听不懂我的德语，便用手势表示：那边一大堆母语是德语的朋友，我们可以去找他们。他还是坚决地摇头，认真地指着我，表示非我莫属，我真是受宠若惊。

他想了想，干脆省略了一大堆的话，对着我说了一个词，惭愧的是，这一个词我都没听懂。他又对我说了十几遍，反反复复比画着。我觉得我都快疯了，我只能对他说，我记住读音了，我保证待会儿去问别人，把这个词搞明白。他这才放过我，嘟嘟哝哝地走开，由着我继续沏茶。

转眼间我就把这件事给忘了，两小时后，我又在走廊里遇见他，他立刻把我拦住了，表情郑重地重复这个词，指着护士办公室，意思是问我有没有按照承诺请教别人，去把这个词弄明白。我顿时非常羞愧，不管怎样，答应别人的事情是必须做到的。

我马上去问护士，生硬地重复着这个发音，护士困扰了很久也没有猜出来，但是护士姑娘跟我说，这个词可能真的很重要。为什么呢？你看自从病房被隔离之后，他每天这么虔诚用心地祷告，一定是在问有关这个病房感染了新冠病毒以后的命运，他平时也不怎么跟人说话，今天这么起劲地跟你说话，这么郑重，而且不是为了别的，只是为了告诉你一个词，那么这个词肯定非常重要，也许是他的神终于传递给他的一个重要启示，也许他认为这个重要信息能拯救我们这个病房的所有人，没准还能拯救整个地球呢。

护士顺手找了几个病房里的其他人，大家一起琢磨这个词。最后他们在纸上写出了一个最接近这个读音的词——黄铜，我看着纸条，心情难以名状。

没有人知道为什么 14 天到了，我们却没有接到任何通知，还在隔离，也没有医生来看我们，仿佛我们会被无期限地关在这里。护士也只能摊开两只手，他们承诺说，一接到通知会第一时间通知我们。

病房区里有个病人是德国的大龄姑娘，总是一身时髦的装扮，粉红粉绿，亮片闪闪，一天两换，高跟鞋不是穿在脚上就是提在手上，另一只手永远拿着化妆包，时不时把粉扑拿出来，还有松鼠尾巴一样的化妆刷，唇膏，眼影，粉底，香水，俨然明星的派头。她出生长大于德国北部的某个村庄，但神奇的是，她讲英语。她不太明白自己是谁，大多数时候，她认为自己在美国新泽西出生长大，她逢人就掏出手机，给我们看她的邮件，这封邮件是纽约的模特经纪公司发给她的，邀请她去工作，下周开始，她将会走在 T 台上，有人给她拍照，有人找她做访问，有人为她尖叫。大家都说，她的脑子有点不太好使。神奇的是，这姑娘的英语居然是一口地道的美国口音，大舌头那种，估计是入戏了。

又是一早，我们听到走廊里有摔门的声音，大喊大叫的声音，不用出门也能听出来是她在讲美式英语，她要见医生，她要求验血，她说如果再没有人出来理会她，她这就回家了。有些人出门查看她的情况，说她已经在整理行李了，然后我们都站到走廊里琢磨着应该怎么劝她，眼看她把两个巨大的行李箱拖出房间，加上那些手包手袋啊，全身都挂满了，她挪动壮硕的身躯向病房区的大门一尺一尺逼近，说真的，如果她想要离开这里，没有人有权阻拦她，她是有这个自由的，隔离到如今，病房区的大门也从未上过锁，谁想走，任何时候确实都可以走。

她砰的一声拉开病房区的大门，那力气大得让我觉得她如果真的去做模特就可惜了，她应该去参加奥运会。她擒着铁铸的门把手，看着门外，门外花园里春花盛放，树木葱茏，阳光肆无忌惮地给万物匀上厚厚一层闪闪发光的颜料，她的蓝眼睛反射着花园里缤纷的色彩。她保持这个动作足足有两三分钟这么久，然后又是砰的一声，她合上了大门，反身在大门背后坐下，坐在地上抱着头，忽然声音响亮地大哭起来。

我们连忙涌上前去，帮她拖箱子的拖箱子，把行李送回她的房间，安慰她的人们则陪她坐在门廊里，给她递纸巾，送咖啡。可怜的姑娘哭了整整半小时才回房间睡觉。那以后再也没有人在背后说她脑袋不好使了，脑袋不好使哪里会考虑到一旦走出这扇门，就可能把病毒传播给无法预估的陌生人，当然还有更容易传染的家人和好友。

又等了两天，护士长大驾光临，难得他的两条眉毛没有和一把胡子拧在一起，看起来是好兆头。他戴着口罩站在客厅中间，向我们宣布，警报解除了，那名发烧病人的验血结果出来了，是阴性，普通感冒，没事。从今天起，病房区恢复正常，医生过几天就会重新排班，继续来病房为我们治疗高血压，我们也被允许迈出病房区大门，到外面晒太阳去，该散步的散步，该跑步的跑步，多参加户外运动有益于心血管健康。

但是，护士长说，如果你们想去超市买东西吃，因为新冠疫情，医院现在有了新规定——你们不能单独一个人去超市，必须2人同行。

这个新规定让我不太理解，我问护士长，我记得德国的规定是不允许2人以上在公众场所聚集啊。护士长回答说，所以为了遵守国家的规定，你们必须是两个人一起去，不能是3个人，也不能一个人去。

我脑袋瓜不太好使，我依然不明白这是什么道理。

两个多星期没出门了，出趟门去，看到街道匪夷所思地空旷，而且我发现我好像忽然有了超能力，无论我往哪个方向走，如果前方有人，必定远远地就让开一条巨大的通道，我必须非常小心地呼吸，以防不小心嗓子发痒，一旦我无意识地咳嗽两声清清嗓子，那就犹如投下了一颗原子弹，呼啦一下，离我十几米远的人都瞬间散开了。

走在超市里，必须观察大多数人移动的速度，以他们的步伐为准，如果你稍稍走动得快一点，整个空间里的人会忽然乱成一团，躲避的人加快了脚步，他们身边的人也赶紧躲开，没有地方躲的人各种慌乱，撞在墙上或者货架上，没注意的人躲避迟了又搅乱了其他人的移动。

有时候我感觉走进超市的一瞬间，我就犹如一条鲨鱼被放进了热带鱼的水族馆，鱼缸里其他鱼的紧张姿态让我血压升高。

超市里货物充足，物价没涨，大可不用担心没有各种食物原料，尽管餐厅都关门了，我琢磨着，回家以后还是可以自己做好吃的。货架上唯一稀少的是洗手液，巨大的货架上每个品种都只剩下零星几瓶了。唯一断货的是厕所卷筒纸，光有价目牌没有实物的身影。这让我不由感慨，住院尽管各种不舒服，至少不用担心卷筒纸没有了，感恩生命中小小的幸福吧，唉。

在河边长跑的时候，我发现德国的运动人口非常明显地增加了，我想起意大利某市长对其市民的抱怨：整个城市常年跑步的不超过20个人，平时看不见你们跑步，怎么现在都变成运动爱好者啦？

我觉得这些德国邻居也不是故意借着跑步之名出来社交的，他们确实是在跑步，一个人或者二人同行，挺着大肚腩，气喘吁吁满头大汗，比我这个经常跑步的跑得还快，各种卖力让我追不上。我估计这是让禁足令给憋坏了，借着运动来纾解一下郁闷。

花园食谱与网络音乐会

在家办公这件事在德国进行得不太顺利，至少我认识的本地朋友都是这么反映的。有朋友在从事计算机技术的大公司工作，坐拥 6000 个技术人员的高科技公司，居然没有可以在家办公的联网工作系统，还是必须每天通勤去上班，听说上周中了病毒——不是新冠病毒而是计算机病毒——整个公司起码 6000 台电脑都瘫痪了。

德国和书里写的刻板形象不尽相同，技术有时也谈不上发达，各种机器和设备都是很陈旧的款式，如果他们觉得以前那种型号用着不错，他们就不会冒险去换新一代的型号，用什么词来形容好呢？比较保守吧，或者说谨慎。他们喜欢面对面地交流与工作，喜欢生活真实的质感，很多公司在此之前从来没有开发过网上办公系统。他们也发电子邮件，但是大多数时候是寄送塞在信封里的那种纸质信件，纸质信件是算数的，电子邮件不作数，正式的文件什么的就算有了电子邮件也要发一封纸质信件，所以每天最重要的事情之一是早晚两次打开木头信箱，而不是保持上网在线。

大学的网上教学系统据说是欧洲各大学的基础设施，前一阵很多在欧洲的中国留学生飞回国内躲避新冠病毒，就是依仗着能在网上继续完成学业，反正留在欧洲，像是英国这样的国家，很多大学也是改成网上授课了。

我有两个新朋友是在本城一所大学留学的中国博士生，学医，我还以为她们也飞回国内去了，问候之下才知道，原来她们一直是每天去学校做研究的，除了法定假日，都没能在家里多歇一天。正因如此，她们完全没有可能回国去躲一躲，这不仅仅是回到中国要先隔离 14 天的问题，因为新冠疫情的封锁政策，德国的边境已经不让进了，所以一旦回去了，她们将没法及时回来继续做研究，什么时候能再入境，这个真的说不准，她们不敢冒这个险。也许念本科或者硕士能有网上教学系统吧，这些她们不清楚。

还有一个本地朋友是在成人学校工作的，她告诉我，大学里确实有网上教学系统，每个学生都可以建立自己的账号，统计出勤和缺勤情况等，但是成人学校没有，所以成人学校是彻底歇了。我问她，不能用网上聊天软件的商务会议模式来实现多人视频课堂吗？她说当然可以，这个是分分钟可以开始的事情，但是学校领导的意见是，一定要建立了学校自己的系统，尤其是学生每个人的出勤统计账号，这样才能开课。所以他们打算先观望一下，如果新冠疫情被控制住了，那么大约在 6 月，他们打算让学生回学校继续上课；如果情况不妙，他们再找专业公司的团队开发学校的教学系统。

这种思路真的很德国，完美主义强迫症，官僚主义加上保守与缓慢，您说没有学生的出勤账号有什么关系呢，这些成人学校的学生都是缴费来上学的，又不拿文凭，都是靠通过专业技能考试来获得证书的，他们出不出勤是他们的事情，学校何必操那个心呢？等一阵才开始开发系统，等系统开发出来并调试完美了，真的开通网络课程，那时候成人学生都变成老年学生了。

新冠疫情期间，生意最好的是农业用品在线商店。芬兰的朋友前些年买了个小房子，房子带半个小花园，她一直没去打理，主要是她喜欢享受年轻漂亮的时光，夏天一定要出去度长假，她也是作家，有这个时间。如果夏天会离家很久，自然就没什么可能性在花园里种植什么了，因为春天播种，必须在夏天照料。

她给我写邮件，发来许多照片，由于预计今年夏天新冠病毒可能还在欧洲大地上徘徊，夏天度假多半会泡汤，她决定开始打理她的花园。照片上是刚发芽的茴香、花椰菜、萝卜、番茄、向日葵、欧芹和薄荷。说实话，从这些幼苗来看——纤细的绿色茎秆横倒在泥土上，还有指甲大小的叶子，实在想象不出半点它们未来的形象。一个姑娘家拿起铁锹，在大雪消融的第二周开始挖土种地，打算做半年快乐的农民，采菊东篱下，这么安下心来，就终于不用为猜想禁足令什么时候取消而焦虑了。

我在瑞士的好朋友米歇尔有一个巨大的花园，整整半个山坡，这是她先生打理的，她先生性情恬淡，爱好园艺，大部分休闲时间都宅家种植，花园里应有尽有，香草、蔬菜、坚果和水果，我吃过他们家树上的樱桃、无花果和胡桃，还有从他们土地上采摘的缤纷蔬菜。收获的时候尽管高兴，有时候也非常累人，太多食物吃不完，便一部分送给邻居，一部分制成泡菜、果酱和干果，贮存在地窖里冬天吃。

瑞士总的来说比较商业，比较有面子的是在苏黎世这样的大城市购置名牌，穿梭于高级商务场所，西装革履加跑车那种。喜欢在郊外种地算不得可以在社交中吹嘘的话题，不过每个人都懂得，只有自己喜欢的生活才是值得的。

我和米歇尔都喜欢田园牧歌的生活，大城市让我们目眩紧张以及头疼，尽管我出生和成长在大城市，一大半人生都在大城市里度过——这一点反而让我很羡慕米歇尔。

新冠疫情期间，米歇尔一家过着最安全的日子。他们居住的小镇，房子和房子之间隔开的距离非常大，平时邻居串门都是开车去的。新冠疫情是春天到来的，从春到秋都是花园收获的季节，米歇尔是素食主义者，她根本不用出门。其他家庭成员需要的动物蛋白也不多，很偶尔地开车去一次超市就行了。花园在这个时候体现出了前所未有的优势，即便在比较势利的苏黎世，现在谈论自己的园艺爱好和家里的花园也成为主流的可供炫耀的话题了。

在德国我所在的这一片，认识的朋友们都开始把时间花在家里的花园上，盼着花园能成为他们的"私家超市"，花在土地上的时间不会白费，只要耐心，总有收获。社交媒体上的照片没有了别的内容，都是花花草草、铁锹、水壶和手套。

米歇尔和她先生是从事文学教学工作的，他们家的房子就是小型的教学场所，每周都要接待好几批学生。新冠疫情暴发之后，这种面对面的教学班按规定必须暂停，那么收入怎么办？这是一个艰难的时刻，对于很多自由职业者来说，都面临着经济上的困境。米歇尔将教学班改成了网上课程，改变和尝试也是一大堆工作，他们经历了极其焦头烂额的过程，终于可以继续他们的教学工作。尽管米歇尔抱怨，网络授课的工作量比原先面对面授课大多了，但是无论如何，他们算是非常幸运的。

我有朋友在德国的文化机构工作，复活节她不休假，把假期挪后了两周，她说因为很多自由职业艺术家需要她的帮助，在这个时候有人愿意轮班休息，才能让这些艺术家在有问题的时候随时找到他们。

音乐家们都开始饿肚子了，因为音乐会全部取消了，他们没有演出就没有收入。我有一名做马戏团演员的朋友，他和他妻子是同行，公共场所的关停政策出台后，他们每天都接不到活儿，只能向政府寻求帮助，政府每月发给他们 800 欧元的补贴，一直持续到各个剧院可以重新开门。

在这种情况下，很多音乐家和演员开始通过网络免费为大家演出，每天演奏一支小夜曲，每天唱一首新歌，每天一段小小的喜剧表演。朋友给了我一个网址，点击进去，整个网页都是不同艺术家的表演链接，每日更新。世界忽然变得热闹了，在新冠病毒让每个人保持距离两米以上的同时，这个有艺术家参与的世界显得前所未有地没有隔阂。

口罩在欧洲

　　我们病房区的警报取消两三天之后，医生重新到来给我们治疗高血压，他们看了我在隔离期的血压记录之后，决定给我换药。据说之前的治疗效果不尽如人意，必须更换掉之前的用药，这就意味着一切又要从零开始，我必须留在这里，他们才能监控新药对我产生的副作用和疗效。

　　这个消息对我的打击比中标新冠病毒还要惨重。医院的伙食这么难吃；桌子和椅子都不舒服，闹得我背疼；想一个人清静的时候总有人来跟我聊天……我打电话给我们这边的项目主任，我说怎么办，我太想回家了。他说，你不住院让给我好了，我们都在家禁足，都孤独出毛病来了，很快我们都要去精神病院住院了，你在那边虽然没有私人空间，但是至少从来不觉得孤独吧？等你健康出院的时候，记得多来精神病院看看我们。

　　我觉得每天的血压记录可能有问题。这边的护士很神奇，他们每天轮班，每天每个人量出的血压都不同，诸如甲护士量我的血压，早晚永远是 100 和 180，乙护士量从来都是 110 和 240，丙护士则永远能得出 90 和 160 的结果，仿佛我的血压不是由我的身体决定的，是由他们决定的，而我血压的变化则视他们的排班表而定。我跟医生提了好几回这个问题，医生们都跟我说，就算是每个护士量血压的习惯有点不同，这些数据还是有参考价值的嘛。我脑袋瓜不好使，我不明白，真的。

病房区重新开门营业，忽然间来了很多新病人，据说是新冠病毒让他们太紧张了，每天都害怕担心，不敢出门，压力太大导致了高血压。医生们忙碌得不得了，医院简直门庭若市。

我住的房间很快搬进了一名新室友。她是很腼腆的一个人，不太说话，闲暇时间做数学习题解闷。我们相处得非常好。有一天我正在房间里看书，她进来告诉我，她刚去了护士办公室，她对护士说她有点咳嗽，但是没有发烧，不知道有没有问题，会不会影响到病房里的其他人。

我大呼："糟糕！"我知道她健康得不得了，这完全是神经过敏，但是已经太晚了，一群穿着防护服戴着面罩的医护人员再次快步走进我们的病房，帮着整理行李，一阵彻底地消毒，然后把我的室友抬上担架，送进一辆救护车，穿过花园，运送到另一栋楼门前，由另一群穿着防护服戴面罩的人接进楼里，那架势还是跟外星人绑架地球人一样。

两天之后，我的室友被送回来了。她跟我描述她神奇的经历：她被带进一个设施良好的单间，带卫生间和浴室，她一个人在房间里，所有医护人员都在房间外面隔着窗户跟她说话，他们有人轮流给她打电话，怕她寂寞，一直保持跟她电话聊天，问她需要什么。然后又有穿着防护服的好几个人进房间，给她验血。隔天验血结果出来，她是阴性，所以就给送回来了。她给了我一个"违法"的大大拥抱，她说她肯定是没有得新冠肺炎，拥抱我不会有危险。我感谢她的信任。

看起来现在新冠病毒检测的效率已经越来越高了。

转眼复活节过去，到了德国前一次禁足令规定的期限，德国到底是解除禁足还是延长呢？我们都在猜测。消息传来，默克尔一贯谨慎保守的作风在这个时候真是让人欣慰。复活节后，规模小的商店可以重新营业，但是要遵守顾客之间相隔两米的规定，要按照这个标准限制顾客的人数。理发店也可以在遵守安全规定的前提下开张——理发店比较重要，自从新冠疫情开始以来，欧洲大多数人都有了"新冠发型"，一头乱草没法打理。为了学生正常升学，学校在 5 月 4 日开门，学生的学业和成人的事业，这是德国人最在意的大事情，这个充斥着工作狂的国家有时候让我觉得心好累。

还有最重要的一点，禁足半开放的情况下，规定每个人必须戴口罩。我觉得此时戴口罩是个伪命题，这些天我跑步经过商店和药房的时候，都顺道进去询问过，人家表示，压根没有口罩上架，整个零售市场都没有口罩，由于口罩生产数量还不够多，目前所有口罩统一被调配到医院，先保证对医护人员的供应。

神奇的是，这个看似不可能执行的规定居然没有难倒德国人。

我的新冠病毒感染嫌疑被排除之后，项目主任来探望我，我看到他的脸被一块黑白相间的大布片给挡住了，这布片有两个挂耳，下面还多出很多布料，正好做了围巾，这颜色和款式看上去就跟恐怖分子似的，配上他新冠疫情时期生长出来的一头乱发，藏在厚眼镜片后面的深邃眼睛，瘦削的面孔，真的很有威慑作用。我说，老板您有什么吩咐尽管说，我保证让您满意，别这么吓唬我行不行？

他说，这不是为了遵守规定嘛，保护好自己就是保护别人。他问我需不需要口罩，我说当然的啊，您这面罩哪里有卖的呀？他说是他自己手工制作的，现在全民都在自己做口罩呢，这不是很容易吗？先找几片布，裁剪好，周围锁边，然后做 4 根带子……

我们相隔两米走在大街上，果不其然，街上好多人都戴上了所谓的"口罩"——其实都是奇形怪状的布片，花色鲜艳，有挂耳的，有挂脖的。我知道德国人民很喜欢返璞归真的生活，除了自己在花园里种菜种水果，还经常自己用木头做几个桌椅板凳，自己做花园的栅栏，自己刷墙，自己做茶壶、茶杯、盘子和沙拉碗，自己缝窗帘，无聊了还经常自己刺绣做个窗帘花边和茶具垫子什么的，简直神了。我前一阵也自己做过一个大水杯和两个汤面大碗，主要是店里买不到这么大的。

但是关于缝缝补补这些事，我把脑袋埋进手掌里，我说我来自上海，因为这是一个国际化的大都市，所以分工非常细，造成的问题就是每个人都不能离开其他专业人员的帮助而耕织自理，很多家庭甚至有帮忙做家务的阿姨，也就是连基本的打扫和做饭都不太在行。我是愿意努力的，这不我来德国以后还自己做了杯子和碗嘛，可是我真心完全不会做针线活，我比较粗手大脚，上一次缝扣子还是在小学的手工课上，是失败的。这口罩的结构这么复杂，等我做完，我的手恐怕都成筛子啦。

主任说，这也不难，改天我让我亲戚给你快递一个过来，你喜欢什么颜色和款式的，你可以挑。他给我发来一堆照片，都是不同的手工口罩，他们大家庭中有两位女士特别在行针线活，这一回大展身手，每人做了五十几个口罩送给亲戚和朋友使用，照片是为供大家挑选自己心仪的口罩而拍摄的。

我所在的地方虽然也是德国的大城市，但是我觉得德国的人际关系是非常乡村式的，邻里亲戚互助频繁，非常温暖。像是每家人装修房子也是 DIY（自己动手做）的，不过并不需要这一家人擅长各种技能，如果这家人熟悉电工的技术，不懂水管工的技能，他们大可以请熟悉的朋友来帮忙做水管工的部分，以后朋友家装修，他们再去帮忙做电工的部分。

刚到德国那阵子，我发现文学中心给我住的小公寓还有很多没有完成的装修，都是主任和他请来的朋友帮着完成的，我说这多不好意思，我怎么回报你们呢？我四体不勤五谷不分，我什么都不会啊，等你们家装修房子了，我能做些什么呢？主任说，没事没事，要不你就来给我们唱首歌，或者在墙上画几幅画。我心说，唱歌和画画？这不是去捣乱的嘛。

口罩这回事成为德国近期人际关系升温的重要事件，针线活儿好的家庭和个人成为社交明星，他们送出口罩，得到了其他家庭的新鲜鸡蛋和农产品，还有"脸书"上的无数点赞。

自制餐具

这是在商店根本不开门的时期我自己手工制作的，我还做了一点家具。这是我人生第一次用双手摸索着做出日常生活器物，某种程度上而言，疫情让我感受到了远离很久的生活之初。

过了些天，我散步途经一家窗帘店，发现橱窗里开始有波普艺术风格的口罩卖，窗帘店把窗帘布做成口罩，算是在一片大萧条中发现了最好的商机，想象人们脸上挂着窗帘，真是非常有奇幻色彩。有的时装店也开始供应环形围巾，可以拉上来遮住脸的那种。

　　但是我心里总是犯嘀咕，中国人因为经历了整个从新冠病毒大流行到几乎完全控制疫情的过程，在中文媒体上也获得了大量关于新冠病毒的专业知识，对防控措施可谓更有经验，我们都知道口罩需要N95、N90和医学专用云云，各种普通布料的口罩对阻挡新冠病毒未必有效。

　　于是我发信息询问那两位忙碌的中国博士留学生，你们每天是否戴口罩？她们说，当然的，在规定出台之前，她们就戴上口罩了，还是专业口罩。我问她们，是从哪里买到的？她们说，口罩是发的，填表就可以领。我非常惊讶，难道德国政府还发口罩吗，这是要搞社会主义了吗？她们说，还真是社会主义呢，这是中国大使馆发的，但凡这边的中国人都可以去领。

　　除了戴上口罩就陆续可以前往的小商店、理发店和学校，饭店、酒吧继续停业，电影院和音乐厅一律不开门，体育活动取消，教堂也继续关闭。

　　夜幕降临的9点，我坐在向着花园的窗前读书，医院里灯火次第亮起，附近的一座天主教教堂和一座新教教堂响起了钟声，空气在古老的声音中缓缓振动，伴随着周围千百种鸟鸣，树梢上的夕阳逐渐暗淡。每晚9点的教堂钟声持续十几分钟，让每个听见的人暂时放下俗世生活的琐事，沉入悠长的冥想。这钟声是新冠疫情时期为了所有受难者而鸣的，祈愿人们记得，祈愿灾难结束后不再重来。

没有人知道这场浩劫什么时候才会结束，据说德国将会禁止旅行和公众集会直至 8 月底。今年夏天也许没有度假这回事了。文学中心所有的活动都无限期推迟，没有朗读，没有文学对谈，我原定于 5 月的德语朗读也推迟了。

现状也许还不算太坏，然而将来会怎样？这是一个让每个人都感觉无助的问题。

复活节后的第一个星期六，多云，我们凑在病房客厅的电脑屏幕前看一场世界规模的演唱会——"同一个世界：团结在家"，这让我想起 1985 年 7 月那一场"拯救世界"的摇滚演唱会，那场演唱会在英国伦敦和美国费城两地同时举行，皇后乐队、鲍勃·迪伦等 100 多位摇滚歌星义务参与，成为 20 世纪的一个传奇。

2020 年的这场演唱会则是歌手全部在家里直播，观众也都在家中观看。Lady Gaga、滚石乐队、席琳·迪翁等 100 多位巨星参加演出，他们以此向前线的医务人员致敬：这是献给你们的，我们和你们在一起，感谢你们为我们的付出。音乐会筹到的款项全部捐献给世界卫生组织，用于对抗新冠疫情。

此刻我停留在此地，不能回国，甚至暂时不能回到我的住处，回到我正常的生活与工作中，在生命这条长河中，时常有这样搁浅的时刻，无法向前，无法退后，有如孩提时候停电的那个夜晚，分外寂静，无所谓太早或太迟，无所谓身在何处。

每天早晨和傍晚两次在河边长跑的时候，在一座建于 19 世纪的城堡花园附近，我看到地上多出了许多色彩鲜艳的石头，这是当地向父母和孩子们发起的一项活动，谁愿意在河边或山坡捡起一块普通的石头，画上颜色和图案摆在这里，就是为新冠疫情早日消退许下了一份心愿，石头沿着那条路排成直线，一路延伸。当石头能够绕这个小城整整一周，终点连接起点，人们相信，那就是他们心愿达成的时候。

　　多么有趣，石头并不总是代表祝福，它在历史上更多是狰狞的面目，代表判决与伤害。"你们中间谁是没有罪的，谁就可以先拿石头打她。"(《约翰福音》)

　　这些石头每天都在增加，这条彩色的"石头项链"每天都在延伸，尽管路上看不见多少人影——这让这条每天都在向前飞奔的石头之路看上去更像是一个奇迹。

　　要怎样才能让所有人相信，灾难想要让我们经历的并不是彼此仇视，彼此责难，而是彼此需要？当人们误解了人类所拥有的力量，这本身就是灾难，而且从没有停下来过。至少，新冠疫情究竟什么时候会停下来，这是此刻让每个人都感觉不安的问题。但是总有一天，病毒的传播会停下来，这毋庸置疑。病毒不会让我们更加疏远，问题是，病毒离开之后，我们还能不能依然在一起？

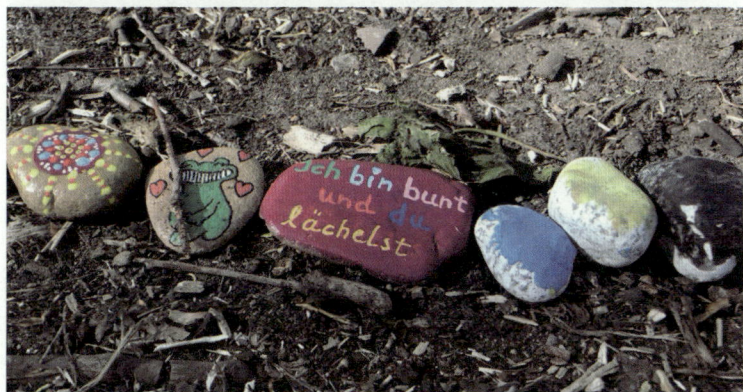

心愿石头

　　很久没有回去查看这条石头铺就的"石头项链"了，相信它已经变得更长，也许早就已经绕城一周，完成了虔敬的祝祷。正如其中一块石头上，孩子写道："我是彩色的，为的是让你欢笑。"

后 记

　　2020 年，地球上自恃最伟大的人类被一种肉眼看不见的细小病毒弄得有些狼狈，整个世界停摆了很久。每个人都戴上了口罩，人们不再能看见彼此的脸。歌剧院、博物馆、图书馆、书店、画廊、电影院、餐厅、咖啡馆、百货商场全部关闭，只剩下超速运转的医院，还有就是维持人类肉身继续存活的超市总算羞羞答答地开着门，但是人们必须消毒后进入，必须排队，必须保持距离，就连购得一点食物也是战战兢兢。

　　一切发生得猝不及防，每时每刻都在地球上飞来飞去的人类在某一个清晨不得不同时停下脚步，哪怕是 2019 年除夕，也没有人能够想象 2020 年世界上的情景，即便是去往两小时车程之外的另一个国家，也有如想要搭乘宇宙飞船去往另一个星球般难以实现。原先狭小的地球村忽然变成了庞大的银河系。世界被割裂，国家被封闭，变成一个一个孤岛，彼此只能遥遥相望。

至于卡斯塔里这个秘密的平行世界呢，作家们的日子还是一如既往，只是，大家都不得不暂时停留在某个遥远的修行地。

英国的作家还滞留在新西兰，今年4月初新西兰和英国之间的航班被切断了，此刻新年将至，英国不久前出现了变种病毒，航班更是不可能等得到了。美国的作家还滞留在爱尔兰，也至少超过了预定时间的九个月。

我住在莱纳河畔一栋老房子的顶楼，毗邻一座古老的教堂，每天听着教堂钟声，煮各种香肠，煎各种香肠，煮羽衣甘蓝，德国的食物真教人烦恼，超市里都是香肠，圣诞树的装饰还有挂香肠的，羽衣甘蓝吃起来就跟塑料袋似的。难怪德国出了这么多哲学家，没有好吃的，愁的。

偶尔找到差不多的原料，做出一大锅中国的食物，吃不完，我就在夜里把锅子放到阳台上，锅盖上压一个比较重的盘子。我的书房和卧室不大，却有一个大得离谱的阳台，大到可以举行派对。白天里，许多种叫不出名字的大小飞鸟光临我的阳台，在那里唱歌剧、舞蹈、格斗、恋爱、开运动会，留下一地缤纷的羽毛。夜晚，阳台就是我的冰箱，阳台上气温低，我厨房里的冰箱太小了。

每次在阳台上囤了食物，当天夜里，我总会有很多梦，梦见麋鹿、松鼠、狮子和大象光临我的阳台吃夜宵，把我的食物吃光了。

年初的时候，我的房子就开始渗水，浴室与客厅的天花板和墙面像巧克力一样融化，慢慢地一块一块掉下来。欧洲的房子都太老了，历史很优美，住在里面感觉也很优美，长期住着却需要点心理承受力。文学中心的主任找来工人一番检查，结论是屋顶年久失修。那就修吧，可房子太老了，这就不是修屋顶的事情了，相当于半个房子要重建。

仿佛一个奇迹，一年以来，天花板和墙壁天天都在融化，德国的天气不太好，多雨，而且冬季特别长，冬天没什么日照，早上8点半我可以坐在阳台上看日出，下午4点我就可以看星空了。每次有太多的墙面掉到地上，主任就会叫工人来暂时处理一下，"处理"的意思就是，把过于潮湿的天花板和墙面铲掉，免得整个掉下来砸伤人。圣诞前夕工人又来过一次，他是一个身强力壮的年轻人，肌肉发达，他从我房间里搬出了整整两个硕大无朋的建筑垃圾袋，走去电梯的时候，他一次提不动，分了两次才搬走。

我觉得吧，不需要多久，所剩无几的墙面就会全部融化，我的房子也会自己消失，也许就在一场大雨里，也许是大雪融化的时候，和屋顶上的雪一起融化落到大地上。再过一周又要持续下很久的雪，也许某天早晨，我一觉醒来，睁开眼睛，直接就能看到冬天清晨如洗的蓝天。那么我最近就必须开始穿厚实一点的睡衣了。

看着天花板和墙壁上湿润肥沃的"泥土"，我觉得趁现在种一点蔬菜是个好主意，这就是一个室内的生态农场啊，有暖气有雨水。作为上海人，我打算种青菜和鸡毛菜，蚕豆和米苋，最好能再种点大米。其实德国的土豆还是挺好吃的，也就土豆好吃了。我可以再种点土豆，土豆成熟了自己能从天花板掉下来，都不用动手挖，多好。

德国人口大约是上海的三倍，在这月穷岁尽之时，疫情有点糟糕，尽管颁布了最严格的禁足令，每天仍有两三万的新增病例，每天死亡人数六七百到一千多，就这么好好坏坏也已经过了九个多月，现在平均每五十人中就有一个新冠肺炎患者。英国的情况更糟，总共六千多万人口，今年因为新冠肺炎死亡的已有七万。再这么下去，欧洲的人口更少了。

这些天开始疫苗注射，从老人院开始按计划推进，看今天的电视新闻，德国全境已有七万八千人注射了疫苗。且看2021年，疫情是否能因为疫苗而即刻停止，国际航班会否恢复往年的频率。只是死者无法复生，世界恐怕也无法全然恢复成旧日的模样了。

这一年里的朗读取消了，讲座也取消了，我等于是在文学中心吃着闲饭，唯一能做的就是原先与主任约定的《格林童话》社会背景研究。上半年我借阅英语资料，下半年德语水准差不多了就开始借阅德语书籍，每个月都因为疫情的特殊规定在与图书馆搏斗。

德国的图书馆系统很多样，也很发达，可以从境内的任何地区调阅。借阅管理很严格，从不同系统借阅的书，我都必须每个月去不同的图书馆打卡续借。疫情期间，图书馆的规定开始变得极为复杂，德国的各种规定总有一种令一切简单的事情变得复杂的魔力，就跟德语的语法一样。

自从图书馆不公开开放了，每家图书馆就变得和卡斯塔里一样神秘。明明看上去每家图书馆都是大门紧闭的，打电话有人接听，发邮件有人回复，但要借阅图书必须先去一家图书馆登记，等到图书馆打电话通知我，说书已经准备好了，我就必须按照具体指示，去另外几家位于不同地区的图书馆领取，可能一家只有一本，可能一家有两本，另一家有三本。原本我只需要去一家图书馆就可以领到各地调配来的图书。我不是很明白，如果每个借阅者进出图书馆的次数都像我一样增加了几倍，这不是对控制疫情更加不利吗？

　　今夜小雨方歇，无星无月，我的鸟类邻居们也都熟睡着。收到《卡斯塔里漫游史》即将付梓的消息，心中欣慰，这是整整一年中少数几件关于"出生"而不是"死亡"的消息，也接到编辑大人的吩咐，要为这一个即将出生的孩子写一篇后记。

　　这是一个很特别的孩子，我想给她所有的祝福，希望她给读者带去欢喜与安详。

　　在此要感谢刘春老师，当初是他找到了这个迷路的孩子，牵着她的小手，带着她走向这个世界。

　　在 2020 年倒数第二夜，我的房子此刻看上去很安稳，就是不知道明天清晨还在不在。这个世界此刻看上去也很安稳，就是不知道疫情能不能快点结束，很多滞留在异国他乡的人能不能早点回家。我只知道，当世界沉睡之时，生活在卡斯塔里的身在世界各个角落的人们都还醒着，在写作，在思考，总是这样。

　　德国有一句俗话："凡事终有一个尽头，唯独香肠有两个尽头。"嗯哼，可不是嘛，只系上一头的话，肉末会掉出来的。我想说，这个世界并非每一寸都是坚硬确凿的，当我们一同慢慢走过现实世界之外的巨大空间，呼吸那来自不知名地方的风，一起做着无用的事情，这个世界就会呈现出无限的可能性。亲爱的读者朋友，也许香肠不能让您相信这些可能性，但是我希望，这本书可以。

孙 未

2020 年 12 月 30 日，键盘边有一支

为明天跨年准备的许愿烟花